Diogenes Taschenbuch 24205

de
te
be

AF204736

LUKAS HARTMANN, geboren 1944 in Bern, studierte Germanistik und Psychologie. Er war Lehrer, Journalist und Medienberater. Heute lebt er als freier Schriftsteller in Spiegel bei Bern und schreibt Bücher für Erwachsene und für Kinder. Er ist einer der bekanntesten Autoren der Schweiz und steht mit seinen Romanen regelmäßig auf der Bestsellerliste. Für *Bis ans Ende der Meere* wurde er 2010 mit dem Sir-Walter-Scott-Literaturpreis für historische Romane ausgezeichnet.

Lukas Hartmann
Räuberleben

ROMAN

Diogenes

Veröffentlicht als Diogenes Taschenbuch, 2013
Alle Rechte vorbehalten
Copyright © 2012
Diogenes Verlag AG Zürich
info@diogenes.ch · www.diogenes.ch
In Fragen zur Produktsicherheit (GPSR):
truepages UG (haftungsbeschränkt)
Westermühlstraße 29, 80469 München
info@truepages.de
ASR / 20 / 852 / 3
ISBN 978 3 257 24205 8

Sollte sich aber hier und da ein entfernter Leser wünschen, Hannikeln selbst zu sehen, der denke sich nur einen Mann von 45 Jahren, auf dessen kurzem Hals ein brauner, sehr großer platter Kopf ruht, dessen vordere Seite etwas spitzig – der hintere Teil aber sehr weit und geräumig ist. Die Stirn an demselben stelle man sich sehr nieder, etwa drei Finger breit und zwei Finger hoch, Augen und Augenbrauen schwarz, das Weiße im Auge grau, die Stimme rasch und rauh – seinen Blick wild und immer seitwärts gerichtet; die Schläfe etwas tief eingedrückt, die Backe länglich und in mehrere Falten gelegt, die Nase groß und klobig, die Lippen rot und etwas hervorragend, die Zähne ganz weiß, das Kinn spitzig und kurz vor, und denke sich noch schwarze Haare, ein halb kahles Haupt und am ganzen Gesicht einen fingerlangen schwarzen Bart hinzu, so sieht man das Bild des leibhaftigen Hannikels. Eine treue Kopie seiner schwarzen Seele liefern seine Taten …

Aus: Hannikel oder Die Räuber- und Mörderbande, welche in Sulz am Neckar in Verhaft genommen und am 17. Juli 1787 daselbst justificirt worden. Ein Wahrhafter Zigeuner-Roman, ganz aus den Kriminalakten gezogen. Tübingen 1787

Me hom i tikno, tschorelo Sindenger Tschawo.
Mer Dai muies da mer Dad hi stildo.
Gamlo, baro Dewel! me hom kiake tschorelo
Ta mer Dades ano Stilapen, les hi bokhelo.
Man hi tschi har mer Baschamaskeri.
Me lau la da dschau ani Kertschemi,
Dschin da has i bresla Lowe man.
Naschaua pascha mer Dad ano Stilapen,
Djomles gaua Lowe, job has froh:
»Gana hilo buter kenk bokhelo!

Ich bin ein kleines, armes Zigeunerkind.
Meine Mutter ist gestorben und mein Vater ist im Arrest.
Lieber, großer Gott! ich bin so arm
Und mein Vater im Arrest, er hat Hunger.
Ich habe nichts als mein Instrument.
Ich nehme es und gehe in die Wirtschaft,
Bis ein wenig Geld mein war.
Gehe zu meinem Vater in Arrest,
Gib ihm das Geld, er war froh:
»Jetzt hat er keinen Hunger mehr.«

Aus: Engelbert Wittich, Blick in das Leben
der Zigeuner, 1911

1

Sulz am Neckar, den 26. August 1794

Mein lieber Freund,

der Brand, von dem ich Ihnen berichten will, liegt nun schon fast sechs Wochen zurück. Dieser schreckliche Brand! Wer könnte ihn je vergessen! Er begann am 15. Juli, morgens um elf Uhr, und in wenigen Stunden legte er die ganze innere Stadt in Schutt und Asche. Das Feuer brach – durch Unachtsamkeit wohl, durch Funkenflug – im Haus des Schlossers Büchele nahe der Stadtmühle aus, es fraß sich, vom aufkommenden Sturmwind begünstigt, in rasender Eile durch die nächstgelegenen Häuser bis zum Mühlkanal, wo ich seit vielen Jahren meine Wohnung hatte. Die Hitze war so gewaltig, dass sie jede wirksame Hilfe vereitelte; sie ließ weder Löscharbeiten noch das vorsorgliche Niederreißen von Häusern zu. Am frühen Nachmittag drehte sich unseligerweise der Wind und trieb das Feuer zum Marktplatz hin und darüber hinaus. Fast alle Häuser innerhalb der Stadtmauern standen nun in Flammen.

Ich saß wie gewöhnlich in der Oberamtei hinter meinem Schreibpult, als das Feuerhorn gellte, und rannte, gefolgt von meinem Gehilfen, gleich hinaus, um zu sehen, wo es brannte. Gerötet war der Himmel, zu meinem Entsetzen, in der Richtung meines Hauses. Über die Dächer hinweg kroch beißender Rauch, der sich hier und dort aufplusterte wie ein riesenhaftes schwarzes Federvieh. Die Leute liefen durch die Gassen, schrien einander zu, was man tun müsste. Kinder weinten und hielten sich an den Röcken der Mütter fest, beinahe am schlimmsten war das Gebrüll der Tiere. Es hatten sich aber auch schon Kolonnen gebildet, in denen mit Neckarwasser gefüllte Ledereimer von Hand zu Hand weitergereicht wurden. Die beiden Feuerspritzen seien am Brandort, hieß es.

Ach, alle Anstrengungen waren vergeblich. Ich hatte mich durchs Gewimmel noch zu unserem Haus vorgekämpft. Fassungslos war mir draußen Caroline, meine Ehefrau, entgegengetaumelt und hatte mich, da schon Flammen aus dem Dachstock schlugen, zurückzuhalten versucht. Ich aber rannte in den ersten Stock hinauf, suchte ein paar Dokumente und Schriften zusammen, dazu einiges an Barem, einen Arm voll Kleider, und damit rettete ich mich, am Ende meiner Kräfte, ins Freie. Hinter mir gelassen hatte ich sämtliche Kästen mit meinen

Insekten, und mir schien schon unten an der Treppe, ich hörte von oben den Knall platzenden Glases und das Knistern verbrennender Wespen und Schmetterlinge. Das wird Sie, lieber Freund, gewiss auch betrüben, verdanke ich doch Ihnen so viele gute Ratschläge, die meine Leidenschaft in methodische Bahnen gelenkt haben. Aber ich fand gar keine Zeit, diesen Verlust zu betrauern, das große Feuer zog alle Aufmerksamkeit und alle Ängste auf sich.

Eine Weile schauten wir gebannt zu, wie in unserer Häuserzeile die Flammen wüteten. Ein Nachbar, der mir einen gefüllten Ledereimer weitergab, weckte mich aus meinem Stupor. Ich reihte mich, während Caroline unsere spärliche Habe bewachte, in eine der Löschkolonnen ein, doch unsere Mühe nützte nichts, wir hätten ebenso gut ins Feuer spucken können. Dann begannen Wangen und Ohren zu glühen, das Atmen im dichter werdenden Rauch fiel immer schwerer, und als die ersten Balken vor uns niederkrachten und die Funkengarben aufstoben, mussten wir über die kleine Brücke am Mühlkanal zurückweichen. Schritt um Schritt ging es weiter zum Marktplatz und zum Tor am Neckar, wo das Wasser geschöpft wurde. Wir kamen am Haus des Oberamtmanns Schäffer vorbei, das dem großen Brand ebenfalls nicht entging. Schäffer hatte ich in diesen Flammenstunden einige Male in der Menge erkannt. Er hatte Ordnung ins Chaos zu bringen versucht, man gehorchte ihm und dann wieder nicht. Die oberste Autorität war an diesem Tag und in der darauffolgenden Nacht das Feuer, und Schäffer, berühmt in halb Europa, musste einsehen, dass es leichter war, Räuber einzufangen und an den Galgen zu bringen, als Flammen zu bändigen.

Aus den Nachbardörfern rückte Hilfe an. Mit vereinten Kräften gelang es immerhin, einige Gebäude vor der völligen Zerstörung zu bewahren, dazu gehörten die Kirche und das Dekanat, ebenso das Untere Tor und der Pfleghof. Die Nacht verbrachten wir auf den Neckarwiesen am jenseitigen Ufer. Die Bewohner der verschont gebliebenen Vorstadt brachten uns Decken und einiges zum Essen. In den Nachthimmel hinein züngelten noch stundenlang Flammen; sie schienen zu erlöschen, fanden neue Nahrung und wurden wieder zur mächtigen Lohe, die sich auf unseren Gesichtern spiegelte. Weit herum war der Glutschein über der Stadt zu sehen. Es blieb auf unserem Lagerplatz warm wie am Tag. Hin und wieder trieb der Wind Rauchfahnen herbei und Aschefetzen, die das rot beschienene Gras sprenkelten. Dazu die halblauten Gespräche ringsum, Weinen, Jammern, Husten. Hätte man unter solchen Umständen auch nur eine Minute schlafen können? Ich lag neben meiner Frau, die Unverständliches vor sich hin murmelte, Gebete vielleicht; es stellte sich heraus, dass sie allen Ernstes glaubte, der große Brand sei eine Strafe Gottes für die Sünden der Sulzer Bürger, und mir wurde erneut bewusst, wie schlecht ich Caroline kenne, obwohl ich mit ihr, meiner ehemaligen Zimmerwirtin, nun schon sieben Jahre verheiratet bin. Unversehens fiel mir ein, dass ein paar Monate vor unserer Hochzeit hier in Sulz der Räuber Hannikel mit drei Spießgesellen hingerichtet wurde. Ich hatte – wie Sie sich vielleicht erinnern – am Schicksal von Hannikels kleinem Sohn einigen Anteil genommen. Nach mehreren missglückten Versuchen ist es ihm gelungen, aus dem Ludwigsburger Zucht- und Waisenhaus zu fliehen; seither blieb er meines Wissens verschollen. Ich bin nicht abergläubisch, aber der Gedanke, dass es zwischen Hinrichtung und Brand einen Zusammenhang geben könnte, ließ mich nicht los, und ich dachte an das Gerücht, Hannikel habe die Stadt und ihre Bewohner vor seinem Tod in der Zigeunersprache verflucht. Ein böswilliges und dummes Gerücht, gewiss, doch wer nachts auf sein abgebranntes Zuhause blickt, wird in solchen Dingen unsicher.

Irgendwann in der Morgendämmerung ließ mich Oberamtmann Schäffer suchen. Der Amtsdiener

Roth, der ohnehin den Kopf stets wie ein witternder Hund vorstreckt, spürte mich unter den Schlafenden und Wachenden am Flussufer auf, und ich musste ihm zum provisorischen Amtssitz folgen, zu dem Schäffer das leere Erdgeschoss in einem der unversehrten Vorstadthäuser erklärt hatte. Das Feuer sei am Abflauen, sagte Roth auf dem Weg, ein wenig freundlicher als sonst; zu den Brandstätten vordringen könne man noch nicht, man würde sich dabei verbrennen oder ersticken.

Die Silhouette der inneren Stadt bestand zur Hauptsache aus rauchenden Ruinen, ein Bild wie aus der Apokalypse. Der Oberamtmann, mit aschebestreuter Perücke und schmutzigem Rock, sah übernächtigt aus, war aber voller ungestümer Energie, wie immer, wenn er unter Druck gerät. Ich musste sogleich Hilfsgesuche an alle möglichen Stellen verfassen, an Seine herzogliche Durchlaucht, an die Rentkammer. Die umliegenden Gemeinden forderte Schäffer auf, so rasch wie möglich Sammlungen für den Wiederaufbau von Sulz zu veranstalten; und all diese Briefe, die ich in größter Eile auf schlechtes Papier schrieb, wurden mit Eilboten verschickt. Zwischendurch erteilte Schäffer Befehle für Lösch- und Räumungsarbeiten und ließ ein erstes Register der abgebrannten Gebäude erstellen. Schon gegen Mittag zeigte sich, dass mindestens 194 Häuser zerstört, das Brucktor und Teile der Stadtmauer eingestürzt waren. Erstaunlicherweise – und gewiss, weil der Brand tagsüber ausgebrochen war – hatten wir keine Toten zu beklagen. Doch der materielle Schaden war unermesslich, das Jammern allerorts griff dem fühllosesten Menschen ans Herz. Für die nunmehr Obdachlosen wurden Notunterkünfte gesucht, und im Lauf des Tages entstanden bereits Bretterhütten auf ungenutztem Gelände. Bei den Vorstadtbewohnern wurden Familien mit kleinen Kindern einquartiert, die am meisten Schutz benötigten. Caroline und ich, die wir ja, wie die meisten, fast den gesamten Hausrat verloren hatten, bezogen ein Zimmer beim Glaser Silberrad, direkt neben dem provisorischen Amtssitz, in dem Schäffer auch seine Familie untergebracht hatte. So war ich, wie schon so oft, rund um die Uhr für ihn verfügbar.

In der nächsten Nacht kühlten die Trümmer so weit ab, dass man sich in die Häuser hineinwagen konnte. Als Erste taten das skrupellose Diebe. Sie brachen in Keller ein, stahlen Vorräte, betranken sich am Wein; sie suchten wohl auch Geld und Schmuck. In der Dunkelheit kam es zu Scharmützeln mit der Stadtwache, sogar Schüsse sollen gefallen sein. Verhaftungen gab es keine, trotz der großen Empörung unter den Ausgebrannten. So wissen wir bis zum heutigen Tag nicht, wer sich an den Plünderungen beteiligte. Muss es uns nicht bestürzen, dass das Räuberische im Menschen unter solchen Umständen so rasch zum Vorschein kommt?

Es geht nun gegen Ende August. Der Brandschutt ist unterdessen fast vollständig beseitigt, Mauern werden überall aufgezogen, Dachbalken gelegt. Hunderte von Handwerkern aus der weiteren Umgebung sind an der Arbeit; ein vielfältiger, beinahe musikalischer Lärm erfüllt tagsüber die Stadt. Alle Sulzer, die es können, leisten Handlangerdienste, auch ich schleppe nach der täglichen Schreibmühe abends noch Steine und Ziegel, bis es Nacht ist. Wir werden, selbst wenn vieles noch fehlen wird, vor dem Winter ins neu aufgebaute Haus am Mühlkanal zurückkehren können und sind dankbar dafür, dass die Zuschüsse von überall her uns vor der nackten Armut bewahren. Auch Kleider sind eingetroffen, gebrauchte zwar, aber man kann sie tragen, und sie riechen zumindest nicht nach Rauch und Ruß wie sonst alles bei uns.

Immer wieder beschleicht mich das unbestimmte Gefühl, der große Brand sei in meinem Leben ein Wendepunkt. Was aber genau zu Ende gegangen ist, was mich an Neuem erwartet, weiß ich nicht, und überhaupt scheint mir in meinem Alter die Hoffnung auf einen Neuaufbruch verwegen, ja vermessen zu sein. Ganz gewiss bedaure ich zutiefst den Verlust meiner Insektenkästen. Sie waren, wie Sie wissen, das Resultat zehnjähriger Forscher- und Sammeltätigkeit. Es braucht Kraft, damit von vorne anzufangen. Ich glaube aber, ich werde es tun, auch gegen den Willen meiner Frau, und hoffe inständig, dass ich, mein lieber Herr Professor, weiterhin auf Ihre Unterstützung zählen darf. Nie werde ich vergessen, wie Sie auf meinen ersten Brief, dem einige Exemplare von Grabwespen beilagen, in freundlichster Weise antworteten und mich zu weiteren Nachforschungen ermunterten.

Ich bin fast sicher, dass Sie anstelle dieses Berichts lieber neue Erkenntnisse über das Leben der Hautflügler am Neckar gelesen hätten. Ich kann Ihnen nur vermelden, dass die Insekten nach den Plünderern die Ersten waren, die an die verbrannten Stätten zurückkehrten, dorthin also, wo Zehntausende ihresgleichen ein Opfer der Flammen und der Glut geworden waren. Damit, verehrter Freund, drücke ich am Ende meines langen Briefs doch eine kleine Hoffnung aus.

Ihr ergebener Wilhelm Grau, Schreiber

2

Ludwigsburg, 23. September 1789

Ein Soldat hatte den Schreiber Grau vom Zucht-
haustor über einen Streifen festgetretener Erde zum
Wachgebäude geführt. Der Vorsteher der Anstalt,
Kammerrat Georgii, wurde herbeigerufen und las
missmutig, unter starkem Schnaufen den Empfehlungsbrief des Oberamtmanns von Sulz, den ihm
Grau übergab. Eine Weile schaute er aus dem Fenster, und der Schreiber folgte seinem Blick. Durch
die trüben, von Fliegendreck verschmutzten Scheiben sah er in den Innenhof, der von zwei großen,
durch die Anstaltskirche miteinander verbundenen
Längstrakten gebildet wurde. Am Trakt zur Rechten wurde immer noch gebaut; der Schreiber hatte
den Baulärm gehört, als er, lange genug, vor dem
Tor gestanden und ein ums andere Mal geläutet
hatte. Noch länger zögerte der Vorsteher, bis er
dem Schreiber die Besuchserlaubnis gewährte, um
die Oberamtmann Schäffer in seinem Brief bat. Eine
Stunde stehe Grau zu, und zwar im Beisein des

Stockmeisters, der das Gespräch zu überwachen habe. Es sei ja eigentlich schon Gnade genug, dass Mutter und Tochter, deren Verbrechen jedes Christenherz erschütterten, nicht in Ketten lägen. Der Bub indessen, ein Frechling sondergleichen, werde nun wieder vom Waisenhaus ins Zuchthaus versetzt. Georgii schob den Brief von sich, als wäre es ein Häufchen Unrat, und klingelte einen Diener herbei, den er anwies, drüben im Verwaltungsgebäude frischen Kaffee für ihn aufzubrühen. Ohne Abschiedswort verließ der Vorsteher den Raum. Nicht einmal ein Glas Wasser hatte er dem Besucher angeboten.

Es dauerte erneut länger als eine halbe Stunde, bis der Stockmeister hereintrat und Grau durch einen beinahe lichtlosen Gang und über eine Treppe in den ersten Stock hinaufführte. Er öffnete die schwere Eichentür zum Besucherraum, an dessen feuchten Wänden Tropfen herunterliefen. Ein Tisch und ein Stuhl standen darin, sonst nichts. Er werde nun, sagte der Stockmeister, die zwei fraglichen Weiber herbeibringen.

Wieder die Warterei. Grau setzte sich nicht. Hier war das Fenster vergittert. Der Innenhof wirkte unter dem bedeckten Himmel leer und verlassen. Grau schneuzte sich in den Ärmel. Er verstand immer noch nicht ganz, weshalb Schäffer ihn nach Ludwigsburg geschickt hatte. Der Auftrag war vordergründig klar: Er sollte in Erfahrung bringen, in welchem Zustand sich Hannikels engere Familie, die hier ihre Strafe absaß, gut zwei Jahre nach der Hinrichtung befand; er sollte sich vergewissern, ob ihre moralische Verbesserung im erhofften Maße fortschritt. Aber Schäffer hatte bei den vielen Worten, mit denen er dies dem Schreiber auftrug, mehrmals die Augen zugekniffen, als drücke ihn ein unbekannter Schmerz, und dann hastig den Empfehlungsbrief unterschrieben. Wollte er vielleicht auch wissen, ob die drei Inhaftierten ihm, dem Oberamtmann, vergeben hatten? Jeder Sterbliche, dies hatte Schäffer bei früheren Gelegenheiten betont, sei ein Sünder und bedürfe der Vergebung.

Schritte in unterschiedlicher Kadenz kamen näher. Der Stockmeister und ein Aufseher schoben Käther und Dennele, deren Hände lose gefesselt waren, in den Besucherraum hinein. Die beiden waren kaum mehr zu erkennen. Sie trugen die zweifarbige Anstaltskleidung in Braun und Gelb, ihre Haare waren geschoren, die Gesichter wirkten im düsteren Licht grau, wie von Asche bestäubt.

Dennele setzte sich gleich auf den Boden und schaute stumpf vor sich hin, ihre Mundwinkel zuckten, als wolle sie sich andauernd zu einem Lächeln zwingen. Der Aufseher machte einen Schritt auf sie zu, offenbar um das Mädchen zum Aufstehen zu bewegen, doch der Stockmeister hinderte ihn mit ausgestrecktem Arm daran.

Käther indessen hob dem Schreiber bittend ihre verschorften Hände entgegen. Auch in ihren Augen war etwas Blindes, dennoch schien sie sich zu erinnern, wer der Besucher war. Ohne Gruß sprach sie ihn an, in klagendem Ton: »Mein Herr, haben wir jetzt nicht schon lange genug gebüßt? Wir bereuen doch, was wir an Unrechtem getan haben, wir bitten Gott jeden Tag um Vergebung. Aber wenn wir weiter eingesperrt bleiben und kaum einmal den Himmel sehen, dann gehen wir ein wie eine Pflanze ohne Licht, das muss doch auch der Herr Oberamtmann verstehen.«

»Halt den Mund«, schnitt ihr der Stockmeister das Wort ab. »Und red nur, wenn man dich etwas fragt.«

Käther erschauerte und kämpfte augenscheinlich um den festen Stand.

»Sie ist schwach«, sagte Grau. »Sie soll sich setzen.«

Der Stockmeister gab dem Aufseher ein Zeichen, dieser schob den Stuhl hinter Käther, und sie ließ sich mit einem Seufzen darauf nieder. Dennele murmelte Unverständliches vor sich hin. Mit einem Stoß brachte sie der Aufseher, ein junger Mann mit zwei fehlenden Vorderzähnen, zum Schweigen.

»Nehmt ihnen die Fesseln ab«, verlangte Grau. »Sie werden ja gewiss auf niemanden losgehen. Oder habt Ihr Grund, Euch zu ängstigen?«

»Es ist gegen die Vorschriften«, wandte der Stockmeister ein, nahm aber doch die Münze an, die der Schreiber ihm zusteckte. Er löste die Fesseln der Gefangenen, und von nun an strich Käther mit ihren Händen ununterbrochen über den schäbigen Rock. Dennele hingegen griff sich an den Kopf, betastete ihre Haarstoppeln und begann lautlos zu weinen.

Der Schreiber Grau wünschte sich jetzt, er hätte den beiden Frauen etwas mitgebracht, ein paar Äpfel bloß, ein Glas Honig. Aber daran hatte er nicht gedacht, es war ihm auch nicht aufgetragen worden. So blieb ihm nur übrig, in formeller Weise, die ihn selbst ein wenig lächerlich anmutete, die Grüße des Oberamtmanns zu überbringen.

»Der Herr Oberamtmann«, fuhr er fort, »möchte wissen, ob du, Katharina Frank, einen Sinn in deiner Strafe erkennst und ob du bereit bist, nach deiner etwaigen Freilassung ein Leben in Ehren zu führen.«

»Ja«, antwortete Käther, »ja, gewiss, wenn es denn möglich wäre. Aber unsereinem gibt doch niemand Arbeit und Verdienst, man zählt uns seit je zum Gesindel. Von der Obrigkeit werden wir schikaniert, wo wir auch sind. Wir bekommen keine Papiere, man wird uns verwehren, mit Geschirr zu handeln. Was bleibt uns da anderes übrig, als den Leuten aus der Hand zu lesen oder die Zither zu schlagen?«

Der Stockmeister machte einen raschen Schritt auf sie zu. »Du willst also betteln? Das meinst du doch, du liederliches Weibsstück! Oder am Ende wieder Beutel aufschneiden, ehrbare Bürger bestehlen? Da bleibst du besser noch ein paar Jahre hier drin.«

»Ihr treibt uns doch in die Wälder«, protestierte Käther. »Und dann spürt ihr uns auf und werft uns vor, ein liederliches Leben zu führen.«

»Wir spüren euch auf, um Mordbrennern und Mördern wie deinem Hannikel das Handwerk zu legen, und seiner Beischläferin auch.«

»Lasst den Hannikel in Ruhe«, entgegnete Käther mit abnehmender Kraft. »Er ist tot, er hat gebüßt für begangenes Unrecht.«

Sie verstummte; der Aufseher wies Dennele zurecht, die vor sich hin summte. Das Gespräch, das der Schreiber sich gesittet und lehrreich vorgestellt hatte, war bereits aus dem Ruder gelaufen. In beherrschtem Ton wandte er sich an Käther: Was sie sage, zeuge leider nicht von einem wirklichen Besserungswillen. So könne sie keinesfalls mit einer frühzeitigen Begnadigung rechnen. Durch Fleiß und Demut müsse sie sich wieder Achtung verdienen. Er sah, dass Käthers Augen nass waren, er fühlte sich eingezwängt in seinen zerschlissenen Dienstrock und verstand nur halb, was Käther erwiderte: dass sie sich bemühe, ein besserer Mensch zu werden, und es auch ertrage, Tag für Tag mit wunden Händen zu weben oder Farbholz zu raspeln, aber dass ihr niemand ausreden dürfe, den Hannikel geliebt zu haben. Der Hannikel habe doch auch bereut und immer wieder Jesus angerufen, schon vor dem Gang zum Galgen, und Hannikel habe darauf gedrungen, sie, die Käther, in seiner Zelle zu ehelichen, nur habe dies die Obrigkeit nicht gestattet. Das war alles ohne Zusammenhang, und ihre Miene stimmte nicht überein mit ihrem klagenden Ton. Der Ausdruck war misstrauisch und listig in einem; so hatte sie auch während der Sulzer Verhöre in die Runde geschaut.

Währenddessen hörte Dennele nicht auf, leise zu singen. Die dünnen Töne drangen zwischen den Fingern hervor, mit denen sie den Mund bedeckte. Sie sang, das war halbwegs zu verstehen, vom Wald und vom hohen Himmel. Man wusste nicht, ob sie die simple Melodie selbst erfand.

Der Schreiber schaute auf Käthers geschorenen Kopf, zwischen dessen Stoppeln er Läuse zu entdecken glaubte. Es grauste ihm davor, obwohl er sonst allem Sechsbeinigen zugetan war. Er wollte Käther gut zureden, er wollte ihr vor Augen stellen, dass sie lernen müsse, Ehrlichkeit und Anstand mehr zu lieben als den hingerichteten Mann. Doch sie kam ihm zuvor und bat ihn, ihrem Sohn, den er hoffentlich auch besuchen werde, von ihr das Beste zu wünschen. Es sei grausam, vom eigenen Sohn nur durch ein paar Mauern getrennt zu sein und ihn nicht sehen zu dürfen. Der Schreiber Grau solle Dieterle ermahnen, nicht wieder auf die schiefe Bahn zu geraten, das wünsche sich seine Mutter von ihm.

Dennele war auf dem Boden zur Stiefmutter gerutscht, hatte mit beiden Armen ihre Beine umfasst und schmiegte den Kopf an ihren Rock.

»Lass mich«, sagte Käther sanft zu ihr, und Dennele erwiderte: »In meiner Suppe ist nie Fleisch. Der Vater hat uns doch so gutes Fleisch gegeben.«

»Sei still, sei still«, murmelte Käther.

Überraschend beschied der Stockmeister, die Besuchszeit sei abgelaufen. Das könne nicht stimmen, empörte sich Grau. Sein Protest war vergeblich. Nach ein paar formellen Abschiedsworten begleitete der Stockmeister ihn hinaus und befahl dem Aufseher, die zwei Frauen zur Arbeit zurückzubringen.

Nun war Dieterle an der Reihe, und das verstärkte Graus Beklemmung. Draußen ließ der Herbstwind ihn leichter atmen. Aber nachdem sie den Hof überquert hatten, betraten sie den Trakt zur Linken, und in den Gängen roch es von Schritt zu Schritt schlechter. Manchmal sah man durch eine halboffene Tür flüchtig in einen Schlafsaal hinein, in dem tagsüber gearbeitet wurde. Frauen in der hässlichen braungelben Anstaltskleidung saßen an Spinnrädern, an Webstühlen, man hörte Klappern und Surren, aber kein Stimmengewirr, denn bei der Arbeit war jede Unterhaltung verboten. Sie kamen an der Küche vorbei, an der Latrine, dort war der Boden glitschig. Der Stockmeister beschleunigte seine Schritte, Grau versuchte ihn einzuholen, schwankte aber ein wenig und stützte sich an der feuchten Wand ab, die nach Fäkalien stank wie alles ringsum. Vom Stockmeister ging ein starker, an Pferde erinnernder Schweißgeruch aus, er zog einen Fuß nach, trat mit dem anderen hart auf, vielleicht war er Soldat gewesen. Nun hörte man doch – von oben? von vorn? – Gelächter, Geschrei, ein lautes Weinen, das ins Schrille kippte, ein Gurgeln, das plötzlich abbrach; es schien dem Schreiber, auf einmal werde er von diesem Lärm umzingelt. Das seien die Tollwütigen, die Närrischen, sagte der Stockmeister und ließ die Schlüssel, die er am Ring in seiner Hand trug, gegeneinanderklirren.

Es ging weiter, treppauf und treppab. Dieses Hallen überall. Wo lebten die Frauen, wo die Männer, wo die Zuchthäusler, wo die Armenhäusler, wo die Waisen? Und wie konnte es sein, dass es in einem neuen Gebäude schon überall stank? Nach Reinheit sehnte man sich da, nach fleckenlosem Weiß. Unversehens erinnerte sich Grau an den Falter, den er, drei Jahre war es her, auf einer verschneiten Alp in der Schweiz entdeckt hatte, eine bisher unbekannte Art mit samtig braunen Flügeln und grünlichem Glanz, mit kleinen weißen Augenflecken. Sie hatten damals Hannikel gesucht, der aus dem Kerker in Chur ausgebrochen war, und Grau hatte noch am selben Abend, als der Räuber schon wieder in Ketten lag, an Professor Fabricius in Kiel geschrieben und über seinen Fund berichtet. *Schneemohrenfalter,* dachte Grau, ich habe ihn Schneemohrenfalter genannt.

In der Waisenhausabteilung wurden sie vom Lehrer Israel Hartmann erwartet, der den Besucher in ein leeres Klassenzimmer bat und ihm vor der überkritzelten Schiefertafel einen Stuhl zuwies. Hartmann wirkte auf den ersten Blick phlegmatisch; er trug einen grau-weiß gesprenkelten Bart, und sein Vorname war, wie Grau vom Stockmeister erfahren hatte, durchaus biblisch und deutete keineswegs auf eine jüdische Herkunft hin. Ein Fall wie der von

Dieterle, begann Hartmann gleich mit seinem Bericht, sei ihm in seinen dreißig Jahren als Lehrer noch nie untergekommen. Kaum vierzehnjährig sei der Junge und benehme sich bockiger als einst sein Vater.

Hartmann sprach mit überraschend hoher Stimme und dehnte die Wörter am Ende der Sätze auf musikalische Weise. Dazu stand dauernd ein um Nachsicht bittendes Lächeln auf seinem Gesicht. Man habe Dieterle, als er vor zwei Jahren eingeliefert worden sei, für formbar gehalten, für ein besserungswilliges Kind, kindlich wirke er auch jetzt noch. Man habe ihn zum wahren Glauben führen wollen, zu Arbeitsfleiß, zu Demut und Gehorsam gegenüber seinen Wohltätern. Aber Dieterle sei nach geringen Fortschritten immer wieder zurückgefallen in sein widersetzliches zigeunerisches Verhalten. Er habe mehrfach gedroht, den Konstanzer Hans, der die ganze Sippe verraten habe, aufzuspüren und umzubringen, er habe geschworen, sich am Oberamtmann Schäffer zu rächen, und er habe sich dabei in schlimmste Wutanfälle hineingesteigert. Es habe nichts genützt, den Aufsässigen zu fesseln und in Arrest zu setzen. Sogar die Prügelstrafe, die man doch höchst ungern anwende, habe Dieterle nicht zu bessern vermocht, er habe hinterher bloß tagelang verstockt geschwiegen und sich geweigert, die Hände zum Gebet zu falten.

Es war nun etwas Rührseliges in Hartmanns Ton, zugleich ein beinahe stechender Glanz in seinem Blick, und das gemahnte den Schreiber Grau an seinen Vorgesetzten Schäffer, der ihn oft ebenfalls mit Blicken zu durchbohren schien. Einmal schon, fuhr Hartmann fort, habe man Dieterle vom Waisenhaus ins Zuchthaus strafversetzt, obwohl er eigentlich zu jung dafür sei. Da habe er sich, unter Männern, die ihm körperlich weit überlegen seien, eine Weile kleinlaut, ja sogar fügsam gezeigt, und man habe ihn aus Mitleid wieder unter das weniger strenge Regime des Waisenhauses gestellt. Aber leider sei Dieterle rasch ins alte Fahrwasser zurückgekehrt, er sei beim Wollekämmen nachlässig gewesen, er habe, trotz seiner unbestreitbaren Intelligenz, so getan, als verstehe er den Katechismus nicht, er habe andere Zöglinge gegen die Kost und gegen die Pflichtgebete, die man kniend verrichte, aufgehetzt. Und letzte Woche – nun redete sich der Waisenhauslehrer in Rage – habe Dieterle auszubrechen versucht, er sei aus einem Fenster des ersten Stocks in den Hof gesprungen und mit einem verstauchten Fuß durchs Haupttor gehumpelt, erstaunlicherweise ungesehen, aber die Wachen hätten ihn draußen rasch gefasst und zurückgebracht. Deshalb sei Dieterle nun erneut für sieben Tage in Einzelarrest, bevor er dann, auf Beschluss des Vorstehers und zu seinem, Hartmanns, großen Bedauern, endgültig zum Zuchthäusler werde. Einen Besuch lasse man nur zu, wenn er der Ermahnung des Delinquenten diene, wovon man beim Abgesandten des hochgeschätzten Oberamtmanns von Sulz selbstverständlich ausgehe.

Grau äußerte seine Dankbarkeit. Man machte sich auf den Weg, wiederum durch unübersichtliche Gänge. Dies alles wurde in seinem Kopf zum Labyrinth, obwohl die Gebäude, von außen gesehen, doch klar und symmetrisch angelegt schienen. Einmal kreuzten sie eine Schar Kinder, die, überwacht von einem jungen Gehilfen, in Zweierkolonne gingen. Murmelnd grüßten sie; Hartmann antwortete darauf mit einem Segenswunsch.

Die Arrestzelle lag am äußersten Ende des Gebäudes. Es roch darin wie in einem Stall. Der Raum war zu hoch und zu schmal, erhellt nur von einem Fensterchen oben in der Mauer, durch das sich auch das magerste Kind nicht zwängen konnte. Graus Augen brauchten einige Zeit, bis sie sich ans Halbdunkel gewöhnt hatten. Dann sah er die zusammengekauerte Gestalt in der Ecke. Dieterle, auch er in Anstaltskleidung, hatte die Knie an seine Brust gezogen und die Unterschenkel umfasst; immerhin war er nicht gefesselt. Der Kopf lag seitlich auf den Knien, die Wange schien zerkratzt. Er glich jetzt seinem Vater viel stärker, als Grau es in Erinnerung hatte.

Dieterle bewegte sich nicht, er wirkte so starr, als atme er gar nicht mehr. Grau gab sich einen Ruck und fragte den Arrestanten, ob er die Zeit dazu nutze, in sich zu gehen und sich in christlichem Sinn zu bessern, das würde er gerne dem Herrn Ober-amtmann Schäffer ausrichten. Bei diesem Namen zuckte es um Dieterles Nase und Mund, dann saß er wieder wie eine Statue da.

»Sehen Sie«, sagte Hartmann zum Schreiber, »er ist unansprechbar. Der Trotz sitzt in ihm wie ein kleiner Dämon.«

Der Stockmeister indessen rüttelte Dieterle an der Schulter, als wolle er ihn aus dem Schlaf reißen: »He da, Bursche, gib Antwort, wenn man dich was fragt!«

Jetzt hob Dieterle den Kopf von den Knien und schaute, immer noch schweigend, mit leerem Aus-druck an den Besuchern vorbei.

»Niemand will, dass du endest wie dein Vater«, sagte Grau und versuchte, den Wörtern Gewicht zu geben. »Das musst du doch wissen. Auch deine Mutter wünscht sich von ganzem Herzen, dass du denen gehorchst, die dir Gutes tun. Sie weint um dich, deine Mutter, sie umarmt dich in Gedanken jeden Tag hundertmal.«

»Und sie betet für dich«, fügte Hartmann hinzu.

Bei der Erwähnung seiner Mutter hatte Dieterle sich wieder stärker zusammengeduckt, er versteckte nun sein Gesicht zwischen den Knien.

»Willst du mit uns nicht auch beten für dein Seelenheil?«, fragte Hartmann in gütigem Ton.

Da richtete Dieterle sich ruckartig auf und stieß mit dem Hinterkopf unabsichtlich gegen die Mauer. Das dumpfe Geräusch erschreckte die Besucher. Dieterle rieb sich die schmerzende Stelle. »In Paris möchte ich jetzt sein«, sagte er plötzlich. In seine Kinderstimme schlich sich alle paar Wörter ein heiserer Unterton ein, der den Stimmbruch ankündigte. Das gab dem Klang etwas Unvorhersehbares, ja Böses.

»In Paris«, wiederholte Grau verblüfft. »Warum in Paris?«

»In Paris«, sagte Dieterle und maß herausfordernd den Schreiber, »da hat sich das Volk gegen seine Unterdrücker erhoben. Und das wird hier auch geschehen, schon bald.«

Ein paar Sekunden war es in der Zelle völlig still; nur der Gesang einer Amsel drang von draußen herein.

Grau fasste sich als Erster. »Du meinst den Sturm auf die Bastille. Woher weißt du das?«

»Man erzählt es sich überall«, erwiderte Dieterle. »Eine solche Nachricht geht durch alle Mauern.«

»Dummes Zeug«, fuhr der Stockmeister ihn an. »Das wird in Paris schneller vorbei sein als ein Sommergewitter.«

»Das Volk«, sagte Hartmann, »wird bald einsehen, dass es Sünde ist, sich gegen die gottgewollte Ordnung aufzulehnen.«

»Und du«, der Stockmeister näherte sich wieder bedrohlich dem Jungen, »sollst dich um ganz anderes kümmern als um den Pöbel in Paris.«

Doch den beiden, der Schreiber merkte es wohl, war eine kleine Unsicherheit anzuhören. Man wusste ja so wenig darüber, was in Frankreich wirklich geschah. Das Letzte, was man ungläubig in den Gazetten gelesen hatte, war, dass Bauern vielerorts Schlösser in Brand gesteckt und Vorratsspeicher geplündert hätten. Noch weniger glaubhaft schien die Nachricht, dass die Nationalversammlung, die seit Wochen tagte, die Vorrechte von Adel und Klerus abschaffen wollte.

Hartmann schüttelte – allzu theatralisch, fand Grau – den Kopf. »Es ist traurig und beschämend, mein Junge, dass du dich an den Greueln delektierst, die braven Menschen das Leben kosten.«

»Mein Vater hätte sich darüber gefreut«, sagte Dieterle laut, beinahe schrill, und presste danach die Lippen aufeinander.

Der Stockmeister verlor nun doch die Fassung. »Dein Vater«, damit riss er Dieterle am Kragen in die Höhe, nahe zu sich heran, »war ein gemeiner Mörder und Erzdieb, und du schlägst ihm nach, Gott sei's geklagt!« Er stieß den Jungen zurück auf den kleinen Haufen Stroh, auf dem er gesessen hatte. Dieterle sank in sich zusammen; man sah ihm an, dass er nun auch unter schlimmsten Schlägen keinen Laut von sich gegeben hätte.

Sie ließen ihn liegen. Der Stockmeister schloss die Zellentür ab und schob den Balken vor.

Er wisse nicht, sagte Hartmann auf dem Rückweg zum Schreiber, ob der Junge noch zu retten sei. Er befürchte, dass Dieterle seinen Erziehern noch manche Schwierigkeiten einbrocken werde.

Nun gut, erwiderte Grau, er werde dem Oberamtmann in Sulz schonungslos Bericht erstatten, und nach all dem, was er nun gesehen habe, komme eine Begnadigungsempfehlung für Dieterle nicht in Frage. Eher noch für Käther und Dennele, aber man müsse davon ausgehen, dass sie ihr altes unstetes Leben bald wieder aufnehmen würden.

Es sei ja, sagte Hartmann, während der Stockmeister mit zornigen Schritten voraushinkte, ohnehin nur der Landesherr befugt, Begnadigungen auszusprechen; was der Oberamtmann Schäffer empfehlen wolle, sei natürlich seine Sache. Der Herzog habe im Übrigen vor einigen Jahren zusammen mit dem Minister Bühler das Waisenhaus höchstpersönlich inspiziert und dabei seine Zufriedenheit über die vorgefundenen Verhältnisse ausgedrückt. Wie auch immer, er, Hartmann, – nun verfiel er beinahe in ein gedehntes Singen – werde rastlos um die Seele Dieterles kämpfen, er könne nicht anders. Es arbeitete in ihm, er schnaufte stark, dann brach es aus ihm heraus: Sein eigener Sohn, Gottlob David, sei auch auf einen falschen Weg geraten und habe dies mit einem frühen Tod gesühnt. Gottlob David habe, zum unermesslichen Leid des Vaters, in diversen Schriften die biblische Ordnung in Frage gestellt, er habe behauptet, dass Vernunft allein Erleuchtung bringe, und als jüngster Professor Deutschlands gar mit dem Ketzer Kant korrespondiert. Er, Hartmann, wisse nicht, womit er dies verdient habe. Die Stimme versagte ihm, als sie gerade den Ausgang erreichten. Grau wollte höflich sein, suchte nach aufmunternden Worten. Eine Weile blieben sie noch stehen und schauten aneinander vorbei. Der Abschied war kurz und nichtssagend.

Grau hatte vergessen, wo der Gasthof lag, in dem er sich, erst wenige Stunden war es her, einquartiert hatte. Er kannte sich nicht aus in Ludwigsburg, geriet nach merkwürdigen Umwegen auf die breite Promenade, von der aus man in den Park und auf das langgestreckte Schloss sah. Wie eine Reihe von fleckigen Zähnen, aus der sich ein mittlerer hervorwölbte, lag es da. Die Residenz war verwaist, Herzog Karl Eugen vor Jahren schon nach Stuttgart zurückgekehrt. Die Wasserspiele hatte man abgestellt, doch im Park wucherte das Grün, das sich bereits herbstlich zu verfärben begann. Der schwache Wind wehte den strengen Geruch von Ringelblumen herbei, die mehrere Rabatten in orangeroter Glut entflammt hatten. Zwei tiefblaue Schmetterlinge gaukelten vorüber, möglicherweise gehörten sie zur Familie der *Lycaenidae*. Doch der Schreiber hatte nicht den Drang, sie näher zu betrachten. Das Bild Dieterles stand vor ihm. Wie mager waren seine wunden Handgelenke gewesen, wie hilflos hatten sie gewirkt! Damen mit nutzlosen Sonnenschirmen kreuzten seinen Weg, Herren, die ihn geflissentlich übersahen. Auch die Kinder, die lachend einen Reif vor sich hertrieben, achteten nicht auf ihn. Ich bin, dachte Grau, nahezu unsichtbar.

3

Sulz am Neckar, 17. Juli 1787

Nach Rosen duftete es, als sich der Exekutionszug, mit den Tambouren an der Spitze, frühmorgens vom Städtchen Sulz zum Galgenbuckel hinaufbewegte. Schon zum zweiten Mal blühten sie in diesem wuchsgünstigen Jahr. Windböen trieben Blütenblätter vor sich her, stellenweise übersäten sie den Weg und wurden von den vielen Schuhen zerquetscht, die über sie hinweggingen. Zu Tausenden waren die Zuschauer nach Sulz geströmt, um der Hinrichtung beizuwohnen. Man stritt sich beim Blutgerüst um die besten Plätze, Marktschreier sangen das Hannikellied und verkauften es, gedruckt auf grauem Löschpapier: *Entsprossen vom Zigeunersamen, / verwahrlost an der Eltern Hand, / war er, geweiht durch seinen Namen, / schon jung ein Glied am Räuberband.* Andere boten Zuckerzeug und Backwaren an, Wasser und Bier aus Schläuchen. Knapp nach Sonnenaufgang hatten sich die ersten Schaulustigen eingefunden, von weit her waren sie gekommen, hatten die halbe Nacht durchwandert. *Flink, listig, stark, mit heißem Blute / trat er bei seinem Schwarm hervor / und stund, mit unerschrocknem Mute, / Vierhunderten als Hauptmann vor.*

Der Schreiber Grau ging, in einer Reihe mit andern Subalternen, zwei Schritte hinter dem Oberamtmann in Amtstracht her, der seinerseits von Stadtschreiber Zennek und dem Bürgermeister Nestle flankiert war. Dieser Gruppe folgten etliche Soldaten; vor ihr zogen mit schwarzen Schabracken geschmückte Pferde den Leiterwagen, auf dem die Verurteilten saßen, begleitet von acht evangelischen Geistlichen, die abwechselnd beteten oder den Todgeweihten Mut zusprachen. Auf einen zweiten Wagen hatte man Frauen und Kinder geladen, die zu Hannikels Sippschaft gehörten, darunter Käther und Dieterle. Sie mussten stehen, hielten sich, zum Gaudium derer, die den Weg säumten, aneinander und an den Sprossen fest, wenn es einen starken Ruck gab. Grau hörte sie jammern und schreien. Dieterle drückte sich an Käther und verbarg so sein Gesicht. Dennele sah der Schreiber erst nicht und merkte dann, dass sie am Boden kauerte und sich klein machte. Eine Frau raufte sich die Haare aus; in kleinen Büscheln kreiselten sie dem Boden entgegen oder wurden vom Wind weggetrieben, ins Zuschauerspalier hinein. Grau sah, dass die Kopfhaut der Frau – war es Urschel? – stark blutete, Blut rann ihr ins Gesicht.

Die letzte Strecke mussten die Verurteilten zu Fuß zurücklegen, sie kamen, da ihnen Füße wie Hände lose aneinandergebunden waren, nur mit großer Mühe voran, stolperten oft und schwankten. Die Sonne stand nun schon hoch; von Minute zu Minute wurde es schwüler. Ein Ring von hundertfünfzig Milizsoldaten umgab den Richtplatz. Grau gehörte nicht zu denen, die sich setzen durften, so stand er denn, neben dem Amtsdiener Roth, in der vordersten Reihe und kämpfte gegen die zunehmende Übelkeit. Vom gewaltigen, an- und abschwellenden Gesumm der Zuschauermasse hoben sich bisweilen laute Einzelstimmen ab, Gelächter, Töne des Hannikelliedes: *Euch lieben Leuten zu gefallen, / erzähl ich, wer Hannikel war, / und leg von seinen Taten allen / euch hier die schauervollsten dar.* Dem Hauptübeltäter war ein Stuhl vorbehalten, auf dem er zusehen musste, wie seine drei Getreuen die Leiter hochkletterten, ihren Kopf in die Schlinge steckten und zu Tode gebracht wurden. Er redete ununterbrochen; ob auf Deutsch oder in der Zigeunersprache, war nicht zu verstehen. Er bete, hieß es ringsum, nein, er verfluche die Richter, er fordere die Seinen auf, seinen Tod zu rächen. Der Schreiber Grau glaubte zu sehen, dass auf der anderen Seite des Blutgerüsts, wo die Sippschaft stand, Dieterle die Lippen bewegte. Grau wäre lieber anderswo gewesen, an einem Waldrand, mit Blick auf sanfte Hügel, wo er nicht zu sehen brauchte, wie Notteles Beine zappelten, nachdem der Scharfrichter die Leiter weggestoßen hatte. Er schloss die Augen, und es wurde plötzlich so still, dass er das Summen der Honigbienen in der Luft, *apis mellifera,* zu hören glaubte. Oder vielleicht waren es Wespen, Kuckuckswespen, gar Hornissen. Wenn man die Toten lange hängen ließ, würden die Fliegen kommen und sich schwarmweise am Aas laben. Wie können wir, hatte er kürzlich seinem Mentor Fabricius geschrieben, in jenen Insekten, vor denen uns graust oder die uns schaden, die Güte Gottes erkennen? Unsere Sicht ist beschränkt, hatte der Professor geantwortet, wir müssen noch fleißiger die Zusammenhänge der Natur erforschen, um zu lernen, dass eins ohne das andere nicht bestehen kann.

Die Stille über dem Richtplatz hielt an, dann das Geräusch der fallenden Leiter, das Aufseufzen von Tausenden, Triumphgeschrei. Dies musste Hannikels Tod gegolten haben. Grau öffnete die Augen erst, als der Lärm wieder verebbte und man das Schluchzen der Hinterbliebenen hörte. Einer alten, ganz verschrumpelten Frau, die zusammengesunken war, half man auf die Beine, es war die Geißin, Hannikels Mutter. Grau hatte sie bisher übersehen und nicht gewusst, dass man auch sie, wie Dieterle und die anderen Kinder, zur Zeugenschaft gezwungen hatte. Da hingen sie nun zu viert an ihren Stricken: Duli, Wenzel, Nottele und ihr Hauptmann Hannikel, mit heraushängenden Zungen, die verfärbten Gesichter verzerrt, dunkel gefleckt die Hosen. Sie warfen im diesigen Licht stark verkürzte Schatten auf den Boden. Der Amtsdiener Roth spöttelte, die Erhängten hätten sich im Todeskampf entleert, am Ende des Lebens kehre man also zur frühen Kindheit zurück. Grau sagte nichts dazu, Roths verbitterte Ironie missfiel ihm noch mehr als sonst.

Dunkle Wolken hatten sich inzwischen zusammengezogen. Man musste – zur Unzeit, da doch erst Mittag vorbei war – mit einem Gewitter rechnen. Die offizielle Delegation kehrte im Eilschritt nach Sulz zurück, gefolgt von einem Soldatentrupp und den Wagen mit den Gefangenen. Grau blieb in der Nähe von Schäffer, der weit ausgreifende Schritte machte und sich mit einem großen Schnupftuch den Schweiß von Stirn und Nacken wischte. Kaum ein Wort hatte er an diesem Tag mit Grau gesprochen. So war es seit langem: Wenn der Oberamtmann gegen außen den Würdenträger darzustellen hatte, dann behandelte er den Schreiber, den er sonst bei so vielen Geschäften ins Vertrauen zog, wie Luft.

Als die Brücke in Sicht kam, zuckten die ersten Blitze über den westlichen Himmel und zogen gleißende Spuren in die Wolkenschwärze. Der Donner rollte über die auseinandergezogene Kolonne hinweg, als murre in der Ferne ein Riesentier. Den ersten Tropfen folgten gleich nussgroße Hagelkörner. Später würde man behaupten, in einigen seien verwehte Zigeunerinnenhaare eingefroren gewesen. Davon sah Grau nichts. Er mühte sich, auf den Pflastersteinen, die schon weiß gesprenkelt waren, nicht auszurutschen, und war froh, die Oberamtei noch halbwegs trocken zu erreichen. Schäffer zog sich eilig um, dann rief er gleich den Schreiber zu sich, denn er wollte ohne Verzug den Bericht über die Hinrichtung diktieren; der Herzog hatte verlangt, dass er ihm per Eilbote zugestellt werde.

Grau hatte keine Zeit für einen Kleiderwechsel, außerdem besaß er bloß zwei vorzeigbare Röcke, und der andere war in seinem Zimmer bei der Witwe Schlosser aufgehängt. Während nun doch die Nässe an den Schultern unangenehm durchdrang, stand er am Stehpult und schrieb mit präzis bemessenen Unter- und Oberlängen auf, was Schäffer diktierte: *So hat denn diese wichtige und beschwerliche Inqui-*

sition, der ich nach wirklichem Anscheinen meine
Gesundheit gänzlich aufgeopfert, auch ihr Ende er-
reicht, auf welches nach der Äußerung vieler Frem-
den fast ganz Europa sehr begierig gewesen.

Wie jedes Mal verbesserte Grau stillschweigend
den Wortlaut, wenn er allzu unbeholfen oder ge-
wunden wirkte. Zwischendurch erschien der Amtsdiener, ohne dass er gerufen worden wäre, und stellte
ein Glas Wasser vor Schäffer hin. Grau ärgerte sich
auch jetzt über Roths schleichenden Gang und das
Schlenkern seines freien Arms. Er zwang sich dazu,
sich aufs Diktat zu konzentrieren; Schäffer wollte
noch weitere Briefe absenden. Als sie fertig waren,
schien draußen wieder die Sonne, drinnen im großen ungelüfteten Amtszimmer war es stickig geblieben. Grau streute Sand über die letzten Seiten,
ließ ihn, als er vollgesogen war, in den Kübel rie-
seln, er faltete die Post zusammen, versiegelte sie.
Das war nun hoffentlich der Schlusspunkt unter
der langen und verworrenen Geschichte, an der er,
der Schreiber Grau, von Anfang an beteiligt gewesen war.

Spätabends saß er allein in seinem Zimmer, am of-
fenen Fenster, vor das er den Tisch geschoben hatte.
Windstille, Hunde bellten in der Nachbarschaft.
Das Zimmer bei der Witwe Schlosser hatte er sich

genommen, nachdem seine Frau und zwei Kinder am Fleckfieber gestorben waren; in der leeren Wohnung hatte er es nicht mehr ausgehalten. Das dritte Kind, ein Mädchen, hatte überlebt, es war, siebenjährig nun, bei einer Verwandten in Horb untergebracht. Eine Haushälterin, die Sophie die Mutter ersetzt hätte, konnte ein württembergischer Schreiber von seinem schmalen Gehalt nicht bezahlen, und sich wieder verheiraten, wie ihm viele rieten, mochte er nicht. So sah er Sophie nur alle paar Monate, und es erstaunte ihn nicht, dass das lebhafte Mädchen sich weigerte, auf seinem Schoß Platz zu nehmen, und ihn überhaupt als Fremden behandelte. Die Einsamkeit indessen machte Grau weniger aus, als andere meinten. Er fand Trost bei den Insekten; ein Misanthrop, wie ihm Schäffer gelegentlich vorhielt, war er deswegen noch lange nicht.

Unter der Lupe, bei schwindendem Tageslicht, betrachtete er die Beute des letzten Sonntagsausflugs. Er hatte sie über Dampf sorgsam getötet, dann auf Löschpapier getrocknet. Es waren Käfer, die er schon bestimmt hatte, und ein paar Bienen, darunter eine Art, die er nicht kannte. Er spreizte mit einer Pinzette die Flügel auseinander, sah genau hin, schrieb, tief übers Blatt gebeugt: *Größe und Gestalt einer Honigbiene, runder, schwarzer Kopf, um die Wurzel der Fühler weiße, seidenähnliche, krause Haare. Breiter Hinterleib, glänzend schwarz, aus sechs Ringen bestehend. Bräunliche Flügel, die ins Blaustahlfarbene schillern.* Diese Beschreibung musste morgen, mit einem kleinen Begleitbrief, auf die Post. Wie fast immer würde Fabricius ihm zurückschreiben, um welche Spezies es sich hier, nach der Linné'schen Klassifikation, handelte. Wie dieser Mann sich so viel Wissen angeeignet hatte, war Grau ein Rätsel. Professor für Entomologie war er, aber auch für Ökonomie, dazu ein Spezialist für die Verwaltungswissenschaft. Er schrieb in einem gelehrten und nahezu makellosen Deutsch, dabei war seine Muttersprache das Dänische. Noch immer waren sich die beiden Forscher, die seit Jahren miteinander korrespondierten, nicht persönlich begegnet. Es war ein langgehegter Plan von Grau, eines Tages Fabricius' Einladung zu folgen und ins Königreich Dänemark, nach Kiel, zu reisen. Allerdings zweifelte er daran, ob ihn der Oberamtmann Schäffer auch nur für wenige Tage von seinen Pflichten entbinden würde.

Nun musste Grau doch die Lampe anzünden. Er schloss, der Mücken wegen, das Fenster. Die neun Stundenschläge von der nahen Kirche ließen die Scheiben erzittern. Es war eine schöne Ordnung auf dem Ausspannbrett; die meisten der eingeleimten Korkstöpsel waren schon mit aufgespießten

Fundstücken besetzt. Von Kind auf hatte es ihn bei Angstzuständen und im Zorn beruhigt, eine überschaubare Ordnung herzustellen.

Später, im Bett, sah er auf einmal wieder die Erhängten vor sich, dazu diese todesfrohe Menge. Seine Gedanken drehten sich im Kreis. Plötzlich beschäftigte ihn erneut, was aus Dieterle werden sollte. Wäre er noch nicht acht Jahre alt gewesen, hätte man ihn, als Kind eines Hingerichteten, nach einem neuen herzoglichen Erlass zu einer Pflegefamilie gegeben. Er war aber schon zwölf, wenn auch klein und mager; und so würde man ihn morgen ins Waisenhaus nach Ludwigsburg bringen. Auch deshalb wollte der Schlaf nicht kommen. Grau hätte zur Witwe Schlosser, zu Caroline, hinübergehen können wie in der vorigen Nacht, als das Elend ihn übermannte. Aber das durfte nicht wieder passieren. Während sechs Jahren hatte er dafür gesorgt, dass die Zimmerwirtin ihm fremd blieb; eine einzige Umarmung aus innerer Not befreite ihn nicht von dem Gewicht, das schon so lange auf ihm lastete.

4

Sulz am Neckar, Frühling und Sommer 1786

Unermüdlich war der Oberamtmann Jacob Georg Schäffer, wenn es darum ging, seine Liste von Jaunern, Zigeunern, Mördern, Tag- und Nachtdieben, die seit 1784 gedruckt vorlag, zu vervollständigen. Sie umfasste nicht weniger als 666 Personen, die neun auskunftswillige Häftlinge, darunter der Schweizer Viktor und der Konstanzer Hans, genannt und beschrieben hatten, dazu kamen 96 Namen von Hehlern und Unterschlupfgebern samt den einschlägigen, teils abgelegenen Orten und Häusern. An die 90 der Gesuchten waren seit der Drucklegung im ganzen Schwäbischen Kreis und in der Schweiz gefasst und abgeurteilt worden.

Es brannte, es loderte in Schäffer. Das unselige Jaunerwesen gleiche einer Hydra, der dauernd neue Köpfe nachwüchsen, verkündete er bei jeder Gelegenheit. Was bleibe einem anderes übrig, als stets von neuem so viele Köpfe wie möglich abzuschlagen? Bereits fasste er eine erweiterte Neuauflage der

Liste ins Auge, die man dann, so predigte er allen, die es hören wollten, noch weiter verbreiten müsste, bis ins Österreichische hinein, bis ins Welschland.

Aufs äußerste entsetzt und erzürnt hatte den Oberamtmann die Ermordung des herzoglichen Grenadiers Christoph Pfister, genannt Toni, durch die Hannikelbande, die bereits in der ersten Liste verzeichnet war. Es handelte sich um einen überaus grausamen Rache- und Ehrenmord an einem abtrünnigen Zigeuner und Porzellanhändler, der im Militär, wie Schäffer es ausdrückte, ein ehrlicheres Leben gesucht hatte. Tonis Vergehen war gewesen, dass er Mantua, die Beischläferin Wenzels, des Bruders von Hannikel, entführt und geheiratet hatte. Das galt unter Zigeunern als schlimmster Treuebruch. Die Sippe hatte Toni eine Falle gestellt. Eine andere, jüngere Schöne hatte den Lockvogel gespielt, die Männer hatten ihm aufgelauert, die Nase abgeschnitten, ein Bein abgeschlagen, die Wunden mit Jauche übergossen. Der Schwerverletzte starb auf dem Weg nach Reutlingen, wohin man ihn auf einem Karren bringen wollte; er hatte noch Kraft genug besessen, die Namen der Mörder zu flüstern: Wenzel, der Gehörnte, und Hannikel, das Oberhaupt der Sippe, seien es gewesen.

Als die Nachricht von diesem Sühnemord in Sulz eintraf, hatte Schäffer mit dem Brief vor Graus Nase herumgefuchtelt: »Jetzt werden wir sie fassen! Jetzt oder nie! Es soll uns keiner entgehen!« Hannikel und seine Leute hatte er schon seit längerem im Visier. Man legte ihnen Raubüberfälle, Diebstähle und Misshandlungen zur Last, begangen über fünfzehn Jahre hinweg an einem Dutzend Orten im Schwarzwald und im Elsass. Beute gemacht hatten sie mit Vorliebe bei jüdischen Händlern und in evangelischen Pfarrhäusern. Sie stahlen bares Geld, Gold, Silberbesteck, Schmuck, Kleider, Tuch, Fleisch, Brot, Käse, Schafe, Gänse, kurz: alles, was ihnen in die Hände geriet. Wenn die meist im Schlaf Überfallenen nicht verraten wollten, wo sie ihre Wertsachen versteckt hatten, wurden sie geschlagen, an den Haaren gerissen, herumgeschleift, mit heißem Wachs gequält; da gab jedermann seine Geheimnisse preis. Es kam zudem vor, dass die Räuber bei jüdischen Geldausleihern, auf Betreiben der Dorfbewohner hin, Schuldscheine zerrissen und verbrannten.

Mehrmals schon hatte Schäffer in seinem Amtsdistrikt Polizeistreifen auf die Hannikelbande angesetzt. Doch die Übeltäter, stets auch von Frauen und Kindern begleitet, waren immer wieder rechtzeitig entwichen. Vermutlich wurden sie von Helfershelfern gewarnt, und außerdem wussten sie jeweils genau, wo sie die Grenze zu einer andern Herrschaft überqueren mussten, um in abgelegenen Wirtshäusern oder auf verborgenen Rastplätzen eine Zeitlang unbehelligt zu bleiben. Sie brauchten erst dann weiterzufliehen, wenn die unterschiedlichen, eifersüchtig über ihre Rechte wachenden Behörden einander Amtshilfe gewährten.

Dieses Mal, nach dem Mord an Toni, sollte es anders sein. Schäffer wollte eine umfassende Vollmacht von Herzog Karl Eugen, die ihm gestattete, die Bande in ganz Württemberg zu jagen. Er diktierte Briefe, die per Eilpost nicht nur nach Stuttgart, sondern auch nach Sigmaringen, nach Rottweil, nach Konstanz gingen. Überall erbat er sich sofortige Hilfe und gegebenenfalls den erleichterten Grenzübertritt für seine Häscher. Der Schreiber Grau schrieb sich die Finger wund; auch sein umständlicher Gehilfe Eyt, der die Kopien anfertigte, arbeitete bis zum Umfallen.

Am 1. Mai, nach drei Wochen hektischer Betriebsamkeit, kam der herzogliche Bescheid, dass der Oberamtmann die Fahndung leiten solle. Ein Militärkommando, wie er sich's wünschte, wurde ihm allerdings nicht bewilligt, bloß zwei bewaffnete Postillione zu seinem Schutz. Inzwischen aber hatte Schäffer, der nun alle andern Geschäfte vernachlässigte, zwei Zigeuner gedungen, die ihn zu Hannikels Verstecken führen sollten. Es waren Mattes und Hansjörg aus der Sippschaft der Reinhardts, sie waren mit Hannikel verwandt und durch die Aussicht gekauft, für begangene Verbrechen mit einer milden Strafe davonzukommen, wenn sie sich als nützlich genug erwiesen.

Als Erste wurden unter ihrer Führung die Frankenhannesen Käther und Dennele aufgespürt und verhaftet, Hannikels Beischläferin und seine Tochter aus einer früheren Verbindung. Schäffer rang ihnen den Hinweis ab, dass Hannikel sich in der Gegend von Rechberg und Schwäbisch Gmünd verstecke. Hinterher bereute Käther dieses Geständnis. Als der Schreiber Grau sie vom Verhör wegführte, sagte sie unter Tränen, sie sei voller Angst gewesen und habe gedacht, dass sie zumindest Dennele schütze, wenn sie die scharfen Fragen des Oberamtmanns richtig beantworte. Sie klagte über Durst. Grau gab ihr zu trinken. Er wusste nicht, was er von ihr halten sollte. Die Koketterie in ihrem Blick wechselte sich ab mit Furcht und Argwohn, und in ihre Haare, die ungebändigt über die Schultern fielen, hätte er greifen wollen, bloß um herauszufinden, wie rauh oder wie fein sie waren.

Schäffer stellte eine Streifmannschaft zusammen, die er aus dem Etat des Oberamts und teils sogar aus eigener Tasche bezahlte. Grau hätte es vorgezogen, an seinem Schreibpult zu bleiben und Schäffers

Liste anhand von Verhörnotizen weiter zu vervollständigen. Aber er musste mit; er war für den Oberamtmann, wie es schien, unentbehrlich. Der Amtsdiener Roth hingegen, der bei bevorstehenden körperlichen Anstrengungen stets über sein schwaches Herz klagte, durfte zu Hause bleiben. Es war dem Schreiber unbegreiflich, weshalb Schäffer so nachsichtig mit ihm umging. Ein Blinder musste doch sehen, dass Roth unbequeme Anordnungen des Vorgesetzten unterlief oder sich ihnen entzog! Hatte Schäffers Nachsicht am Ende damit zu tun, dass Roth genauer als andere darüber Bescheid wusste, auf welche Weise der Oberamtmann zu seinem Posten gekommen war? Roth lebte allein wie Grau; im Unterschied zu diesem war er unverheiratet geblieben. Zwischen ihnen gab es kein vertrautes Verhältnis. Die Kammer, die dem Amtsdiener im Erdgeschoss der Oberamtei eingeräumt war, hatte Grau noch nie betreten. Roth schlief dort, er aß dort, ließ sich das Essen vom Gasthof Lamm bringen. Manchmal roch er widerlich nach abgestandenem Bier.

In Eilmärschen folgte die Truppe dem Lauf des Neckars. Sie übernachteten in schlechten Herbergen. Nun waren nicht nur Graus Finger wund, sondern auch die Füße. Abends betupfte er die Blasen an den

Fersen mit Kamillentinktur; ein gespaltener Zehennagel, der nun langsam einwuchs, schmerzte ihn heftig. Als sie einmal eine Strecke lang ritten, verwünschte er innerlich hundertfach seinen Beruf, denn das Reiten war ihm so zuwider wie sonst nur ein Besäufnis in Gesellschaft. Es regnete oft, die Wege waren aufgeweicht. Immerhin erglänzte das neue Buchenlaub, wenn zwischendurch die Sonne schien, in kräftigem, hellem Grün. Aber die Muße, sich nach Insekten zu bücken, hatte er nicht.

Vom dritten Tag an, schon fast auf der Höhe von Göppingen, begannen sie sich nach den Flüchtigen zu erkundigen, und da kam Schäffer seine Liste zustatten. Er fragte nach *Hannikel, einem Zigeuner, ungefähr 40 Jahre alt, etwa 5 Schuh und 2 Zoll groß, von Gesicht schwarzbraun, gebe sich als Jäger aus;* er fragte nach dessen Bruder *Wenzel, kleiner Postur, sei fast immer mit einer Flinte versehen.* Er bekam ausweichende Antworten von Wirten, Fuhrleuten, Wäscherinnen, Hausierern und dann doch einige dienliche Hinweise. Beim Hohenstaufen, in der Nähe der Burgruinen, wurde eine ganze Schar von Zigeunern umzingelt, die zum Umkreis von Hannikel gehörten, darunter immerhin Duli und Nottele, die allem Anschein nach bei Tonis Ermordung dabei gewesen waren. Man hielt sie mit Waffengewalt fest und übergab sie nach einem ersten unergiebigen Verhör, bei dem sie alle Schuld leugneten, dem Oberamtmann von Göppingen.

Zu Schäffers großem Verdruss war Hannikel wiederum entkommen, dieses Mal vermutlich in südlicher Richtung, ins Bodenseegebiet und in die Schweiz. Heftig beschwerte sich Schäffer darüber, dass die Beamten der kleinen Herrschaft von Hohenrechberg die Zusammenarbeit verweigerten; hätten sie die Suche auf ihrem Gebiet rechtzeitig erlaubt, wäre Hannikel, so Schäffer, mit Sicherheit gestellt und gefasst worden. Er stapfte, weiß um Mund und Nasenwurzel, in der Wirtsstube herum, er fragte die übrigen Gäste in drohendem Ton, wie er, ein gewissenhafter Diener des Staates, auf solche Weise seine Pflicht erfüllen solle.

Ohne Hannikel und Wenzel kehrte man nach Sulz zurück. Schäffer überwand seine Enttäuschung, indem er die Mörder zumindest mit Worten einkreiste. Seine von Grau geschriebenen Hilfsgesuche wurden in die Reichsstadt Ulm geschickt, nach Biberach, nach Ravensburg, nach Bregenz und weiter ins Rheintal, sogar in die bündnerischen Täler, wo man die Bande ebenfalls vermutete. Darin forderte der Oberamtmann von Sulz alle Amtsstellen kategorisch auf, ihn schnellstens zu benachrichtigen, wenn man Verdächtige gesichtet oder gefasst habe.

Diese Wochen nach der ersten großen Streife waren für den Schreiber Grau eine Tortur. Die Blasen an den Füßen heilten zwar rasch ab, doch er war erschöpft, und es strengte ihn doppelt an, allen Anweisungen Schäffers nachzukommen. Den Fahndungsbriefen musste er jeweils eine Abschrift der einschlägigen Listenausschnitte beilegen; denn die gedruckten waren ausgegangen und längst verschickt, und es war zu teuer, in Eile eine neue Auflage zu drucken. Selbst wenn der Gehilfe Eyt mithalf, kosteten allein diese Abschriften Grau stundenlange Nachtarbeit. Eyt war langsam und begriffsstutzig, er hatte ein fliehendes Kinn, das häufig vor Aufregung zitterte. Schäffer hatte ihn angestellt, weil er aus einer verarmten, entfernt mit ihm verwandten Familie kam. Die Verstärkung, die sich Grau erbeten hatte, war er nicht, im Gegenteil: Alles, was Eyt geschrieben hatte, musste er überprüfen und korrigieren. Außerdem war seine, Graus, Handschrift viel leserlicher, und so blieb das meiste ohnehin an ihm hängen.

Die ersten spärlich eintreffenden Antworten auf Schäffers Hilfsbegehren enthielten nichts Genaues. Man habe gerüchteweise dieses und jenes gehört, die Gesuchten trieben sich hier oder dort herum, man habe versucht sie aufzuspüren und nicht gefunden. Immer stärker schien sich mit jeder solchen nutzlosen Auskunft die innerliche Feder zu spannen, die Schäffer antrieb. Wann er überhaupt zum Schlafen kam, war Grau schleierhaft, und was für ein Familienleben er führte, noch mehr. Bisweilen zeigte sich Schäffers Frau, eine schmächtige Person mit früh verhärmten Zügen, im Oberamt, ein stummes kleines Kind an der einen Hand, in der anderen den gedeckten Korb, der das Essen für Mittag und Abend enthielt, meist etwas Gesottenes, das noch warm war und vom Amtszimmer, in dem Schäffer es verzehrte, in die Schreibstube hinüberduftete. Wenn ihr Mann sie ansprach, zuckte die Frau zusammen, selbst wenn der Ton freundlich war, und sie antwortete gedämpft, beinahe unhörbar, als müssten solche Zwiegespräche geheim gehalten werden. Sie war die Tochter des früheren Oberamtmanns, und man sagte hinter vorgehaltener Hand, Schäffer habe sie nur geheiratet, um das Amt des Schwiegervaters durch dessen Fürsprache zu ergattern. Jedenfalls sprach Schäffer nie über seine Familie, wie er sich auch bei Grau und andern Untergebenen höchstens im Krankheitsfall nach Persönlichem erkundigte. Grau wäre selbst in Verlegenheit geraten, hätte er seine Lebensumstände beschreiben müssen. Anders als der Vorgesetzte begnügte er sich über Mittag mit Brot, etwas Schmalz und verdünntem Apfelwein, den ihm seine Zimmerwirtin mitgab, und abends, wenn er im Amt zu bleiben hatte, aß er oft gar nichts. Seit dem Amtsantritt Schäffers vor nunmehr sechs Jahren stand Grau in dessen Diensten; er war vom Hilfsschreiber zum Aktuar aufgerückt, und das hatte er seinem Fleiß und seiner Anpassungsfähigkeit zu verdanken, die andere wohl, das wusste er, als Duckmäusertum bezeichnet hätten. Seine Pflichten erledigte er mit gleichsam mechanischem Geschick, das genügte. Was übriggeblieben war von seiner Lebhaftigkeit, richtete sich darauf, in freien Stunden die Welt der Insekten zu erforschen, dieses kleine, aber unendlich reiche Universum. Es gab darin, neben den Tausenden der beschriebenen, noch immer neue und bisher unbekannte Arten zu entdecken, denen in der weitverzweigten Linné'schen Ordnung der richtige Platz zugewiesen werden musste. Grau erinnerte sich nur noch verschwommen an das Erwachen dieses Interesses. Ging es in die Kindheit zurück, zu den Tagen, wo er mit Stecken in Ameisenhaufen herumgestochert oder schändlicherweise Käfern die Beine ausgerissen hatte? Oder hing es doch mit den eigenen Kindern zusammen, denen er erklärt hatte, wer die Krabbelwesen waren, vor denen sie sich fürchteten? Eines Tages hatte er nach den richtigen Namen zu suchen begonnen, er hatte, wie es seiner gründlichen Art entsprach, in Zedlers Enzyklopädie nachgeforscht, die zum Bestand des Oberamts gehörte, er war auf Linnés *Systema naturae* gestoßen, er hatte in einer naturkundlichen Zeitschrift einen Artikel von Johann Christian Fabricius über Wespen gelesen und sich getraut, dem Verfasser eigene Beobachtungen zu unterbreiten. Fabricius, der nur wenig älter war als Grau, hatte zurückgeschrieben. Seither, besonders aber seit dem Verlust der Familie, war dieser Briefwechsel, der so viele Türen in unbekanntes Gelände aufstieß, für Grau ein Licht-, ja der einzige Glanzpunkt in seinem Leben.

Nun aber, in den Wochen nach dem Mord am Grenadier Pfister, blieb Grau gar keine Zeit, sich seinen Forschungen zu widmen. Der Sommer kam ins Land, und Grau, der sich fast nur noch in Innenräumen aufhielt, merkte kaum, wie warm die Tage wurden, wie rasch in diesem Jahr der Weizen wuchs, welche Insekten schwärmten. Hätte ihn nicht die Witwe Schlosser ermahnt, wäre er im immer selben verschwitzten und übelriechenden Hemd ins Oberamt gegangen. Dass die Rosen schon zum zweiten Mal blühten, entging ihm, ebenso wie die Blattlausplage, über die sich seine Zimmerwirtin beklagte.

An einem schwülen Augusttag bekam Schäffer einen Brief aus Chur, der ihn beinahe wieder außer sich geraten ließ, nun aber nicht vor Zorn, sondern vor übergroßer Freude. Wie damals, im April, als Tonis Ermordung gemeldet wurde, lief er vor Graus Pult hin und her, nein, er hüpfte auf und ab in einer Art ungelenken Tanzes: »Sie haben sie gefasst, hören Sie, Grau, sie sind ins Netz gegangen!« Schäffers Wangen hatten sich dunkelrot gefärbt, eine Ader auf der Stirn war angeschwollen. »Wir werden sie holen, Grau, was kümmert uns die lange Reise! Wir werden sie holen und in Sulz aburteilen! Keiner der Mörder soll seiner Strafe entgehen! Keiner!« Schäffer atmete so heftig und rasselnd, dass Grau fürchtete, er sei dem Gefühlssturm, der ihn erfasst hatte, nicht gewachsen. Aber allmählich beruhigte er sich und lobte sich selbst für die Genauigkeit seiner Liste, die unzweifelhaft zur Verhaftung der Hannikel-Bande in Graubünden geführt habe. Er warf Grau mit großer Geste den Brief des Churer Kriminaltribunals hin und forderte ihn auf, laut vorzulesen. Grau gehorchte, und nun wurde ihm klar, was geschehen war: Der Graf von Salis aus Zizers, mit einer Jagdgesellschaft unterwegs, hatte auf einer waldigen Anhöhe dichten Rauch bemerkt, der von Vaganten stammen mochte. Er und seine Leute hatten die Stelle mit vorgehaltener Waffe umzingelt. Die sechzehn Männer, die dort lagerten, zusammen mit ein paar Frauen und Kindern, hatten sich ohne Gegenwehr ergeben und waren unter schärfster Bewachung nach Chur ins Gefängnis gebracht worden. Obwohl der Anführer darauf beharrte, Kilian Schmid zu heißen, nahm man aufgrund der Beschreibungen an, es handle sich um Hannikel. Ein anderer musste sein Bruder Wenzel sein, ein dritter wohl Hannikels älterer Sohn Bastardi, einen besonders verstockten Buben hielt man für Dieterle, unter den Frauen nannte sich eine Catharina Bremin, eine andere Urschel. Die Behörden von Chur, stand weiter im Brief, böten dem Lande Württemberg an, die Verhafteten auszuliefern, sofern sie zeitig abgeholt und die Kosten ihrer Unterbringung von Württemberg übernommen würden.

Ob es denn sicher sei, wagte Grau zu fragen, indem er den letzten Bogen des Briefs mit der Handkante glättete, dass es sich tatsächlich um die inkriminierten Personen handle?

Mit größter Wahrscheinlichkeit, erwiderte Schäffer. Man werde eben den Mattes oder den Hansjörg mitnehmen, um Hannikel zweifelsfrei zu identifizieren, beide seien ja schon mit ihm herumgezogen, vor ihnen müsse der Schurke sein Theaterspiel aufgeben. Zunächst gehe es aber darum, vom Herzog die Erlaubnis einzuholen, diese weiträumige Überführung zu organisieren. Seine Durchlaucht werde ihm, da sei er sicher, weder Geleitschutz noch den nötigen Reisekredit verweigern, denn Hannikel gefasst zu haben, werde seinen Ruhm in ganz Europa erstrahlen lassen. Beinahe feierlich sprach Schäffer nun, er stand dicht vor Graus Schreibpult, und da Speicheltröpfchen darauf niederregneten, schützte Grau den Brief, indem er beide Hände darüber hielt.

»Sie, Grau«, sagte Schäffer, um Jovialität bemüht, »Sie werden mir heute bis spät in die Nacht zur Verfügung stehen, das können wir jetzt nicht ändern. Es werden Briefe nach Stuttgart und Chur gehen, wir müssen Pferde, Wagen, Proviant und so fort bestellen. Aber auf Sie wartet eine Belohnung. Sie kommen mit, Grau. In zehn, zwölf Tagen sind wir in Chur, Sie werden Zeuge der Geschehnisse sein!«

Grau hätte am liebsten den Kopf geschüttelt, eine beinahe zweiwöchige Reise über Stock und Stein, dazu ins schweizerische Gebirge, schien ihm eher eine Strafe als eine Belohnung. Man musste bestimmt lange Strecken zu Fuß zurücklegen. Doch bei allem, was der Oberamtmann anordnete, blieb Graus Kopf so steif auf dem Hals, als wäre er festgeschraubt. Er wusste ja, dass Widerspruch zwecklos war. Er würde sich jedoch, das beschloss er auf der Stelle, dafür einsetzen, dass auch der Amtsdiener Roth mitkam, damit noch ein anderer in Schäffers Nähe wäre, auf den er gegebenenfalls seinen Zorn lenken konnte. Wenn schon Grau sich solchen Strapazen aussetzen musste, dann waren sie dem krumm-beinigen Roth ebenso zuzumuten.

Zufällig traf er den Amtsdiener auf dem Weg zur Toilette, die neben dessen Schlafkammer lag. Er gehe davon aus, sprach er ihn ohne Umschweife an, dass Roth ihn auf der bevorstehenden Reise von gewissen Aufgaben, die mit der Schreiberei nichts zu tun hätten, entlasten werde. Roth, der verschlafen aussah und sich eben umständlich den Rock zuknöpfte, schüttelte bedauernd den Kopf und deutete zuerst auf die Herzgegend, dann aufs Knie. »Ich bleibe hier«, antwortete er, und in seinem Mundwinkel zuckte es leicht. »Mir tut alles weh. Und das Gehen raubt mir jede Kraft.«

»Ach, darum haben Sie sich also hingelegt«, sagte Grau.

»Mit Erlaubnis des Herrn Oberamtmanns.« Roth verbeugte sich leicht. »Mit seiner Erlaubnis.« Dann schlurfte er davon und gab sich nicht einmal Mühe, ein wenig zu hinken.

Der Abend zog sich in die Länge. Der Gehilfe Eyt war schon früh, eines angeblichen Fieberfrostes wegen, nach Hause gegangen. Als auch der Oberamt-mann sich zurückgezogen hatte, schrieb der Schreiber noch die Entwürfe ins Reine, die am nächsten Morgen zur Unterschrift bereit sein mussten. Kurz vor Mitternacht hätte Grau sich ebenfalls zu Bett legen können, doch die innere Unruhe trieb ihn noch eine Weile in den Gassen herum, fast als wäre er ein Dieb, der eine günstige Gelegenheit zum Einbruch ausforschte. Der Dreiviertelmond schwamm hoch oben durch fahlfaseriges Gewölk, trübte sich und hellte sich wieder auf. Die Stadt schlief, die Fenster, hinter denen noch ein Licht brannte, waren rar. Dort saßen die Einsamen und fürchteten sich vor dem nächsten Tag. In den Gärten, die nach Süden lagen, zirpten die Grillen. Beinahe zärtlich dachte Grau daran, wie geschickt sie mit der gezähnten Ader des einen Vorderflügels über die Kante des anderen strichen und so ihre Töne erzeugten. In einem Brief hatte Fabricius erklärt, dass die Männchen mit diesem Gesang offenbar die Weibchen anlockten. Grau blieb stehen und lauschte eine Weile. Neben dem Zirpen und Gebell von weit her hörte er die Rufe eines Käuzchens. Grau standen keine Töne zur Verfügung, um ein Weib für sich zu gewinnen. Da ließ er es lieber sein, und die Avancen der Witwe Schlosser, die doch ein paar Jahre älter war als er, ignorierte er am besten. Vor ihm strich eine gescheckte Katze quer über die Gasse und verschwand in einem Kellereingang, es ging so schnell, dass er kaum Zeit hatte zu erschrecken. Doch unwillkürlich dachte er an seine Tochter Sophie. Als ihre Mutter fiebernd im Bett lag, saß Sophie neben ihr auf dem Boden, eine junge Katze im Schoß, sie streichelte das Tier und flüsterte ihm ins Ohr. Er fragte, was sie der Katze erzähle, unwillig schaute sie den Vater an und gab keine Antwort. Es war Monate her, dass er Sophie zum letzten Mal besucht hatte. Er scheute sich davor, ihre abweisende Miene wieder ertragen zu müssen. Das Kind wachse schnell, hatte ihm die Cousine gesagt, die Sophie nun aufzog. Daraus leitete sie das Recht auf höhere Unterhaltsbeiträge ab. Grau gab, was er konnte.

Ohne es beabsichtigt zu haben, kam er zum Fluss, der träge dahinzog. Sobald der Mond sich zeigte, lag ein Glanz auf dem Wasser, der Grau so flüchtig schien wie Freude und Glück im menschlichen Leben; beim kleinsten Windstoß zersplitterte die Lichtfläche im Kräuseln der Wellen. Grau setzte sich am Ufer ins taunasse Gras. Es dauerte nicht lange, bis er die Feuchtigkeit auf der Haut spürte und zu frösteln begann. Das macht nichts, sagte er zu sich, man hält noch ganz anderes aus.

5

Stuttgart, Schloss Solitude, 20. August 1786

Gegen Mittag war alles bereit, und der Herzog, dem der Hofmarschall Baron von Gaisberg Rapport erstattete, war so zufrieden, dass ihn zur Abwechslung eine große Heiterkeit erfasste. Er zeigte sich den Leibdienern gegenüber ungewohnt jovial, bedachte den einen mit einem Witzwort, den anderen mit einem Schulterklopfen. Ja, es war alles bereit; der Jagdgesellschaft, die in den nächsten Stunden eintreffen sollte, würde es an nichts mangeln. Der künstliche See, den zweihundert Fronarbeiter beim Westflügel des Schlosses ausgehoben hatten, war gefüllt. Am nördlichen Ufer lagen gut vertäut die nachgebauten venezianischen Gondeln. Dahinter stand der Pavillon für die ranghöchsten Gäste, links und rechts davon, in schöner Symmetrie, die Zelte für die übrigen, und etwas weiter entfernt waren auf terrassiertem Gelände die langen Tische fürs Bankett aufgestellt. Überall sah man Bedienstete in Livree und Bauernknechte, die noch etwas zu erledigen hatten. Es war, dachte Karl Eugen, ein Gewimmel wie auf einem dieser figurenreichen Bilder der Niederländer, die neuerdings wieder in Mode gekommen waren. Noch fehlten die Damen, sie würden bald mit ihren Roben wie Blumen das Gelände schmücken. Auch die Kulissenmaler hatten ganze Arbeit geleistet: Mit Tuch und Gips versehene Holzkonstruktionen täuschten auf den Schmalseiten des Sees Felswände und Grotten vor; sie würden bei Dunkelheit mit Tausenden von Wachskerzen illuminiert und einen fabelhaften Anblick abgeben. Am wichtigsten für die Prunkjagd war aber der südöstliche Teil des gegen die Stadt hin abfallenden bewaldeten Hangs. Dort wartete, innerhalb einer großen Umzäunung, das unruhige und verängstigte Wild darauf, zum richtigen Zeitpunkt freigelassen zu werden. Es waren einige Dutzend Hirsche, fünfzig Rehböcke, über hundert Wildschweine, sehr viele Füchse und Hasen, auch in Kisten eingesperrte Fasane, Enten, Tauben. Die gefährlichsten Tiere, einen Wolf, zwei Luchse, hielt man in Käfigen gefangen. Zahllose, ebenfalls zur Fron gezwungene Bauern hatten sie, unter der Fuchtel der herzoglichen Forst- und Jägermeister, in den letzten Tagen zusammengetrieben oder in Netzen mühsam herbeischafft. Gegen den See hin gab es eine Öffnung im Zaun, die mit großen Tüchern verhängt war, ähnlich einem riesigen Vorhang, der dann unter Trompetenschall geöffnet würde. Man hörte von dort her alle möglichen Tierlaute, ein vielstimmiges an- und abschwellendes Röhren, Bellen, Grunzen, auf das die angeleinten Hunde der Jägermeister anfallweise mit rasendem Gekläffe antworteten. In Wellen trieb der Wind den scharfen Geruch von Wild und seiner Losung heran. Das alles beschleunigte den Puls des Herzogs auf angenehme Weise. Er brauchte nicht daran zu zweifeln, dass diese Prunk- und Lustjagd für die Gäste zu einem unvergesslichen Ereignis werden würde. Seine zweite Frau, Franziska von Hohenheim, die langjährige Mätresse, mit der er seit ein paar Monaten offiziell verheiratet war, hatte ihm zwar das Versprechen abgerungen, sich zu mäßigen; aber ganz auf das Jagdvergnügen zu verzichten kam nicht in Frage. Immerhin hatte er ihr in zwei, drei Punkten nachgegeben. Anders als noch vor vier Jahren, als er dem russischen Großfürsten Paul Petrowitsch mit einem zehntausendköpfigen Publikum imponieren wollte, waren dieses Mal keine Schaugerüste für die Gaffer aus der Stadt aufgestellt, man würde im Wesentlichen unter sich bleiben. Und wenn dann, spät in der Nacht, die Untertanen von weitem das Feuerwerk bestaunten, sollte ihm das recht sein. Franziska war auch daran gelegen, die Flurschäden zu vermindern, die bei den vorausgehenden Treib- und Hetzjagden entstanden. Bitter hätten sich die Bauern, so warf sie dem Herzog vor, in früheren Jahren über niedergetrampelte Felder beklagt, zudem über allzu ausgedehnte Frondienste und über die Fressschäden durch das Rot- und Schwarzwild, das sie, da es dem Adel vorbehalten war, nicht antasten durften. Das war dem Herzog nicht neu. Die Landstände, die auch die Bauern vertraten, lagen ihm mit ihren Beschwerden ständig in den Ohren. Er hatte seine Jäger oft genug ermahnt, das reife Korn nicht niederzureiten und die Äcker zu schonen. Aber er wusste selbst nur zu gut, dass man in der Hitze, im Hochgefühl der Verfolgungsjagd alle Rücksicht fahrenließ. Auch hier war er seiner Frau entgegengekommen: Er hatte die Zahl der zusammengetriebenen Tiere, verglichen mit anderen Malen, auf die Hälfte reduziert. Was wollte sie denn noch mehr? So viele Hindernisse hatte er aus dem Weg geräumt, damit sie zusammenkommen konnten. Irgendwann musste es doch ein Ende haben mit seinen Konzessionen!

Er wandte sich an den Hofmarschall, der mit aufmerksamer Miene vor ihm stand und sich, wie immer, ein wenig duckte, damit nicht auffiel, dass er um zwei Zoll größer war als der Herzog.

»Das Podium für die Hofkapelle?«

»Am befohlenen Ort, Durchlaucht.« Der Hofmarschall wies in die Richtung des Pavillons, den sie nun fast erreicht hatten.

»Das Feuerwerk?«

»Alles eingegraben oder festgenagelt, in sicherer Distanz.«

Der Herzog nickte. »Gute Arbeit, Herr Baron. Aber achten Sie darauf, dass die Stiefel sämtlicher Lakaien glänzen. Tadellos muss das sein. Wir haben ja zum Glück schönes Wetter. Und schicken Sie noch den Maître d'Hôtel vorbei. Ich gehe mich jetzt umziehen.«

Mit einer Verbeugung zog sich der Hofmarschall zurück, ihm folgten stumm und in strenger Ordnung seine sieben Untergebenen. Es war einer der wenigen kostbaren Augenblicke, in denen der Herzog beinahe allein war. Alles Menschliche um ihn herum bewegte sich in angemessener Entfernung. Sehr angenehm. Er schaute zum Himmel hinauf und lächelte beim Anblick der Schäfchenwolken, die eine luftigzarte Herde von reinstem Weiß bildeten. Das hätte seiner Franziska, dem Franzele, gefallen. Schade, dass sie sich entschieden hatte, der Lustbarkeit fernzubleiben. Pulverdampf, Tiergeschrei und Blutgeruch: das alles ertrage sie nicht, hatte sie gesagt. Sein Lächeln wurde breiter und verhärtete sich doch ein wenig.

In der geräumigen Ankleidekammer des Westflügels mit ihren wandhohen, von Stuckleisten gerahmten Spiegeln lag der frischgebürstete Jagdanzug bereit. Sein erster Kammerherr und der Grand-Maître de la Garderobe empfingen ihn. Die Leibwäscherin überreichte dem Herzog mit diskret abgewandtem Gesicht die frische Unterwäsche. Hinter der spanischen Wand zog er sich um, sprühte sich zuvor gründlich mit Eau de Toilette ein. Schon seit langem hatte er es durchgesetzt, bei den intimsten Verrichtungen ohne Hilfe auszukommen. Nun ja, er war etwas aus der Form geraten, aber es ging immer noch. Er schlüpfte in die dunkelrote ledergefütterte Culotte, zog sie bei eingezogenem Bauch hoch und knöpfte sie zu. Dann trat er, schwer atmend, in Strümpfen, Hemd und Hose hinter der Wand hervor, und nun ging es nicht anders, als dass man ihm erst in die wollene Weste half, danach in den marineblauen, mit Goldstickerei gesäumten Jagdrock. Die beiden Herren gingen um den Herzog herum, stellten sicher, dass der rubinrote Seidensamt des Krageninnenfutters und die Ärmelaufschläge sichtbar waren. Einander Anweisungen zuflüsternd, zupften sie Falten zurecht und zogen die Rockschöße etwas weiter hinunter.

Schwerfällig setzte sich der Herzog auf den herbeigeschobenen Sessel. Hinten, an verschwiegener Stelle, biss und brannte es wieder. Zum Teufel mit all diesen Beschwerden! Auch den Spiegeln ringsum war nicht auszuweichen, außer er hätte sie mit Tüchern zuhängen lassen. Sie zeigten einen fast Sechzigjährigen mit verlebten Zügen, der seine Korpulenz zwar einschnüren, aber kaum noch tarnen konnte. Immerhin verbarg die Perücke, die ihm nun der Hoffriseur behutsam aufsetzte, wie gelichtet sein Haar schon war, und die kniehohen, geschmeidigen Jagdstiefel, in die man seine Füße und drallen Unterschenkel zwängte, gaben ihm doch einen Anschein von Eleganz. Für diese Kleidung war es eigentlich viel zu heiß. Der Herzog spürte, wie ihm der Schweiß schon jetzt aus allen Poren drang; aber der Pflicht der standesgemäßen Repräsentation, sei es nun auf der Jagd oder im Ministerrat, war ebenso wenig zu entgehen wie dem eigenen Spiegelbild. Er musterte es aus den Augenwinkeln, er hob die Arme, er drehte sich um sich selbst, er hörte mit leichtem Amüsement die übertriebenen Beifallsäußerungen des Kammerherrn und des Maître de la Garderobe. Er hatte Durst. Das Glas Schaumwein, das man ihm reichte, lehnte er ab, er wollte Wasser. Zwei Gläser stürzte er in einem Zug herunter, bereits wurde ihm die Ankunft der ersten Gäste gemeldet. Es war Zeit für seinen Auftritt.

Gerade wollte er den Hirschfänger umschnallen, der die ganze Unbequemlichkeit noch steigern würde, da trat der Kammerherr näher zu ihm und sagte halblaut, ein Leibdiener des Freiherrn von Kniestedt, des Kammerpräsidenten, wünsche ihm dringend etwas mitzuteilen. Als der Herzog widerwillig nickte, stand der Mann, schwitzend in seiner Livree, schon vor ihm und kündigte Seiner Durchlaucht in devoter Haltung an, der Freiherr höchstpersönlich sei, einer dringenden Angelegenheit wegen, im Anmarsch. Kaum hatte der Herzog ihn weggeschickt, begleiteten zwei weitere Lakaien den ersten Minister zu ihm herein. Wie oft schon hatte Karl Eugen ihn innerlich verwünscht, wenn er zu ungelegener Zeit Staatsgeschäfte verhandeln wollte oder die immer gleichen Beschwerden der Landstände in quälender Länge vortrug. Der Freiherr galt mit seinem römischen Profil als schöner Mann, und das stimmte den Herzog in diesem Moment keineswegs versöhnlich, zumal von Kniestedt heute gar nicht zu den Eingeladenen zählte; er hatte ohnehin nie verhehlt, dass Lustjagden ihm missfielen.

»Was wollen Sie?«, fuhr er den Besucher an. »Steht Stuttgart in Flammen? Oder ist ein Krieg ausgebrochen?«

Der Freiherr verbeugte sich ein zweites Mal. Er kannte die scharfe Ironie des Herzogs. So schlimm sei es nicht, sagte er. Es handle sich lediglich um eine Entscheidung, die seiner Meinung nach so rasch wie möglich zu fällen sei. Deshalb getraue er sich, Durchlaucht drei Minuten zu stehlen.

»Dann los, beeilen Sie sich!« Der Herzog zurrte die Schnalle des Gürtels fest, an dem der Hirschfänger in seiner ziselierten Scheide hing. Mit einer Gebärde schickte er die übrigen Anwesenden hinaus.

Es wäre höflich gewesen, den ersten Diener Württembergs zum Sitzen aufzufordern; doch der Herzog ließ ihn stehen und stand selber auch, seinen Ärger zügelnd, ohne aber vermeiden zu können, dass ihm die Hitze immer stärker in den Kopf stieg.

Der Freiherr nannte einen Namen: Hannikel; ob Durchlaucht sich an Hannikel erinnere? Der Räuber und Mörder Hannikel und seine Bande würden vom Oberamtmann Schäffer aus Sulz seit längerem gesucht. Schäffer habe sich bereits unbestrittene Verdienste erworben durch seine Hartnäckigkeit bei der Verfolgung des Diebsgesindels in Württemberg, das ja in den letzten Jahren eine wahre Landplage geworden sei.

»Man soll sie ergreifen und aburteilen«, sagte der Herzog ungeduldig, »das ist mein erklärter Wille. Aber die nötigen Maßnahmen, ich habe es schon mehrfach erläutert, dürfen unseren Staatshaushalt nicht übermäßig belasten.«

Von Kniestedt fuhr unbeirrt fort: Der schreckliche Mord am württembergischen Grenadier Pfister habe die Bevölkerung, wie Durchlaucht wüssten, enorm aufgewühlt. Man müsse die Täter, deren Haupt der Zigeuner Hannikel sei, endlich fassen, sonst leide der Glaube an die Justiz. Nun habe der Oberamtmann Schäffer die Nachricht erhalten, die Schuldigen seien in Graubünden durch Zufall entdeckt und verhaftet worden, und Schäffer erbitte sich die landesherrliche Erlaubnis, mit einem kleinen Tross nach Chur zu reisen und die Gefangenen unter Bewachung zurück nach Sulz zu eskortieren.

»Chur?«, rief der Herzog. »Das ist weit. Das verursacht hohe Kosten.«

Es werde aber, sagte der Freiherr eindringlich, dem Ansehen des Herzogs nützen, wenn sich die Nachricht verbreite, unter seiner landesväterlichen Leitung sei die Welt von einem der schlimmsten Übeltäter befreit worden.

»Und deswegen sind Sie gekommen?«, fragte der Herzog unwirsch. »Um mir diese Erlaubnis und einen gehörigen Posten Geld abzuzwacken? Das hätte, mein lieber Kniestedt, ruhig noch ein paar Tage warten können.«

Der Freiherr schüttelte den Kopf; er hatte sich für die Kutschenfahrt zur Solitude die Perücke erspart, eine Nachlässigkeit, die dem Herzog erst jetzt auffiel. »Nein, Durchlaucht, es eilt. Hannikel darf uns nicht entkommen. Er ist geschickt, er hat möglicherweise bestochene Helfershelfer in der Schweiz. Einen Ausbruchsversuch hat man offenbar in letzter Minute vereitelt. Es wäre verhängnisvoll, wenn uns mangelnde Entschlossenheit in dieser Sache vorgehalten würde.«

Der Herzog dachte nach und beobachtete dabei erneut sein Spiegelbild, das die Nachmittagssonne, die schräg durch die Fenster schien, mit allerlei Reflexen veränderte, ja verunstaltete. Er straffte sich. »Nun gut, Schäffer soll reisen. Aber halten Sie ihn ernsthaft zum Sparen an. Vor allem bei Unterkunft und Kost. Ich verlange nach seiner Rückkehr eine Zusammenstellung sämtlicher Ausgaben samt einlässlicher Begründung.«

Von Kniestedt schien etwas einwenden zu wollen, schwieg dann aber und hielt dafür dem Blick des Herzogs länger als üblich stand. Dann erst senkte er den Kopf zu einem angedeuteten Nicken.

»Dann gehen Sie jetzt«, sagte Karl Eugen. »Mich rufen meine Gastgeberpflichten. Adieu.«

Der Minister, dem solche abrupten Verabschiedungen vertraut waren, machte zwei Schritte rückwärts, drehte sich um, setzte seinen Hut auf und ging hinaus.

Gleich strömte wieder die Dienerschaft herein, die draußen gewartet hatte; beinahe lächerlich, dieses eilfertige Getrippel und Getrappel. Der Herzog, der noch eine kurze Weile allein sein wollte, schickte sie hinaus, dazu genügten ein Fingerschnippen und hochgezogene Augenbrauen, man war darin geübt, seine Gesten richtig zu deuten.

Er ließ sich auf den Frisiersessel fallen. Solche dienstlichen Unterhaltungen kurz vor einem festlichen Ereignis erschöpften ihn. Hannikel, ach was! Wie wenn die Gefängnisse weit herum nicht schon voll wären mit diesem unseligen Gelichter. Und dann lag ihm Bühler, der Minister für Bauten und das Gefängniswesen, ständig in den Ohren, neben neuen Zucht- und Arbeitshäusern auch Waisenhäuser zu gründen. Man müsse die Übeltäter und vor allem deren Kinder, die noch formbar seien, bessern, das war sein Credo. Nichts gegen Bildung, darum hatte der Herzog ja auch seine Akademie, die Karlsschule, gegründet und hielt sie hoch in Ehren, und der Verschwendung, die ihm Bühler gelegentlich in Andeutungen vorwarf, hatte er, dank dem Einfluss Franziskas, schon lange abgeschworen. Aber seine Großmut hatte dort ihre Grenzen, wo es um die Vagierenden ging, diese ganze Zigeunerbrut. Vertreiben oder einsperren! Die Anführer an den Galgen! Was blieb da anderes übrig? Zum Glück war Bühler nicht auch aufgetaucht. Der Herzog, tief in den Sessel gesunken, seufzte, auch das weichste Polster milderte nicht die Hämorrhoiden-Schmerzen, die überfallartig auftreten konnten, dieses Beißen und Brennen, gegen das der Leibmedicus machtlos war. Wenn man altert, sollte man an Weisheit zunehmen, sagte die sanfte Franziska. Sanft war sie, aber von ermüdender Beharrlichkeit, geradezu eine Verbündete Bühlers.

Der Herzog erhob sich mit einer schraubenden Bewegung des Oberkörpers, der Jagdrock spannte unter den Achseln. Probehalber machte er den einen oder andern Tanzschritt auf den Spiegel zu, vom Spiegel weg. Hannikel, Hannikel: der Name ging ihm nicht aus dem Kopf. Nun ja, dieser Hannikel schien ein besonders verkommener Kerl zu sein, es war wichtig, an ihm ein Exempel zu statuieren. Schäffer war der Garant dafür, der Mann hatte Furore gemacht mit seiner ellenlangen Liste von mehreren hundert Gesetzesbrechern. Es war ein Drang in ihm, alles Ungesetzliche und Aufrührerische auszurotten, das konnte man brauchen und nutzen im Lande Württemberg. Wieder seufzte der Herzog. Er tat das Menschenmögliche, das musste ihm auch Franziska zugestehen. Er bot Hand für Reformen, er hatte sich mit den Landständen versöhnt. Noch einmal: Was wollte sie mehr? Genug davon. Er klatschte in die Hände. Es war Zeit, man wartete auf ihn.

Vom Pavillon aus schossen die Gäste ununterbrochen auf die Tiere, die aus dem Gehege getrieben wurden. Hirsche, Rehböcke, Wildschweine stürzten sich in den See, versuchten nach links und rechts auszubrechen, bäumten sich auf, sanken blutend und zuckend ins Wasser, verröchelten am Ufer. Bisweilen krachten Geweihe zusammen, oder Leiber prallten aufeinander, was jedes Mal im Gedränge der schießenden Gäste Beifall hervorrief. Es herrschte ein Tohuwabohu von Tierlauten, Gelächter, Jubel, Geknalle; Pulverrauch strich in dichten Wolken über das Gelände. Von dorther, wo die Kutschen standen, hörte man Gewieher, vereinzelt nur Gebell, denn bei Lustjagden waren Hunde unerwünscht. Herzogliche Jäger, erkennbar an ihrer grünen Uniform, standen den Gästen bei, luden die Gewehre nach, auch einige Damen trafen mit ihrer Hilfe ohne Mühe das Rotwild. Schwieriger war es, Hasen zu töten, die panisch herumhetzten und vergeblich zu entweichen versuchten, noch schwieriger, Fasane und Tauben, denen man vorher die Flügel gestutzt hatte, im taumeligen Flug zu erwischen. Jeder gute Schuss erntete Applaus. Auch der Gestank nach Eingeweiden, Kot und Blut, der immer stärker wurde, trübte die allgemeine Euphorie nicht. Bald würde es, dank der Fleischspieße, die nun über großen Feuern gedreht wurden, ohnehin besser riechen.

Zudem verbrannten die Köche ganze Kräuterbüschel mit Rosmarin und Thymian, um den Pulverdampf zu vertreiben. Ab und zu ordnete der Oberjägermeister eine Pause an, damit die toten Tiere beiseitegeschafft, gehäutet, ausgeweidet und zerstückelt werden konnten. Auf besonderen Wunsch seiner Frau, so hatte der Herzog es zuvor angekündigt, erhielten verendende Tiere den Fangschuss, so dass sie nicht zu lange leiden mussten. In den Pausen trank man Champagner aus Mömpelgard, es wurden kleine Erfrischungen gereicht. Die Herren überboten sich gegenseitig in der Schilderung ihrer Heldentaten bei vergangenen Parforce-Jagden. Mit großem Aufwand wurde dem Herzog der Wolf, der das Wasser scheute, vor die Flinte getrieben. Es blieb unklar, ob es in der Tat Seine Durchlaucht war, die ihn erlegt hatte, oder doch der Oberjägermeister, der nach dem Herzog mehrere Schüsse auf das zusammenbrechende Tier abfeuerte. Der Wolf jedenfalls war ein altes Männchen mit scheckigem Fell, dem man etwas Tannenreisig ins aufgesperrte Maul legte. Der Herzog erhielt Gratulationen von allen Seiten, sogar der Generalleutnant von Rieger, der ein weit besserer Schütze war als er, bequemte sich zu einer ungewöhnlich tiefen Verbeugung. Die Schießerei dauerte bis zur Dämmerung, da war der künstliche See vom Tierblut gerötet und an einigen

Stellen vom aufgewühlten Schlamm schwarz gemasert. Dies ergab, so fanden die Gäste, im unruhigen Licht der Kerzen und Fackeln, die nun angezündet wurden, einen ganz besonderen Effekt, besonders, als dann die venezianischen Gondeln über den nunmehr freigeräumten See fuhren und dabei beinahe zu schweben schienen. Man verspeiste Wildbret in der frühen Nacht, man wischte sich Fett von Mund und Kinn, und wer Wild nicht mochte, bekam Pastete und Huhn.

Einige unversehrte oder nur leicht verwundete Tiere, vor allem Sauen, wurden noch in derselben Nacht freigelassen und zerstörten in der Umgebung, zum Ärger der Bauern, Äcker und Pflanzungen. Kadaver, die sich nicht verwerten ließen, wurden am nächsten Morgen, als die Gäste sich schon längst zerstreut hatten, zu Haufen aufgetürmt, mit ausgelassenem Fett übergossen und angezündet. Schwarz und beißend war jetzt der Rauch, der stundenlang über den Wiesen hing. In kleinen Gruppen schauten Einheimische hier und dort den Feuern zu, nie lange allerdings, denn sie wurden von den herzoglichen Bediensteten grob weggewiesen.

Spät in der Nacht war der Herzog nach Hohenheim zurückgekehrt, da getraute er sich nicht mehr in Franziskas Zimmer. Er wusste, dass er übel roch;

es waren nicht bloß die Kleider, die ganze Haut schien imprägniert von allen Ausdünstungen der Lustjagd. Auch ein Bad hätte da nicht viel geholfen. Stickig, viel zu stickig war es im Schlafzimmer. Er öffnete, halb nackt, wie er war, eines der hohen Fenster, die auf den Park hinausgingen, atmete tief ein, ließ die frische Luft seine Brust umfächeln. Dann hörte er – es mochte gegen vier Uhr gehen – das Sirren der Mücken, die sich seinen Ohren näherten. Er zog die Fensterflügel zu, erschrak über ein Knarren.

Stille. Manchmal braucht der Mensch Stille. Und doch kann er nie all die Stimmen in sich drin zum Schweigen bringen. Die Jagd war ein Erfolg gewesen, aber dem Franzele würde er nur das Nötigste erzählen. Es begann schon der neue Tag, irgendwo krähte ein Hahn. Er hatte, als er auf den Wolf zielte, plötzlich an Hannikel gedacht, an den Schurken Hannikel, der auf seine verschlagene Weise das Land und den Herzog herausforderte. Auf einen Menschen hatte Karl Eugen in seinem Leben nie selbst geschossen, die Gesetze und das Amt zwangen ihn lediglich dazu, töten zu lassen. Der Wolf sei schon in Gefangenschaft nicht mehr kampffähig gewesen, hatte der Oberjägermeister ihm zugeraunt, damit sei von vornherein jede Gefahr ausgeschlossen. Karl Eugen hatte das niedergeschossene Tier zweimal mit

dem Hirschfänger durchbohrt, es hatte kaum geblutet, es hatte sich nicht mehr bewegt, es war alt
gewesen, ein Einzelgänger vermutlich, dem Ende
schon nahe. Keine Heldentat, aber zumindest eine
herzogliche Geste. Gerade als die Sonne aufging,
schlief er ein.

6

In Württemberg und in der Schweiz,
Frühling und Sommer 1786

Schäffer heißt er. Das ist ein Name, der wie eine
Peitschenschnur durch die Luft fährt, gleich wird sie
einen treffen, die Haut aufreißen. Dass der Name
Angst macht, geben die Männer nicht zu. Sie lachen,
wenn sie über Schäffer von Sulz sprechen. Die Sinti
seien klüger als so ein Oberamtmann, listiger und
schneller, prahlen sie, er werde sie niemals erwischen.
Aber Dieterle hört aus dem Lachen die Sorge heraus. Es ist seit der Geschichte mit Toni eine Rau-
heit in den Stimmen, als hätten sie scharfe Ränder
bekommen. Sie haben sich aufgeteilt nach der bösen
Tat, sind nach verschiedenen Richtungen geflohen.
So verwirre man die Verfolger, hat der Dad entschieden. Dieterle musste sich von der Daj, der Mutter,
trennen, er ist schon kräftig genug, mit dem Dad
und seinen engsten Vertrauten mitzulaufen, klein
und mager zwar, aber mit der Ausdauer eines erwachsenen Mannes. Die Daj und Dennele sind er-

griffen worden, das hat man dem Dad zugetragen. Wo sind sie jetzt wohl? Wie geht es ihnen? Der Dad macht sich Sorgen um sie. Aber er und die anderen, Bastardi und Dieterle, Wenzel und Geuder, der immer die Geige bei sich hat, auch die Urschel und die Theres mit ihrem Kleinen, die Bremin, die so zierliche Füße hat, dass sie auf einem Teller tanzen kann: sie alle sind zum Glück jetzt weit weg von Schäffer, sie sind ihm entronnen. Über viele Grenzen sind sie gegangen, häufig in der Nacht, und lange haben sie sich kaum getraut, Feuer zu machen, nicht einmal im Wald. Einen Unterschlupf zu finden, war schwierig, und einige Getreue in den Wirtshäusern, die der Dad seit langem kennt, wollten sie aus Angst nicht mehr beherbergen. Im April war es immer noch kalt, es schneite ja auch, da reichten die Decken nicht, die man mittrug, man deckte sich mit Tannenästen zu, schmiegte sich aneinander. Zwischendurch konnten sie bei Bauern etwas erbetteln, Sauerkraut, Speckschwarten, an denen sich wenigstens nagen ließ. Wenn der magere Geuder auf der Geige spielte und sie dazu tanzten und sangen, wurde ihnen hier und dort erlaubt, im Stall zu übernachten. Glühwein bekamen sie einmal, als Theres ein langes Leben aus der Hand der Bäuerin las.

Dauernd der Hunger, der Wind, der einem ins Gesicht bläst, das Weinen der Kleinen.

Wenn sie unter sich waren, stimmte Geuder manchmal ein trauriges Lied an, und sie alle sangen mit: *Winterwind und Winterschnee / bringt den Sinti Leid und Weh. / Frost und Kälte und kein Brot! / Komm, o Lenz, end' unsre Not.*

Sie stahlen trotzdem wenig in dieser Zeit, ein paar Hühner, Brote aus dem Brothaus, ein paar Ellen Tuch. Wer stiehlt denn mehr, fragte der Dad, die großen Herren oder wir? Die Bremin ging allein auf den Markt, kam zurück mit einer Uhr, die sie in einer Mühle gegen Mehl und Salz eintauschte. Die Säcke waren schwer, man musste sie zu den übrigen Bündeln tragen, Onkel Wenzel beklagte sich deswegen. Einen Esel, gar ein Pferd als Lasttier hatten sie nicht, es wäre zu auffällig gewesen. Auf den langen Nachtmärschen versank man bis zu den Knöcheln im Morast, verhakte sich in Wurzeln. Die Füße wurden wund und begannen zu schmerzen. Zigeuner sähen bei Dunkelheit wie die Katzen, sagen die Leute in den Dörfern. Es ist gelogen wie fast alles, was sie über die Sinti erzählen. Wenn weder Mond noch Sterne am Himmel sind, tappt man herum, hält sich an der Schulter des Vordermanns fest, ertastet den Weg mit Händen und Füßen. Dieterle ist froh, dass die Zeit für das Planen von Einbrüchen fehlt. Man hätte ihn wieder vorgeschickt, zu einem Pfarrhaus- oder Judenfenster hochgestemmt, und das mag er nicht. Einmal schoss ein Pfarrherr mit einem Terzerol auf ihn und verfehlte ihn zum Glück. Die anderen rissen den Pfarrherrn zu Boden und fesselten ihn, sie verhörten die weinende Frau und brachten mit Schlägen aus ihr heraus, dass die ersparten Dukaten unter einem lockeren Bodenbrett lagen. Aber Blut war keins geflossen, anders als beim Toni, an den man besonders nachts nicht denken darf, denn sonst ruft man seinen Geist herbei, den Mulo. Wie soll man das Schlimmste, das man je getan hat, aus seinen Nachtgedanken verbannen?

Gegen den Bodensee hin wurde es endlich wärmer, Dieterle aß frischen Bärlauch, eine Handvoll nach der andern, spie das meiste wieder hervor, denn es blähte den Magen. Die alte Geißin, die Baba, hätte dem Enkel, wäre sie dabei gewesen, einen Tee aus verschiedenen Rinden gemacht, sie hätte die entzündeten Zehen, deren Nägel abgebrochen waren, mit einem Kräutersud gepflegt. Wo sich die Baba versteckt, weiß niemand, vielleicht in der Gegend von Nagold, meint der Dad, dort kenne sie sich am besten aus mit Grotten und alten Rastplätzen. Dieterle vermisst sie. Er hat manchmal, wenn sie lange genug an einem Ort bleiben konnten, den Kopf auf ihren Schoß gelegt, sie hat mit den Fingern seinen Nacken geknetet und ihm eines ihrer Märchen erzählt. Am liebsten mag er das Märchen von der schützenden Tanne. Darin befiehlt ein König, alle Zigeuner auszurotten, und ein Sintijunge muss sich darum vor den Schergen des Königs verstecken. Die Eltern des Jungen sind schon tot, er flieht in den großen Wald, und die Schergen haben ihn fast eingeholt. Der Junge stellt sich unter eine Tanne und fleht sie an: Hilf mir, hilf mir! Da senkt die Tanne ihre Äste über den Jungen, so dass er unsichtbar wird wie in einem Dickicht. Die Schergen stehen genau vor ihm und sehen ihn nicht, der König galoppiert herbei und sieht den Jungen auch nicht, da können die Hunde so laut bellen, wie sie wollen. Die Verfolger ziehen ab, der Junge ist gerettet.

Im Mai kamen sie besser voran, blieben aber nach Möglichkeit in den Wäldern. Wohin wollten sie eigentlich? Was war ihr Ziel? In Sicherheit müsse man endlich sein, sagte der Dad, nur das: in Sicherheit. Bastardi, der große Bruder, fieberte eine Zeitlang, er hatte einen Ausschlag, konnte kaum noch atmen, wurde eine Strecke von zweien oder dreien getragen. Sie waren jetzt schon in der Schweiz, weit außerhalb der bekannten Gebiete. Es gab keine Zeichen mehr, die andere Sinti mit Kohle oder Rötel auf Mauern geschrieben hatten. Von Schäffer hatte schon lange niemand mehr etwas gesagt. Einmal gelang es ihnen nicht, einem Trupp angeheiterter Soldaten auszuweichen, aber sie wurden weder drangsaliert noch festgenommen. Der Dad kann beredt und schmeichlerisch sein, wenn er will, er gab sich als geprüfter Jäger aus, wozu sein grüner Rock und die Flinte passten, er erfand einen Grafen Derundjener, in dessen Dienst er sei. Sie lachten über ihn, sie boten ihm Branntwein an und er ihnen die Urschel, mit der sie hinter die Büsche gingen. Dass die Urschel hinterher weinte und ihre Kleine noch mehr, brachte den Dad auf. Jemand habe die Familie retten müssen, schrie er sie an, kein anderes Mittel hätte genützt. Urschel verstummte und glättete ihren langen schwarzen Rock, in den die roten Fäden eingewoben waren, die Dieterle so gefielen. Jetzt war er voller Grasflecken, und die würden sich, sagte die Bremin bedauernd, kaum noch auswaschen lassen.

Hannikel passt gut für den Dad, obwohl sein richtiger Name Jakob ist. Hannikel wie der Ochse, starkknochig, breitschultrig. Er ist nicht groß, sondern bloß stämmig, trotzdem muss man ihm gehorchen, wenn er einen scharf anschaut. Er habe es lange versucht, ein Sesshafter zu sein, erzählte er am Feuer, als ihn eines Abends die Schwermut überkam. Wildhüter sei er gewesen, danach Holzarbeiter in der Glashütte bei Lützelstein, und dann sei ihm immer wieder seine Herkunft in die Quere gekommen, die dunkle Gesichtsfarbe, obwohl doch sein Vater Tambour im Hessen-Darmstädtischen Regiment gewesen sei. Jeden kleinen Diebstahl in der Glashütte habe man ihnen, den Zigeunern, in die Schuhe geschoben. Man habe ihn und die Seinen verjagt, man habe sie in die Räuberei hineingedrängt. Aus purer Not habe er die ersten Diebstähle begangen, und wer einmal auf diese Laufbahn geraten sei, könne sie kaum mehr verlassen. Er sei gewiss kein Unschuldslamm, sagte er dann weinselig, er habe gebeichtet und gebüßt bei der schwarzen Muttergottes in Einsiedeln. Er schone doch alle guten Christen, die Katholiken zuvorderst, nehme ihnen nur ab, was er benötige. Bei Juden sehe er's anders, was Juden horteten, hätten sie ohnehin von Christen gestohlen. Vom Toni sagte der Dad nichts an jenem Abend, aber alle, die ihm zuhörten, dachten an Toni, man sah es ihnen an.

Es wurde Sommer auf ihrer langen Wanderung, die eine Flucht war, was denn sonst? Schon im Rheintal redeten die Leute anders als in Schwaben, man verstand sie kaum. Wie es weitergehen solle?, fragte Dieterle wieder den Dad. Wie lange noch? Wohin? Einfach weiter, sagte der Dad. In die Berge wolle er, zu den freien Schweizern, und sein Bruder Wenzel, der Blatternarbige, pflichtete ihm bei: In den Bergen flössen zwar nicht Milch und Honig, aber es gebe Wild, das keinem Herzog gehöre, es gebe Käse, den man einhandeln könne. Ob sie denn irgendwann die Daj wiedersehen würden, und die Dennele und die Baba?, fragte Dieterle. Ganz sicher, beruhigte ihn der Dad und strich ihm mit seiner rauhen Hand über den Kopf, dann drückte er den Sohn so heftig an sich, dass es weh tat. Sie kämen bald alle wieder zusammen, die ganze Sippschaft, am liebsten im freien Bündner Land, er werde sie rufen, sobald Gras über die Geschichte gewachsen sei und Schäffer sich anderen Geschäften widme, und sie alle würden seinem Ruf folgen. Also weiter, Tag für Tag.

Ins Liechtensteinische kamen sie, dann nach Maienfeld, wo links und rechts die Berge emporwuchsen wie steinerne Schreckgestalten. Bei Untervaz fanden sie in einer Burgruine einen gut geschützten Zufluchtsort. Es standen noch einige Mauern, man lagerte in einer Art Innenhof. Kein allzu schlechtes Leben. Die Sommeräpfel waren schon reif, auch Eichhörnchen- und Igelfleisch ließ sich verzehren, wenn ihnen mal kein Hase vor die Flinte lief. Sie konnten im Dorf ihre Dienste als Kesselflicker und Scherenschleifer anbieten, das wenige Porzellan, das sie noch mittrugen, verschachern. Die Dörfler zeigten sich gutwillig. Theres sagte ihnen eine glückliche Zukunft voraus, Geuder geigte, Wenzel mit dem starken Brustkorb führte vor, wie er eine um ihn gewundene eiserne Kette sprengen konnte, die Urschel legte wieder ihre Ohrringe an, mit der Bremin tanzte sie und zeigte ihre Beine unter dem fliegenden Rock, in dem die roten Fäden schimmerten. Dieterle wusste nicht, ob er jetzt ruhig schlafen durfte, ob dies schon das neue freie Leben war. Er sammelte Feuerholz, zusammen mit seinem Bruder Bastardi, dem nun schon der Bart wuchs, sie fingen Forellen in einem Bach. Mit fremden Leuten sprach er nicht. Manchmal setzte er sich zu Geuder, dem Eigenbrötler, der meist nur das Nötigste sagte. Dieterle aber brachte er bei, Kruzifixe zu schnitzen, von denen er hoffte, dass sie in der Umgebung Absatz fänden. Er versprach Dieterle auch, ihm zu zeigen, wie sich aus dünnen Brettern eine Fiedel bauen ließ. Das sei aber kompliziert, schon nur wegen der Saiten, die aus Schafdarm gedreht werden müssten; im nächsten Sommer vielleicht, wenn sie nicht mehr auf der Flucht seien, könnten sie sich die Zeit dafür nehmen.

Nach einem starken Gewitter, das sie unters Gewölbe getrieben hatte, machten sie wieder Feuer, und weil das Holz nass war, bildete sich schwarzer Rauch, der lange über ihnen hängenblieb. Da hörten sie Hufgetrappel, näherkommendes Hundegekläff, es war zu spät, sich davonzumachen. Eine

Jagdgesellschaft, die den Rauch bemerkt hatte, stieg oben am Felsen ab, einige Männer drangen mit vorgehaltenen Gewehren in die Ruine ein. Hätten sie sich gewehrt, sagte der Dad später, wäre es zu einem sinnlosen Blutbad gekommen. Er gab sich, wie gewohnt, als gelernter Jäger aus, der in seiner Flinte nur Schrot geladen habe, Kilian Schmid heiße er, das war sein Deckname. Doch dieses Mal glaubte man ihm nicht, der herrische Anführer – es war der Graf von Salis-Zizers – befahl, Hannikels Flinte zu entladen, es kamen Patronen zum Vorschein. Die ganze Schar sei festgenommen, beschied der Graf. Hannikel begehrte auf, mahnte aber seine Männer, die nach dem Messer greifen wollten, zur Ruhe. Dieterle wusste nicht, wie ihm geschah, er dachte daran, auszureißen, sah aber ein, dass man ihn, zu Pferd, bald eingefangen hätte. In einer traurigen Kolonne marschierten sie nach Chur, den Männern hatte man die Hände auf den Rücken gebunden. Gaffer überall an der Straße. Bei der Rheinbrücke versuchte Geuder wegzurennen, im Nu hatten zwei ihn eingeholt, geohrfeigt und wieder in die Kolonne eingereiht.

Man setzte sie im Churer Turmgefängnis fest. Ein übles Gedränge in der Männerzelle.

Geuder, dessen Wange geschwollen war, summte ein Lied, Dieterle kannte die Worte:

Wie ein Fluss, so ist das Leid, / kommet lang und gehet weit, / bis ein größres Leid noch kommt, / und mündet in den Fluss. Geuder summte die Melodie ein ums andere Mal, und erst als Wenzel ihn anschrie, er solle aufhören, verstummte er.

Der Junge blieb beim Dad und bei Bastardi und kam nicht zu den Frauen, das war ein kleiner Trost, so galt er doch nicht mehr als Kind. Sie hatten stundenlang Zeit, miteinander zu mutmaßen, was nun geschehen würde. Schon auf dem Weg nach Chur hatte der Dad mehrmals versichert, man werde sie bald wieder freilassen, sie hätten hier nichts Schlimmes verbrochen, allenfalls bekämen sie wegen Landstreicherei eine Tracht Prügel und würden dann über irgendeine Grenze gebracht. Aber der Dad täuschte sich. Es stellte sich heraus, dass der Verhörrichter Bawier sie in der Tat verdächtigte, die Hannikelbande zu sein, auch wenn sie es heftig leugneten. Auf die Streckbank wurde zum Glück keiner gelegt, und Dieterle, der die ganze Zeit schwieg, ließ man in Ruhe. Die Hannikelbande, sagte Bawier mit seiner Näselstimme, werde in halb Europa gesucht, die Beschreibungen des Oberamtmanns Schäffer, den man allenthalben hoch schätze, seien bis hierher gelangt und würden fleißig konsultiert, sie träfen im Besonderen auf den Mann zu, der sich Kilian Schmid nenne. Er werde, fuhr der

Richter fort, den Oberamtmann benachrichtigen und ihm freistellen, die Verhafteten abzuholen und, sofern sich der Verdacht bewahrheite, nach Sulz zu überführen.

Schäffer: da ist er wieder, der verhasste Name, und streicht wie ein Eishauch über sie. Von Schäffer müssen sie das Schlimmste befürchten. Der Dad ist voller Unruhe, er atmet schwer, als drücke ein großes Gewicht auf seine Brust. Wieder im Turm, kündigt er an, er werde in der Nacht zu fliehen versuchen, man wolle ja doch ihm an den Kragen, und sei er frei, hole er Hilfe, eine halbe Armee von Mitstreitern werde er landauf, landab zusammentrommeln. Dieterle kann es kaum glauben, dass der Dad ohne ihn und Bastardi fortwill. Die Söhne widersprechen, Bastardi mit aufsässigen Worten, Dieterle dem Weinen nahe. Doch die andern bringen sie zum Schweigen, ihr Hauptmann, sagen sie, habe ein Recht darauf, sein Glück allein zu versuchen.

In der Nacht versucht der Dad mit einem großen Stein, den er gegen das kleine Zellenfenster schlägt, die Öffnung zu erweitern; Wenzel hilft ihm dabei. Das macht Lärm, eine Wache läuft herbei, ruft nach Verstärkung. Ohne lange Umstände wird Hannikel überwältigt und von den anderen abgesondert. Man stößt ihn in den Kerker nebenan und schließt ihn an den Block. Nun ist er am Hals, an den Händen und an den Füßen angekettet, und eine schwere Eisenkugel erlaubt ihm höchstens einen Schritt in die eine oder andere Richtung.

Dieterle hat sich in der Nacht die Ohren zugehalten, die Augen zugekniffen, er will nicht wissen, was geschieht. Den Vater kann er bloß noch hören, wenn er nach Wasser schreit und die Welt verflucht. Diese Stickigkeit, alles in einem sehnt sich nach frischer Luft. Das Gefühl, die Wände seien feucht, das Krabbelzeug überall. Und die Momente, da man aufschreckt. Tiefe Dunkelheit, Geschnarche ringsum, irgendwo leises Wimmern, und da könnte es ohne weiteres sein, dass der Tote mitten unter ihnen ist. Sieht man nicht ein schwaches Leuchten wie von einem faulen Strunk? Sind die schwarzen Löcher, die man knapp erkennt, nicht die Augenhöhlen? Sie hätten es nicht tun sollen, aber Dieterle ist mitgegangen. Die ganze Nacht sind sie marschiert, von Untersulz zum Gaisbühlhof. Der Toni hatte die Sippe verraten und ihre Ehre besudelt, deswegen hassten ihn der Dad und der Wenzel. Auf diesem Hass ist Dieterle mitgeschwommen. Man stiehlt keinem Sippenbruder die Frau, der schöne Toni hat es trotzdem getan, er nahm Wenzel die Mantua weg und fiel dann auf Urschel herein. Sie machte sich zum Lockvogel, versprach ihm ein nächtliches Stell-

dichein beim Viehhäuschen in der Nähe des Gais-
bühlhofs. Das meldete sie, wie sie's versprochen
hatte, nach einem Gewaltmarsch ihrem Stiefvater
Hannikel und dem betrogenen Wenzel, und so kam
es, dass sie dem Verräter auflauerten. Der Nottele
war auch dabei, der Duli, die ja nun eigene Wege
gegangen sind. Schwierig war es nicht, den Toni nie-
derzuschlagen, er war verdattert, leistete gar keine
Gegenwehr, obwohl er eine geladene Pistole bei sich
hatte. Er solle leiden, befahl der Dad, den Dieterle
noch nie so wütend gesehen hatte. Der Toni lag am
Boden, und sie schlugen ihn, sie traten ihn überall-
hin, und jedes Aufstöhnen, jeder jammervolle Schrei
machte sie noch begieriger, ihm weh zu tun. Bald
schon flehte Toni um sein Leben, der Geuder wollte
ihn schonen. Aber der Dad und Wenzel waren in
einem Racherausch, und der griff auch auf Dieterle
über. Die härteste Strafe hatte der Toni verdient,
Blut musste fließen, damit die Ehre wiederherge-
stellt war, im Dreck sollte er liegen, wie eine Sau, die
der Wolf gerissen hat! Sie ließen erst von ihm ab,
als er sich nicht mehr bewegte. Dunkel vom Blut
jetzt sein Gesicht, das keins mehr war. Irgendwo
bellten Hunde, der Dad sagte: Weg jetzt!, und hatte
sich, wie durch Zauberei, vom blinden Wüterich
zurückverwandelt in einen vernünftigen Mann. Sie
wussten, dass der Toni sterben würde, sie schlichen

sich davon. Es änderte nichts mehr, dass Urschel, die am Bach gewartet hatte, laut weinend beteuerte, das habe sie nicht gewollt.

Von da an ist der Toni nachts zurückgekommen. Er überwindet alle Mauern, erscheint Dieterle auch im Turm. Der Tote, der Mulo, will ihn zu sich ins Totenreich holen, wo es nur Schatten gibt, und als Schatten müsste er dann selbst auf ewig herumwandern. Die Baba hat ihm solche Geschichten erzählt, daran glaubt er mehr als ans Paradies und an die Güte der Muttergottes von Einsiedeln. Manchmal schreit Dieterle mitten in der Nacht auf, lässt sich kaum beruhigen von den anderen, auch Wenzel stockt der Atem, wenn Dieterle diesen Namen flüstert: Toni.

Drei Wochen bleiben sie im Gefängnis. Verhöre werden keine mehr geführt, man wartet auf Schäffer. Er werde kommen, behaupten die Wärter, bald.

»Das ist geprahlt«, sagt Bastardi, »sie wollen uns nur einschüchtern, er kommt nicht.«

7

Chur, den 6. September 1786

Mein lieber Freund,

seit Tagen wollte ich Ihnen schreiben. Erst jetzt, kurz vor unserer Abreise, habe ich ein wenig Zeit und Muße, die Ereignisse dieser beschwerlichen Reise zu schildern. Ich sitze spätnachts in meinem Wirtshauszimmer, das ich nach dem unergründlichen Ratschluss des Herrn Oberamtmanns mit Leutnant Bräunlein zu teilen habe, der unseren Begleitschutz kommandiert und leider ziemlich großgewachsen ist. Der Leutnant schnarcht schon lange auf seiner Seite des durchgelegenen Betts. Er hat nach ausgiebigem Konsum des hiesigen sauren Weins nicht einmal die Stiefel ausgezogen und lässt sich durch den Schein meiner Kerze und das Gekritzel der Feder nicht stören.

Überaus eilig hatte es der Herr Oberamtmann auf dem Weg hierher, es zog ihn magnetisch zu Hannikel. Nur elf Tage brauchte unser Tross für die lange Strecke, und manchmal waren wir, neben den Husaren zu Pferd, zwölf Stunden täglich in der schlecht gefederten Kutsche unterwegs, gefolgt von den beiden leeren Käfigwagen, die für die Gefangenen bestimmt sind. Am ersten Tag ritt Schäffer an der Spitze mit; weil er aber ein schlechter Reiter ist, zog er schon vom zweiten Tag an die Kutsche vor. Ich war froh, ebenfalls Passagier zu sein, so konnte ich meine Füße schonen, die bei mir ein empfindlicher Körperteil sind. Wenn wir am Etappenziel ankamen, war es meist schon dämmerig, und ich hatte anderes zu tun, als nach den unscheinbaren Lebewesen Ausschau zu halten, an denen wir beide so großen Anteil nehmen. Immer galt es noch, unsere Ankunft den Notabeln auf unserer Reisestrecke vorauszumelden oder provisorische Berichte für den Herzog und sein Kabinett ins Reine zu schreiben. So ist die Ausbeute, die ich Ihnen in diesem Päckchen schicken kann, weit geringer, als ich ursprünglich hoffte. Sie haben mich ja gebeten, inmitten der Schweizer Berge, in einem Gebiet, das Ihnen und mir völlig unbekannt ist, besonders genau hinzuschauen. Ich schließe nicht aus, auf dem Rückweg die eine oder andere Entdeckung zu machen.

Herr Schäffer vertritt offensichtlich die Auffassung, dass die Dienstreise ein Triumphzug für ihn persönlich werden soll. Sein Ruf als Jauner-Inquisitor ist ihm in der Tat vorausgeeilt, überall kennt man seine bahnbrechende Liste. An den Stadttoren präsentierten die Wachen das Gewehr, die Leute standen Spalier, um uns zu bestaunen. Die Empfänge allerdings, bei denen der Oberamtmann gerühmt und geehrt wurde, glichen sich wie ein Ei dem andern. Auch die hochbedeutenden Herren, mit denen wir es zu tun hatten, verwischen sich in meiner Erinnerung. Vom Lande sah ich wenig. Wir waren froh, endlich das Zollhaus beim St. Luziensteig zu passieren. Die Schweizer Berge, denen wir immer näher kamen, sind, Fels auf Fels, von unglaublicher Schroffheit; selbst wenn man sie dutzendfach auf Kupferstichen gesehen hat, beeindrucken sie den Hügelgewohnten durch ihre Größe, die man ruhig majestätisch nennen darf.

Auf der Malanser Zollbrücke erwartete uns schon der Stadthauptmann von Chur mit kleiner Eskorte und dem Auftrag, uns vor etwaigen Überfällen zu schützen. Es gab nämlich Gerüchte, dass sich in den umliegenden Gebirgswäldern Zigeuner versteckt hielten und einen Anschlag auf Schäffer planten. Davon war allerdings nichts zu merken. Dafür säumten immer mehr Zuschauer die Straße und zogen den Hut vor Schäffer, sogar die Kinder begegneten ihm mit Ehrfurcht. Mir schien, dass der Oberamtmann von Ort zu Ort in die Höhe wuchs und sein Brustkorb gehörig anschwoll. Es war Zeit, dass wir endlich in Chur ankamen, bald hätte er sich den Kopf an jedem Türrahmen gestoßen. Allerdings war es schon zu dunkel und zu spät, um noch ins Rathaus geführt zu werden; so legten wir uns, nach dem Verzehr einer versalzenen Fleischsuppe, zu Bett, und ich focht mit Ellbogen und Knien meine erste Auseinandersetzung mit dem Bettnachbarn aus, der mich über den Matratzenrand hinauszudrängen versuchte und mir die Ohren vollschnarchte.

Am Morgen wurden wir zeitig von einem Sekretär des Kriminaltribunals abgeholt, der vor Übereifer dauernd über seine Füße stolperte. Ins Rathaus begleiten musste uns auch der Zigeuner Hansjörg, der mit uns gereist war und nun endlich von Nutzen sein konnte. Er ist ein ungeschlachter Mann mit gutmütigen Zügen, über die bisweilen ein seltsames Zucken geht, und es ist kaum zu glauben, dass einer wie er einst frevelnd und raubend mit Hannikel herumgezogen ist. Er sei, beteuert er, durch die Überredungskunst und die Drohungen des Räuberhauptmanns verführt worden, schon lange habe er abspringen wollen und die erste Gelegenheit dazu genutzt. Schäffer hält ihn, anders als ich, für eine ehrliche Haut; zu berechnender Täuschung, sagte er mir, sei dieser Mann seines geringen Verstandes wegen gar nicht fähig. So trafen wir zu viert im Rathaus ein, wo in einem düsteren Saal schon das ganze Tribunal samt dichtgedrängtem Publikum versammelt war. Wir setzten uns auf die reservierten, höchst unbequemen Stühle. Der Gerichtspräsident, Doktor Bawier, beinahe zwergenhaft in seiner Gestalt, begrüßte den Oberamtmann, er stellte in ermüdender Länge die Verdienste des Tribunals und jene der württembergischen Behörden dar und betonte mehrmals die enorme Wichtigkeit der grenzüberschreitenden Zusammenarbeit. Schäffer wollte ihm in keinem Punkt nachstehen und rühmte seinerseits, was er bisher geleistet hatte, vergaß aber nicht, Herrn Bawier in den Himmel zu loben. So dauerte es geschlagene anderthalb Stunden, bis endlich die Vorführung der Gefangenen begann. Was sich nun abspielte, war eine wahre Komödie. Einer nach dem anderen wurde in Handschellen herbeigebracht, sechzehn Männer, drei Frauen, ein Junge von elf oder zwölf Jahren und zwei kleinere Kinder, die von den Müttern auf dem Arm getragen wurden, abgerissene Gestalten allesamt, schmutzig und zerlumpt, barfuß oder in durchlöcherten Schuhen. Sie warben, je nachdem, mit schiefem Lächeln um Erbarmen oder drückten die Brust heraus, um vor dem Gericht ihren Stolz zu bezeugen. Sie wurden von Bawier nach Namen und Herkunft gefragt, und da sie sich zuvor untereinander abgesprochen hatten, gaben sie alle, bis auf zwei Frauen, einen falschen Namen an und stritten ab, mit dem Hannikel etwas zu tun zu haben. Doch Schäffer fragte jedes Mal seinen Kundschafter Hansjörg, ob er diese Person kenne, und der Zigeuner erhob sich, trat vor den Lügner hin und sagte ganz gemütlich: Du bist doch der Heller und bist mit dem Hannikel herumgezogen, oder: du bist der Hummele, oder: du bist der Bastardi, und auch wenn die so Benannten noch eine Weile ihren unter Zigeunern geläufigen Spitznamen zu leugnen versuchten, gestanden sie nach kürzerer oder längerer Zeit, wer sie wirklich waren. Man musste ihnen dazu nicht einmal mit der Streckbank drohen. Auch Geuder und Wenzel, der dem Hansjörg ein knapp hörbares »Verräter!« zuzischte, gaben schließlich zu, Hannikels Brüder zu sein, so wie auch der Junge, der sich zuerst äußerst verstockt zeigte, unter gütigem Zureden Hansjörgs einknickte und zu Protokoll gab, ja, er sei der Sohn Hannikels, Christoph Reinhardt, und werde Dieterle gerufen. Wie dieser Junge die Fragen ungelenk zu parieren versuchte, wie er hin- und hergerissen war zwischen Angst und Widerspruch, das ging mir gleich ans Herz; mir schien, er sei noch nicht ganz verdorben und ein guter Geist könnte ihn retten. Als Letzter – es war gleichsam die Peripetie der Auftritte – wurde unter dem Raunen des Publikums Hannikel in seinem abgenutzten grünen Jägergewand hereingeführt. Er ging schleppend, er war kleiner und sah harmloser aus, als ich ihn mir vorgestellt hatte, trotz seines wuchernden Barts und seiner Vierschrötigkeit. Doch frech musterte er die Verhörrichter und behauptete mit unangenehm lauter, nahezu bellender Stimme, er heiße Kilian Schmid und sei ein gelernter Jäger; von Hannikel wisse er nichts. Erst als Schäffer sich zu erkennen gab und ihn gehörig anfuhr, schlich sich eine merkliche Furcht in seine Miene. Doch er blieb dabei, er sei, wer er sei, punktum. Da pflanzte sich, auf einen Wink Schäffers, Hansjörg auch vor ihm auf und sagte ihm ins Gesicht, sie kennten sich doch, er solle um Gotteswillen zum eigenen Namen stehen. Aber mit großem und gut gespieltem Zorn beharrte Hannikel darauf, ein anderer zu sein. Diesen Elenden, behauptete er, auf Hansjörg deutend, habe er nie im Leben gesehen, gegen ihn sei eine widerwärtige Konspiration im Gang. Das brachte nun den Hansjörg in Rage, er wäre handgreiflich geworden, hätte ihn nicht ein Gerichtsdiener im letzten Moment zurückgehalten. Hannikel solle sich schämen, giftete er, ein Lump sei er, ein hundsgemeiner Mörder, ihn, den Hansjörg, habe er zum Rauben verführt, und was er dem armen Toni angetan habe, werde ihn hoffentlich an den Galgen bringen! Auf dies hin wurde Hannikel – denn er war es, daran bestand kein Zweifel – plötzlich eiskalt und ließ sich vom ehemaligen Spießgesellen kein Wort mehr entlocken. Schäffer konfrontierte ihn nun mit seinen Brüdern Geuder und Wenzel, der mit seinen tiefen Blatternarben das Publikum erschreckte. Widerwillig bestätigten die beiden, dass sie vor Hannikel stünden und dies ihr Bruder sei; sie taten es wohl, weil sie sich davon mildernde Umstände erhofften. Aber Hannikel brach in ein ungläubiges Lachen aus und sagte, es müsse sich um eine Verwechslung handeln, er wisse nicht, wie er sonst zur Ehre käme, für den Schrecken Schwabens gehalten zu werden. Ich ahnte, dass Schäffer mit sich zu Rate ging, ob er eine härtere Befragung anordnen sollte, doch dann befahl er, Hannikel abzuführen und erneut an den Block zu schließen. Die Identität des Rädelsführers, sagte er, sei von genügend Zeugen nachgewiesen, man werde so bald wie möglich mit allen Verhafteten abreisen und Hannikel besonders sorgsam bewachen. Dazu erklärte Herr Bawier im Namen des Tribunals sein Einverständnis; es gehe nur noch darum, die Unkosten zwischen Chur und Württemberg zu regeln.

Mit der Kostenzusammenstellung dauerte es länger, als ich gedacht hatte. Heute Nachmittag musste ich die vollgekritzelten Rechnungsblätter genauestens durchsehen, sämtliche Zahlen überprüfen und fragliche Posten dem Oberamtmann melden, der dann mit Bawier darum feilschte, ob es gerechtfertigt sei oder nicht, die Gefängniswärter für die Sonderaufgabe zusätzlich zu entlohnen. Die Abreise ist schon für morgen früh geplant, die beiden Wagen, in denen die Verhafteten transportiert werden sollen, stehen bereit.

Es ist spät geworden, lieber Freund, fast zwei Uhr zeigt mir meine Taschenuhr, die Kerze ist beinahe niedergebrannt, und ich habe noch gar nichts geschrieben von den wenigen Exemplaren an Bienen und Wespen, die ich für Sie eingesammelt habe – – – aber was ist das? Da wird an die Tür gepoltert, ich höre Stimmen: Hannikel! Hannikel! Mein Gott …

8

Chur und Umgebung, 6./7. September 1786

Wie ein Wild werden sie ihn hetzen. Aber er hat einen Vorsprung, und den nützt er jetzt aus. Wenn er Glück hat, wird er über die Berge in den Süden gelangen, in die Freiheit. Oder er kann sich so lange verstecken, bis sie die Suche aufgeben, dann schneidet er sich den Bart, färbt sich das Gesicht heller, und niemand mehr wird ihn erkennen. Er hat sich in die Herzen der Stadtknechte geschmeichelt und sie alle übertölpelt. Das kann er, der große Hannikel, ein Leben lang hat er geübt, dass man sich von seinen Worten erweichen lässt. Jede Schwäche, die er wittert, nutzt er zu seinem Vorteil.

Die Stadtknechte, die den Turm bewachten, waren aufgebracht, das Kriminaltribunal hatte ihre Sonderbezüge halbiert. Für einen Hungerlohn, so krakeelten sie, sollten sie die Nachtwache durchstehen! Sie schickten ihren Korporal ins Rathaus, um die Sache geradezubiegen, und der kam zurück mit dem Bescheid, dass der elende Schäffer aus

Sulz nicht bezahlen wolle und man bei der getroffenen Regelung bleibe. Große Empörung, die Schnapsflasche kreiste; wollte man sich so etwas gefallen lassen? Es seien immer die kleinen Fische, die büßen müssten, sagte Hannikel dem Mann, der ihm das Essen brachte, und dem anderen, der ihn danach wieder an Hals, Händen und Füßen einschloss, riet er, den Stadtherren ihren Geiz heimzuzahlen: Was sie in die größte Verlegenheit brächte, wäre doch seine Flucht. Der andere verstand, er schloss die Eisenspange am linken Handgelenk nicht richtig zu, befestigte auch die Fußketten nicht ordentlich am Block.

Nachdem er gegangen war, wartete Hannikel, bis die Stimmen draußen wieder anschwollen und sich betrunkenes Gelächter hineinmischte. Es war nicht allzu schwierig, aus den Schellen zu schlüpfen und danach das schlechte Schloss am Halseisen aufzubrechen. Zuletzt befreite er die Füße aus den Ringen und zog die Schuhe an, die daneben standen. An den zechenden Männern unten konnte er nicht einfach vorbeispazieren, das hätten sie verhindert; außerdem war die Falltür zugesperrt. Aber ein Steinblock auf halber Höhe in der Außenmauer saß ein wenig locker. Hannikel riss ein Stück vom rostigen Eisenband heraus, das die Falltür einfasste, und schürfte sich dabei die Finger blutig. Mit den scharfen Kanten kratzte er den Mörtel aus den Mauerritzen, benützte das Eisenstück danach als Hebel, um den Steinblock hochzustemmen. Was für ein Hochgefühl, als er sich bewegen ließ! Um eine Daumenbreite erst, dann mehr, schließlich rutschte er schwerfällig nach außen und plumpste ins Gras. Die Nachtluft strömte herein, kühlte Hannikels Gesicht. Er hätte beinahe geschrien vor Freude. Nur kurz zögerte er und dachte an seine Söhne. Es ging nicht anders, er musste sie zurücklassen. Man würde sie milder bestrafen als ihn, denn dem Hauptmann, dem *rom baro*, drohte der Tod, das wussten alle. Die Lücke war gerade so groß, dass er sich rückwärts durchzwängen konnte. Er hielt sich mit beiden Händen am Mauerrand fest. In der Dunkelheit sah er den Boden nicht. Er musste aber höchstens zehn, zwölf Fuß unter ihm liegen, und so wagte er's, sich fallen zu lassen. Er landete im Gras, in weicher Erde. Die Augen gewöhnten sich nun doch an die Dunkelheit, er ahnte die Umrisse des Turms, die Schattenmassen der Häuser in der Nähe, den Schimmer der Straße. Bald hatte er die Knechte und ihr Gejohle im Rücken, gedämpftes Gebell, vielleicht hatten sie ihre Hunde mit Absicht eingesperrt. Weg aus der Stadt, so schnell wie möglich! Und weil der Turm zur Stadtmauer gehörte, wusste er gleich, welche Richtung er einzuschlagen hatte.

Er geht so schnell, dass er nicht friert, es ist ja kalt für die Jahreszeit, ein leichter Regen durchnässt seinen Jägerrock. Gehen, weitergehen, dem Talboden folgen. Sie werden bald Bescheid wissen über Hannikels Flucht, man wird seinen Steckbrief verbreiten, eine halbe Armee auf ihn ansetzen, ihn mit Hunden verfolgen. Also raschmöglichst in die Wälder, in die Höhe, durchs dichteste Gestrüpp. Dazu muss er erst über den Fluss, aber um die Brücke zu sehen, ist es noch nicht hell genug. Keine Lichter weit und breit, nur ein Summen in der Luft, in den Ohren. Er sucht sich einen Baum an der Straße, den er halb erahnt, halb ertastet, eine Linde ist es wohl. Er kauert sich darunter und friert nun doch. Warten, bis es Tag wird, wann hat er das letzte Mal so lange gewartet? Man wird schwer dabei, das Unglück sammelt sich im Bauch. Keine Röte im Osten, nur ein fahler Streifen, der sich allmählich verbreitet. Kirchenglocken läuten, es sind schon Karren unterwegs. Wenn man ihn fragt, wird er sagen, er sei ein Jäger in gräflichen Diensten. Endlich sieht er von weitem die Holzbrücke über den jungen Rhein. Fiele man ins Wasser, wäre alles vorbei, in Frieden triebe man dahin, aber er fällt nicht, stolpert bloß, als er die Brücke überquert. Er schleicht vorbei an Häusern, in denen es noch ruhig ist, meidet solche, aus denen Rauch aufsteigt. Hinein in den Wald, ins Weglose, das Gelände beginnt zu steigen. Der Kampf gegen die Ranken überall, gegen den aufgeweichten Boden, der die Schuhe nicht freigeben will, gegen die Müdigkeit, die ihn einlädt, sich hinzulegen, die Augen zu schließen, an die schönen Tage zu denken, als er mit der Mutter zusammen Gänse hütete. Die schnatternde Schar, dieses possierliche Spreizen der Flügel, und wie er, der Springinsfeld, ihnen nachlief, sie mit einem Stecken zusammentrieb. Daran denkt er gern, zwingt sich zugleich, Fuß vor Fuß zu setzen, zu klettern, wo es nicht anders geht, den Körper über Fels zu schieben. Da keucht einer, schnappt nach Luft, das ist er selbst, der Hannikel, und er treibt sich voran, so wie er seine Männer antrieb, als sie Mitleid hatten mit dem Liebmann Levi in Marienthal. Seine Männer trugen Phantasieuniformen und gaben sich als französische Soldaten aus, als sie ins Dorf einmarschierten, sie nagelten die Kirchentür zu, damit niemand Sturm läuten konnte, schlugen dann beim Juden mit dem Beil ein Fenster ein. Wenn man schon so weit gegangen ist, darf man vor nichts mehr zurückschrecken. Sie verprügelten den alten Juden, und der Judentochter träufelten sie heißes Pech auf den Kopf, damit sie preisgab, wo das Geld versteckt war. Umgebracht haben sie niemanden in Marienthal, aber Beute gemacht, die wieder für ein halbes Jahr reichte. Er musste ja für fünfzig Leute sorgen, die sonst am Hungertuch nagten und dauernd herumgejagt wurden, über die eine Grenze hin, über die andere zurück.

Nicht zu glauben, der Regen verwandelt sich in Schnee, viel zu früh für die Jahreszeit. Er schmeckt die Flocken auf der Zunge. Der Junge damals tanzte herum im Flockenreigen, zusammen mit den Brüdern, er lernte, auf der Schalmei zu blasen, er war froh, dass sie, die Reinhardtschen, vom großen Bochowitz und seiner Sippe aufgenommen wurden. Ein wenig Wärme fanden sie auf dem Heuboden eines Hehlers im Pfälzer Wald. Von Schlupfwinkel zu Schlupfwinkel ging es dann. Diese schlimmen Winter! Auch später, als er der Anführer war, dauerte ihn am meisten das Jammern der Kleinen. Wie lange geht es schon aufwärts? Fast nur noch Tannen jetzt, mit weißgefiederten Ästen, auf dem Boden ein weißer Teppich, den er mit jedem Schritt zerstört. Nebelfetzen ziehen vorbei, der Wald lichtet sich. Eine Alp mit ein paar verlassenen Hütten, abgefressenen Weiden, die Herden sind schon talwärts gezogen. Überall Kuhdreck, er flucht, wenn er hineintritt. Durst. Er stopft sich Schnee in den Mund, er stößt auf einen Brunnen, trinkt aus dem Trog. Hier kann er die Nacht verbringen und auf besseres Wetter hoffen. Die Türen sind ja offen. Er schaut sich um, sucht eine Ecke, in der noch genügend Stroh liegt, dort gräbt er sich hinein, er niest, er lacht, hier wird ihn niemand finden, der Schnee deckt die Spuren zu. Dunkelheit, Mäusegetrippel, er kaut an Strohhalmen, um das Hungergefühl zu besänftigen. Schon weit schlimmeren Hunger hat er ausgehalten, damals, als sie die Geißin wegen Bettelei festnahmen und die Kinder ihrem Schicksal überließen. Was hat die Mutter nicht alles ausgestanden! Den Großvater, den kleinen Konrad, flochten sie aufs Rad. Das wollte der Junge nicht hören, lieber war ihm, wenn sie von seinem Vater erzählte, dem Tambour. Bei ihm, in der Garnison, hatten sie's doch gut die ersten paar Jahre. Die lange Hungerzeit begann nach seinem Tod.

Er hat schlimme Träume diese Nacht, er sinniert an viel zu vielem herum. Seine Käther würde ihn jetzt wärmen, es ist grausam, wie er an ihr hängt, auch wenn ihre Schönheit vergangen ist. Und doch sieht man ihr immer noch an, dass ihr Vater aus Italien kam. Es war wohl kein Zufall, als sie in einem Wirtshaus Bekanntschaft schlossen, es musste so sein. Die beste Zeit hatten sie beide schon hinter sich. Käthers erster Mann, der Groß-Louis, hatte sie betrogen, mit vier Kindern sitzengelassen und war am Ende als kaiserlicher Deserteur gehängt worden, dem zweiten, einem Spielmann, war sie davongelaufen, weil er sie schlug. Bei Hannikel aber blieb sie, und eine große Freude war ihnen der gemeinsame Sohn, Dieterle, der stiller war als Bastardi, aber klüger. Die Käther singt so schön zur Zither, dass Hannikel die Tränen kommen, wenn er jetzt, im Stroh, daran denkt, er summt sogar ein paar Töne, bewegt die klammen Füße wie zum Tanz, kauert sich dann aber nur noch stärker zusammen. Eine gute Mutter ist sie dem Bastardi und der Dennele, die ja nicht sie geboren hat, sondern Nanti, Hannikels erste Gefährtin, die im Zuchthaus von Mannheim an Entkräftung starb. Keine weiß sich so bei den Leuten einzuschmeicheln wie die Käther, auch bei solchen, die Zigeuner sonst in die siebte Hölle wünschen. Sie liest ihnen aus der Hand und aus den Karten, trifft immer irgendwo ins Schwarze, denn sie errät vieles, hat sich vorher auch geschickt umgehört. Und keine ist eine so listige Hühnerdiebin wie sie, keine brät die Beute so schmackhaft und würzt sie mit wildem Thymian, und wer sie hinterher aufspielen hört, möchte ihr alles verzeihen. Die beste Beutelschneiderin war sie auch, nur geht sie jetzt kaum mehr über die Märkte, sie ist zu langsam geworden, das macht das nahende Alter. Das Alter für die Sinti ist kein schönes Ding.

Ach, Käther, wo bist du jetzt? So träumt er sich zu ihr heran, lässt sich umarmen von ihr, murmelt beruhigende Worte in ihr Ohr. Sie haben sich trennen müssen, so hatten sie mehr Aussicht, den Verfolgern zu entkommen. Aber man hat sie gefangen. Wenn er sie bloß befreien könnte! Soll einer sagen, die Käther sei ihm nicht lieb, sie ist ihm so lieb wie die eigenen Kinder. Warum denn, fragt ihn die finstere Nacht, ist der große Hannikel vor ihnen allen davongelaufen? Weil er sein Leben nicht verlieren will und sein Erzfeind Schäffer und der Karl Herzog es ihm nicht nehmen sollen. Und weil er dafür sorgen wird, dass er und die Seinen eines Tages wieder in Frieden zusammen sind. So wie letzten Sommer bei Gmünd, wo man, verborgen im Tannenwald, den schönsten Lagerplatz hatte, den man sich denken kann. Die Laubhütten an eine Felsschulter gelehnt, eine kühle Grotte für die Vorräte, zwei Bäche in der Nähe. Andere aus befreundeten Sippen fanden sich ein, brachten Geschenke mit, Wachen wiesen ihnen den Weg, warnten mit Häher- und Käuzchenrufen vor unerwünschtem Besuch. Man hatte für einmal genug von allem, Wildbret, Käse, Mehl, frühe Äpfel, Beeren, es reichte für manche Wochen, dazu ein Wetter, als wolle die Muttergottes von Einsiedeln die Welt vergolden. Man feierte die halben Nächte durch bei Gesang und Zitherklängen, der Geuder strich die Fiedel, man tanzte, bis einem schwindlig wurde, legte sich ins Bett aus Moos und Laub. Das Erwachen frühmorgens, wenn die ersten Sonnenstrahlen zwischen den Fichtenstämmen durchscheinende Lichttücher woben. Baumrinde glühte kupferfarben, übers Moos ging ein Schimmer. Käther sagte: Es ist wie in einer Kirche, siehst du? Man hörte keine Orgel, aber den Lobgesang der Vögel, hundertstimmig, die Baumkronen flüsterten dazu ihr Amen. Beinahe wird Hannikel warm bei der Erinnerung, doch dann dringt ihm die Kälte wieder in die Knochen, und da ist auch wieder die Angst, die selbst in den schönsten Zeiten nie vergeht. Hörnerschall von weitem trieb sie dazu, das Sommerlager von einer Stunde auf die andere zu verlassen. Aus den Tarotkarten ziehen die Sinti nach der Sonne und der Gerechtigkeit stets auch das Dunkle, den Teufel, den Gehängten. Das ist ihr Schicksal. In die Morgenhelle eingewoben sind schon die schwarzen Fäden der Nacht, und nur etwas ist stärker als der Tod: die Ewigkeit, die dem Menschen nicht zusteht, weder dem Herzog noch den Sinti. Vor dem Tarot, das hat Käther ihn gelehrt, sind alle gleich, nicht aber vor irdischen Gerichten, da wird den Sesshaften geholfen und den Zigeunern nicht.

Den Traum vom Fluss träumt er oft. Mit denen, die ihm am nächsten sind, will er ihn überqueren. Es ist vielleicht der Rhein, denn am andern Ufer steht eine Stadt, man hört Musik. Über die steinerne Brücke dürfen sie nicht, sie wird von Soldaten bewacht. So gehen sie hinein in den Fluss und halten sich an den Händen. Doch mit jedem Schritt wird die Strömung stärker, mit jedem Schritt steigt das Wasser. Die Kraft reicht nicht, einander festzuhalten. Die Ersten in der Reihe werden weggerissen, treiben davon und versinken. Graugrün schwappen die Wellen über sie. Er sieht machtlos, wie seine Mutter die Arme nach ihm ausstreckt, wie sie seinem Blick entschwindet, er sieht die Brüder untertauchen, er sieht, wie Käther, die wieder viel jünger ist, von ihm wegtreibt. Er will sie alle retten, aber auch Dieterle, den er als Letzten an sich drückt, ein Wickelkind, gleitet aus seinen kraftlosen Armen. Nun ist er allein, das Wasser strömt ihm in den Mund, es erstickt seinen Schrei.

In namenlosem Schreck, zitternd vor Kälte wacht er auf, ringt um Atem. Durch die Stalltürritzen zeigt sich der Tag. Mit den Fingernägeln hat er blutige Male in seine Handflächen gekerbt. Es dauert lange, bis die Verkrampfung sich löst und er wieder weiß, wo er ist. Draußen liegt knöchelhoch nasser Schnee, aber es schneit nicht mehr. Wie weit hinauf ist er gestern gekommen? Wenn er jetzt noch weitersteigt, wird man leicht seinen Spuren folgen können. An der Waldgrenze unten, das überblickt er von der Hütte aus, nimmt der Schnee schon ab und schmilzt bereits. Es ist besser, eine Strecke zurückzugehen, möglichst schneefreie Wege zu suchen. Und dann nach Süden! Drinnen im Stall entdeckt er in einem Winkel eine zusammengeknüllte Wolldecke, sie ist zerfressen und feucht, aber er breitet sie aus, glättet sie ein wenig, legt sie über sich; nur schon das Gefühl, dass sie ein wenig wärmt, tut ihm gut. Also weiter, mit knurrendem Magen, bald schon durch Wald und Unterholz, immer leicht abwärts. Heidelbeeren unter schmelzendem Schnee, er verschlingt eine Handvoll davon, er kaut an nassen Trompetenpilzen, von denen er weiß, dass sie essbar sind. Die Mutter, die Geißin, kennt sie alle, die essbaren und die giftigen. Ein Pfad jetzt, der am Hang entlangführt. Fuß- und Tierspuren deuten auf Menschen hin, er gelangt auf eine tiefer gelegene Alp, wo kaum noch Schnee liegt. Hundegebell. Man hat hier noch vor kurzem gemäht, das Emd zu Haufen geschichtet, darin stecken die hölzernen Heugabeln.

Aus der größten Hütte tritt ein Mann, um den Hund zurückzurufen. Wer er sei, fragt er in schwerverständlichem Dialekt den Wanderer.

Ein Jäger, der den Weg verloren habe, erwidert Hannikel.

Ohne Gewehr?, fragt der Mann misstrauisch.

Er sei ausgerutscht, erklärt Hannikel und bemüht sich um eine deutliche Aussprache, das Gewehr sei ihm entglitten, er habe es nicht mehr gefunden. Ob er etwas trinken dürfe, vielleicht ein Stück Brot bekomme?

Zögernd lässt der Senn den Fremden ins Hütteninnere. Dort sitzt eine ganze Gruppe beim frühen Mittagessen: ein Alter, zwei Halbwüchsige, eine jüngere Frau. Der Qualm vom offenen Feuer bringt Hannikel zum Husten, aber er riecht auch die Suppe auf dem Tisch, und sein Hunger ist so stark, dass er alles verspräche, um mitzuessen. Man hat Erbarmen mit ihm, schiebt ihm einen gefüllten Napf hin. Zum Glück scheint es nicht unüblich zu sein, dass um diese Jahreszeit Jäger allein unterwegs sind, sogar solche von weit her.

Ob er etwas gehört habe vom Diebsgesindel?, fragt der Senn Hannikel, der die Gerstensuppe schlürft wie eine Köstlichkeit.

Diebsgesindel?, wiederholt er, einer Panik nahe.

Ja, die Bande, die man doch verhaftet und in Chur festgesetzt habe, davon werde jetzt überall geredet. Im Tal habe man gesagt, sie würden nächstens vom berühmten Räuberjäger Schäffer abgeholt und ins Württembergische überführt, heute vielleicht oder morgen.

Jaja, sagt Hannikel, davon habe er gehört, er wisse aber auch nichts Genaues.

Das Emd müsse ohnehin trocknen, wirft der Alte ein, es sei ein Hudelwetter, da könnten sie ebenso gut ins Tal hinuntersteigen, er möchte doch allzu gerne solche Schurken einmal von nahem sehen. Dazu lacht er lange und dröhnend.

Die Halbwüchsigen am Tisch, die den Gast immerzu anstarren, stimmen mit ein, und Hannikel selbst nickt beflissen und beteuert, dass auch er sich die Gelegenheit nicht entgehen lassen würde, wenn sie auf seinem Weg läge, doch er müsse erst sein Gewehr suchen gehen und dann weiter in den Süden, nach Mailand wolle er. Ob es einen Übergang ins nächste Tal gebe?

Er muss die Frage noch einmal stellen, sie verstehen ihn schlecht, einer der Jungen flüstert dem andern zu, der Mann sei wohl ein Welscher.

Das sei schwierig, antwortet der Senn, gefährlich auch. Nach Vättis im Taminatal komme man kaum bei diesen Verhältnissen, nicht auszuschließen, dass man auf Bären stoße. Er rate zum Abstieg ins Rheintal und zum Umweg über Chur.

Es ist beinahe zum Lachen, dass ihn der Mann ins Gefängnis zurückschicken will, doch Hannikel tut, als stimme er ihm zu. Er bedankt sich umständlich für die Gastfreundschaft, wird von einem der

Jungen hinausbegleitet, die Frau hat kein Wort zu ihm gesagt. Ich rieche vielleicht nach dem Turm, denkt er, nach Moder und Ratten.

Jetzt muss er eine Strecke auf den eigenen Spuren zurück, um keinen Verdacht zu erregen, und dann in einem großen Bogen die Alp umgehen. Aber wie soll er die Richtung bei bedecktem Himmel finden? Eine Weile folgt ihm der Hund, der nun freundlich ist, mit dem Schwanz wedelt und den Kopf gekrault haben will. Haben die Älpler ihm wohl geglaubt? Ist er noch fähig, arglose Leute für sich einzunehmen? So geht er wieder durch morastige Erde, durch nasses Gras, er geht und weiß nicht, wohin, er geht und hat das Gefühl, dass er von Schritt zu Schritt schwerer wird und stärker hinkt. Einen knotigen Ast nimmt er sich als Stock, notfalls dient er auch als Knüppel. Hört man nicht Stimmen irgendwo? Warnende Zurufe? Hunderte sind jetzt gewiss schon unterwegs, um ihn aufzuspüren, in die Enge zu treiben, eine Treibjagd, wie es in diesem Landstrich noch keine gegeben hat. Aber er wird sein Leben teuer verkaufen. Sollen sie ihn erschießen, dann ist er wenigstens gestorben wie ein Mann.

Wieder im Schnee jetzt, so viel Schnee im frühen September, was für ein Aberwitz. Baumloses Gelände, Nebel. Wie viel Zeit ist inzwischen vergangen? Drei Stunden, vier? Hinüber ins nächste Tal, das wäre die Rettung, doch da beginnt der Fels, schartiger, steil aufragender Fels, er müsste klettern können wie eine Gemse, um weiterzukommen. Den Passweg, wenn es ihn gibt, hat er verfehlt. Die Hände gleiten ab an nassem Stein und Moos. Er schlägt sich das Knie an einer Kante auf, unterdrückt ein Stöhnen, er horcht. Bildet er sich die Stimmen bloß ein? Nein, es ist wahr, sie kommen näher, und er sieht eine Reihe von Männern, halb verhüllt durch herumziehende Nebelschwaden, dann wieder entschleiert. Von weiter unten, von dort, wo die letzten Arven wurzeln, rücken sie heran, in Treibjagdformation, er hat es ja gewusst, sie haben ihn gesichtet, und sie wollen ihn lebendig, sonst hätten sie bereits geschossen. Sie schwenken ihre Knüppel und schreien ihm zu, er solle sich ergeben. Zwei Hunde hecheln voraus, und nun muss er doch klettern, will er nicht, dass sich die Viecher in ihn verbeißen. Er zieht sich hoch, verliert seine Decke dabei. Er verschnauft auf einem kleinen Vorsprung, da sind die Hunde schon zur Stelle, schnappen nach ihm, erreichen ihn aber nicht, und er lacht sie aus in seinem Elend. Weiter hinauf kommt er nicht, er würde fallen, und so holen ihn auch die Verfolger ein, mehr als ein Dutzend, zwei Jäger, die übrigen sind Bauern und Sennen, unter ihnen erkennt er den Mann von der Hütte und einen der Söhne.

»Dass du der Hannikel bist, hätte ich nie im Leben gedacht«, ruft der Senn.

»Der bin ich nicht«, entgegnet Hannikel und nimmt seine letzte Kraft zusammen. »Ihr irrt euch alle. Ich heiße Kilian Schmid. Warum wollt ihr einen Menschen fangen, der wie ihr die Freiheit liebt?«

»Er ist der Hannikel«, sagt einer im Jägerrock gehässig. »Ich war mit dem Grafen von Salis, als wir die Bande bei Zizers verhaftet haben. Diese Gaunervisage vergisst man nicht. Und jetzt komm herunter, du Lump, sonst schieße ich dir ins Bein.«

Flieh jetzt, flieh! Aber es ist zu spät. Der Jäger mit der Narbe auf der Stirn beginnt, zu ihm heraufzuklettern. Hannikel tritt nach ihm, doch der Jäger packt seinen Fuß, Hannikel rutscht und fällt hinunter. Zusammen mit dem Jäger purzelt er durch den Schnee, bleibt benommen liegen, während die Verfolger ihn umringen und die Hunde an kurzer Leine halten. Einer setzt ihm das Knie auf die Brust, schon wollen sie ihn binden. Hannikel bäumt sich auf. Zwei, drei schüttelt er ab, er wankt davon, stolpert, und dann sind sie wieder über ihm. Schläge, Tritte, er blutet aus dem Mund, will weiterkriechen. Sie fesseln ihm die Hände auf dem Rücken, stellen ihn auf die Füße, stoßen ihn voran. Ein Gehen wie durch zähen Teig. Wenn er umzusinken droht, schreit man ihn an. Links und rechts wird er gestützt, gestoßen, zeitweise muss man ihn tragen, und Hannikel gleitet hinüber in den Sommermorgenwald. Jetzt ist es bald so weit, Käther, wir sehen uns wieder, die Lichttücher in der Frühe, erinnerst du dich? Irgendwann die Rufe: »Wir haben ihn, wir haben ihn!« Da sind sie im Tal, bei der Brücke. Ein großer Menschenauflauf. Nach Ragaz soll's gehen, im Schinderkarren. Nein, heißt es, als die Dämmerung schon anbricht, nach Sargans soll er, aufs Schloss, der Landvogt hat es befohlen. Und Schäffer?, denkt Hannikel, wenn er aus der Bewusstlosigkeit auftaucht, wo ist Schäffer? Man hat ihn ganz zusammengeschnürt, die Hände an die Füße gebunden. Pferdeäpfel fliegen gegen ihn, Steine. Dieterle, murmelt er, nur halb bei Besinnung, das musst du wissen: Man gönnt uns die Freiheit nicht, aber lass sie dir nicht nehmen.

9

Vaduz, den 9. September 1786, in der Frühe

Mein lieber Freund,

so vieles ist geschehen, seit ich die Feder am 6. ds. in Chur mitten in der Nacht absetzen musste. Heute wird mich Schäffer größtenteils in Ruhe lassen; er gönnt mir eine Pause nach den Strapazen, die ich durchgestanden habe. Und das gibt mir, lieber Freund, die Gelegenheit, Ihnen etwas ausführlicher Bericht zu erstatten über die tumultuösen Ereignisse der letzten Tage.

Was für eine Aufregung, was für ein Aufruhr, als sich die Nachricht verbreitete, Hannikel sei ausgebrochen und spurlos verschwunden! Das konnte doch nicht wahr sein! Der Schock vernagelte uns allen zunächst den Verstand. Im Wirtshaus, wo ich logierte, ging es drunter und drüber. Mein Bettnachbar, der Leutnant, polterte im Dunkeln aus dem Zimmer, schrie nach seinen Leuten, stürmte mit einem Licht wieder herein und erneut hinaus, warf mich dabei fast um. Man solle sich draußen versammeln, hörte ich ihn kommandieren. Auch die Husaren rannten nun schimpfend herum, Gläser fielen zu Boden, Holz zersplitterte, der Wirt jammerte, draußen wieherten Pferde, Hunde bellten wie toll. Vorsorglich zog ich mich an, da kam schon die Order, ich solle mich zu Schäffer begeben, und der fackeltragende Bote führte mich durch die Gassen zu Schäffers Privatlogis beim Landpfleger Matheis.

Es ging gegen halb drei, aber die Stadt war belebt und beinahe taghell von zahllosen Lichtern. Aus allen Häusern kamen die Leute und drängten sich zusammen, vom Stimmengewirr hob sich immer wieder ein Name ab: Hannikel! Hannikel! Streckenweise musste ich mir den Weg durchs Gedränge richtiggehend erkämpfen. Weshalb Hannikel auch hier so verhasst ist, weiß ich nicht; es sind wohl die Gerüchte über ihn, die so viel Ablehnung erzeugen.

Schäffer, der schon in Amtstracht draußen vor dem Haus stand, fuhr mich an, weshalb ich so lange bis zu ihm gebraucht hätte. Meine Antwort wollte er gar nicht hören. Er war im Fackellicht gespenstisch bleich und hielt sich sehr gerade; von Zeit zu Zeit jedoch durchlief ihn ein Zittern, und ich hatte den Eindruck, es bräuchte wenig und er fiele in Ohnmacht. Auch ich war vor Aufregung wie im Fieber und wusste kaum, wo mir der Kopf stand.

Schäffer sprach mit größter Beherrschung, deshalb brachte er die Lippen kaum auseinander, und ich hatte Mühe, ihn zu verstehen. Die liederlichen Stadtknechte seien schuld an allem, sagte er giftig, sie hätten sich besoffen, statt Hannikel zu bewachen, oder ihn gar mit Absicht laufenlassen. Dafür werde er sie belangen und die Stadt Chur dazu! Himmel und Hölle werde er in Bewegung setzen, um den Ausbrecher, tot oder lebendig, wieder einzufangen! Das alles brachte er so drohend und vorwurfsvoll vor, als trüge ich eine Mitschuld. Er packte mich sogar am Kragen, dies vor einem Dutzend Zuschauern, schüttelte mich und blies mir dazu seinen schlechten Atem ins Gesicht. Wenn der Herr Oberamtmann in diesem Zustand ist, hat es keinen Sinn, sich zu wehren. Man muss ihm zustimmen, dann geht es am schnellsten vorbei. Als sich Schäffer in der Tat ein wenig abgekühlt hatte, wollte er mich an den Schreibtisch scheuchen, damit ich – um diese Zeit! – Expressbriefe an den Grafen von Salis und sogar an den Herzog verfasste. Aber da gesellten sich der Leutnant Bräunlein und der Hatschier Hilzinger zu uns, um die Lage zu besprechen. Auch der Gerichtspräsident und Stadtvogt Bawier war herangeschlurft und zeigte selbst in dieser Situation keine Eile, was Schäffer aufs höchste gegen ihn aufbrachte und zur Bemerkung veranlasste, er werde unter diesen Umständen die Kosten für Hannikels Unterbringung keinesfalls übernehmen. Das führte zu einem kurzen Wortgefecht zwischen den beiden, doch dann kamen sie überein, die Ergreifung Hannikels sei wichtiger als die Kostenteilung. Trotzdem stritten sie weiter, und zwar darüber, ob jetzt schon, bei Dunkelheit, Truppen ausschwärmen sollten oder ob es nicht klüger sei, bis zur Morgendämmerung zu warten. Schäffer setzte sich mit der Meinung durch, man müsse so rasch wie möglich, also noch während der Nacht, wichtige Wegstellen, Abzweigungen, Brücken besetzen. Bei Tag dann müssten die Streifen in die Höhe steigen, denn Hannikel wolle bestimmt über die Berge entkommen. Bawier versprach, tagsüber zu diesem Zweck, nebst Soldaten, Churer Freiwillige einzusetzen.

Es war kalt, es nieselte, und in den leichten Regen mischten sich ab und zu ein paar Schneeflocken, die aber gleich wieder schmolzen. Ich stand verwirrt mitten in diesem Trubel, im unruhigen Fackel- und Laternenschein, und mein zweites Ich, lieber Freund, sah wie im Traum zwischen all den Lichtern Nachtfalter herumschwirren und -torkeln, es sah sie hilflos an Laternen prallen, in offenen Flammen verbrennen, dieses Ich glaubte sogar im ganzen Lärm ringsum Flügel aufzischen zu hören, und das Schicksal dieser fragilen Wesen trieb mich auf widersinnige Weise zu Tränen. Seltsam, was uns in schwierigsten Momenten beschäftigt.

Eiligst brachte ich zu Papier, was Schäffer mir diktierte. Als die Briefe abgesandt waren, schlug es fünf Uhr von der Stadtkirche. Ich war so erschöpft, als hätte ich ganze Nächte nicht geschlafen, aber statt mir ein wenig Ruhe zu gewähren, verknurrte mich mein Dienstherr dazu, mich als einer von vielen mit dem Pfleger Matheis auf die Suche nach Hannikel zu begeben, denn zwei Augen mehr, und gerade meine scharfen, könnten sich als entscheidend erweisen, so fertigte Schäffer mich ab, als ich in Andeutungen widersprach. Meine Augen, wollte ich sagen, seien dafür geeignet, kleinste Buchstaben zu erkennen, nicht aber, Fährten zu lesen; meine Füße seien überdies äußerst empfindlich. Ich wurde nicht erhört und musste mit.

Es war ein schlimmer Tag. Man gab mir einen Gaul, von dem ich dauernd abzurutschen drohte. Mit größter Mühe hielt ich mich an der Seite des Pflegers Matheis, eines freundlichen, aber doch ziemlich ungeduldigen Mannes. Unser Tross bestand aus elf Leuten, und ich war das Bleigewicht, das sie mitzuschleppen hatten, bin ich doch, wie Schäffer, ein schlechter Reiter. Wo wir überall durchkamen, weiß ich nicht. Es ging hinauf und hinunter; bei allen Häusern außerhalb der Stadt klopfte Matheis die Bewohner heraus, fragte, ob sie etwas gehört oder gesehen hätten, was auf den Flüchtigen hindeutete. Ja und nein, hieß es, wir wurden hierhin und dorthin gewiesen, wir kamen zu Bauern, wir kamen in den Schnee, ließen die Pferde stehen, kämpften uns durch Unterholz in die Höhe, schlitterten über Kuhdreck und schneebedeckte Weiden wieder hinunter. Nach zwei Stunden schon war ich völlig durchnässt, am liebsten hätte ich mich hingelegt und alle viere von mir gestreckt. Von meinen halberfrorenen Füßen und den aufgescheuerten Fersen will ich gar nicht reden. Aber ich biss die Zähne zusammen und versuchte, die Schmerzen zu vergessen. Auf dem einen oder anderen Vorsäß, wie hier die Almen heißen, forderte Matheis die Männer auf, sich an der Suche zu beteiligen. Das taten sie mit Eifer; den Hannikel, sagten sie grimmig, würden sie ohne Federlesens totschlagen, wenn er ihnen in die Hände fiele, und der Pfleger Matheis musste sie ermahnen, der Justiz nicht vorzugreifen. Zu einem dünnen Kaffee reichte es irgendwo in einer engen Stube, zu mehr nicht. Das Gehetze ging weiter, aber von Hannikel keine Spur, alle Hinweise entpuppten sich als Falschmeldungen. Dafür machte mein zweites Ich, das schmerzfrei über dem ersten schwebte, unversehens eine Entdeckung, die auch Sie, lieber Freund, hoffentlich verblüffen wird. Wir waren hoch über dem Tal, überquerten ein halb zugeschneites Bachbett voller Geröll und wollten zu einer Hütte, wo wir Kühe gesehen hatten und also auch Menschen hausen mussten. Ich stolperte halb blind voran, da sah ich im Schnee, zwischen Steinen, einen Falter liegen. Ich blieb stehen, ließ die anderen, von denen sich keiner um mich kümmerte, weiterziehen, kauerte nieder und schaute mir den späten Sommerboten an. Noch einmal war er ausgeflogen, dachte ich mir, dann hatte ihn der viel zu frühe Kälteeinbruch vom Himmel geholt, er war tot und hatte die beiden violettroten, seidigen Flügel ausgebreitet. Drei weiße Augenflecken auf den Vorderflügeln, ins Orangerote spielende Seitenbänder. Wie schön war er! Wie schön ist er noch immer! Sie werden sich dessen vergewissern können, denn ich habe ihn sorgsam in das Schächtelchen gelegt, das ich stets in meiner Rocktasche bei mir trage und in welchem bereits einige Bienen und Wespen lagen. Inzwischen habe ich den Falter, eine bisher unbekannte Art aus der Familie der *Nymphalidae*, präpariert. Ich werde ihn nach Kiel schicken und schlage vor, ihn angesichts der weißen Augen auf dunklem Grund *Schneemohrenfalter* zu nennen. Dieser Fund weckte meine Lebensgeister, und ich beeilte mich, den Suchtrupp einzuholen, der dann doch weiter vorne missmutig auf mich wartete. Lange noch suchten wir weiter, und regelmäßig tastete ich nach dem Schächtelchen in der Rocktasche, denn mit dem Falter hatte der Tag zumindest für mich einen Erfolg gebracht.

Volle drei Stunden habe ich geschrieben, nun muss ich hinaus.

Ich fahre fort. Es war schon Abend, als wir, mehr tot als lebendig, wieder Chur erreichten. Ich hörte, dass von allen Seiten die Streifen ohne Hannikel zurückgekommen seien, und hatte gerade noch Zeit, meine Füße einzubinden, ehe mich Schäffer zu sich rief. Ich musste ihm knappen Bericht erstatten. Er selbst, sagte er, sei auch losgeritten und hätte es ebenso gut sein lassen können, Hannikel verstecke sich tagsüber wohl in einer Kluft und werde nur nachts weiterwandern. Auch der Graf von Salis sei ergrimmt über die Flucht, morgen werde er sich der Suche mit achtzig Männern anschließen. Wir aber, die Württembergischen, würden bei Tagesanbruch, bedauerlicherweise ohne Hannikel, dafür mit den übrigen Inhaftierten, die Rückreise antreten, es bleibe uns nichts anderes übrig. Die Kostenfrage sei inzwischen geregelt, die Stadtbehörden hätten aus schlechtem Gewissen erneut einen Rabatt gewährt. Schäffer sprach ungewöhnlich leise, ein ganz anderer Mann saß da als der hochfahrende vom frühen Morgen. Ich strich sein Pflichtbewusstsein und das aller Beteiligten heraus, wir hätten doch getan, was möglich sei. Er nickte, bat – bat! – mich zum Diktat. Einiges war noch zu schreiben, was meine klammen Finger kaum noch schafften, dann aß und trank ich eine Kleinigkeit, wusch mich notdürftig, sank danach ins Bett, und ich kann Ihnen versichern, mein lieber Freund, dass das Schnarchen des langen Leutnants mich dieses Mal nicht störte.

Wir wurden früh aus den Federn geholt, viel zu früh für meinen Geschmack. Ich sah zu, als Hannikels Sippe zu den zwei bereitstehenden Wagen gebracht wurde. Man hatte sie alle gefesselt, besonders die Weiber beklagten sich darüber. Schäffer gewährte keinen Pardon, auch die Kinder hatten die Hände auf den Rücken gebunden, und Dieterle wurde behandelt wie ein ausgewachsener Mann. Ich suchte seinen Blick, als er an mir vorüberging, doch er beachtete mich nicht, schien auch sonst blind und taub gegenüber allem. Wenn es nach mir gegangen wäre, hätte ich den übelriechenden Gefangenen erlaubt, sich an einem Brunnen zu waschen, doch auch dies untersagte Schäffer. Wir wurden verabschiedet wie Helden, die Stadtwache salutierte, etliche wohlgepuderte Herren, darunter der kurzbeinige Bawier, umarmten Schäffer unter Bekundungen wärmster

Freundschaft. Doch ihm war nicht danach zumute; ohne viel Worte gab er das Zeichen zur Abfahrt, und obwohl ich ihm dieses Mal im Coupé gegenübersaß, ignorierte er mich völlig, ebenso wie den ohnehin schweigsamen Hatschier Hilzinger neben mir.

Es standen jetzt schon viele Leute am Straßenrand, die auf den Transport gewartet hatten und einen Blick auf die Gefangenen erhaschen wollten. Das verdross Schäffer, er hätte ihnen allzu gerne den leibhaftigen Räuberhauptmann vorgeführt. In seinem Stupor glich er einem verlassenen Liebhaber, der die Entronnene um jeden Preis zurückbegehrt und doch nichts anderes will, als sie dem Henker zu übergeben.

Recht früh trafen wir in Vaduz ein. Ich hatte den Auftrag, zusammen mit Leutnant Bräunlein die Sicherheit des Quartiers für die Gefangenen zu überprüfen. Es handelte sich um zwei feuchte Gelasse im Keller der Landvogtei, aus denen weiß Gott niemand ausbrechen konnte. Nicht einmal eine Katze hätte sich durch die Oberlichter zu zwängen vermocht; zudem waren die Türen mit Schloss und Riegel zugesperrt und, auf Schäffers ausdrücklichen Befehl, von unsern treuen Sulzer Husaren bewacht. Mich dauerte wieder Dieterle, der sich, wie mir schien, kaum noch auf den Beinen hielt und sich in diesem Loch gleich in den hintersten Winkel zurückzog.

Weiß der Kuckuck, was mich an diesem Kind, dessen Gesichtsfarbe von Tag zu Tag durchscheinender wurde, derart rührte. Lag es an seiner Haltung, die von tiefster Niedergeschlagenheit sprach? An der Ahnung, dass sich darunter ein hoffnungsloser Zorn verbarg, der auch in mir, lieber Freund, bisweilen glimmt, wenn ich von Unrecht und Dummheit umstellt bin?

Wieder wendete sich das Schicksal. Wir saßen, es war noch hell, beim Landvogt, der den in Wien residierenden Fürsten von Liechtenstein vertrat, da meldete ein Diener, ein Reiter sprenge aus südlicher Richtung heran. Es war der Postmeister von Balzers, der Letzte einer Stafette, die in Ragaz begonnen hatte, und er überbrachte im Auftrag des Grafen von Salis die erlösende Nachricht, Hannikel sei gefasst worden. Er werde, da dies auf dem Boden der Gemeinen Herrschaft geschehen sei, im Schloss Sargans verwahrt, eine württembergische Delegation solle ihn dort abholen. Um ein Haar, ich sah es genau, hätte Schäffer wieder einen seiner Freudentänze vollführt. Er zügelte indessen die Triumphgefühle, gab sich überaus staatsmännisch, er lobte die Tüchtigkeit der Häscher, die den Flüchtling aufgespürt hatten, und pries den Umstand, dass man nun grenzübergreifend der Justiz Nachachtung verschaffen könne. Am liebsten wäre Schäffer selbst nach Sargans gefahren, um Hannikel in Empfang zu nehmen. Doch Repräsentationsgründe, sagte er zu mir, hielten ihn in Vaduz fest; ich, der Schreiber Grau, solle als sein Stellvertreter, versehen mit den nötigen Papieren, diese Aufgabe übernehmen. Er gebe mir eine Anzahl Ketten, einen Wagen und sechs Soldaten mit, das werde genügen, um Hannikel im Zaum zu halten, übermenschliche Kräfte seien ihm trotz allem nicht zuzutrauen. Ich war wie vor den Kopf geschlagen. Leutnant Bräunlein, führte ich ins Feld, eigne sich weit besser für eine solche Überführung als meine Wenigkeit, oder allenfalls könne man doch bis morgen warten. Nein!, donnerte es mir von Schäffer entgegen. Erstens traue er den Sargansern nicht, zweitens wolle er Hannikel noch diese Nacht in seiner persönlichen Obhut wissen, und drittens sei ich der richtige Mann, weil sicherlich allerlei Schriftstücke abzuzeichnen wären und der Leutnant anderswo benötigt werde. Es gab keinen Pardon, ich musste gleich aufbrechen.

Es war ein merkwürdiger Tross, der sich in der Dämmerung, auf schlechten Wegen und teils durch dichten Auenwald, flussaufwärts bewegte. Mir war ein Einspänner samt Kutscher ausgeliehen worden, in dem ich frierend und voller Bedenken saß. An meiner Seite oder vor mir ritten die mir zugeteilten

Husaren, von denen die vordersten zwei eine Laterne trugen, und hinter uns her rumpelte, von einem Pferd gezogen, der vergitterte Gefangenenwagen, in dem lediglich ein paar Ketten lärmend hin und her rutschten. Wir passierten eine Zollstation, überquerten nach gut anderthalb Stunden bei Balzers den Rhein und hielten auf die Lichter von Sargans zu, über denen trotz der mondlosen Düsternis die Silhouette der imposanten Festung zu erahnen war. Wir fuhren den Schlossweg hinauf zum bewachten Portal, ich ließ mich, durchnässt, wie ich war, beim Landvogt von Mohr melden und wurde nach langem Warten, es hatte eben neun Uhr geschlagen, vorgelassen. Der Landvogt benahm sich, inmitten schwerer Möbel und vor gobelinbehangenen Wänden, so hochfahrend, dass ich beinahe erstickte vor Zorn. Selbstverständlich blieb ich höflich und devot, das macht die lange Übung. Ich wies das Schriftstück mit Schäffers Order vor, mir den Gefangenen zu übergeben, ich erwähnte den Begleitschutz und die Ketten, die ich mitgebracht hatte. Der Landvogt indessen, ein korpulenter Mann, der sein Kinn bei jedem Satz hochreckte, gab zurück, auf zusätzliche Ketten könne er verzichten, der eingefangene und gefesselte Verbrecher sitze im Verlies, und zwar mit zwei Wächtern, die sich mit Stricken an ihm festgebunden hätten, zudem stünden zwei weitere mit geladenem Gewehr bei der Tür und außerhalb noch einmal vier für die ganze Nacht. Das werde doch – dabei lachte er geradezu hämisch – eine weitere Flucht verunmöglichen. Ich stimmte ihm zu, sagte aber, es gehe dem Oberamtmann Schäffer darum, möglichst schnell – und dies im Auftrag Seiner Durchlaucht, des Herzogs Karl Eugen – mit Hannikel nach Sulz zu reisen, und darum sei ich hier. Einem Aktuar, sagte der Landvogt, indem er beide Daumen unter den Gürtel schob, händige er eine solch kostbare Beute nicht aus, da müsse sich der Herr Oberamtmann persönlich herbemühen. Außerdem bestehe er darauf, dass ihm alle Unkosten erstattet und auch die zwanzig Louis d'or ausbezahlt würden, die Chur auf Hannikels Ergreifung ausgesetzt habe. Mit mir, so schloss der Landvogt, verhandle er nicht, das tue er nur von Gleich zu Gleich. Was konnte ich machen? Immerhin brachte ich den Landvogt dazu, einen Eilboten nach Vaduz zu schicken, mit der Nachricht, Schäffer solle sich am nächsten Morgen so früh wie möglich auf den Weg nach Sargans begeben.

Ich wurde von Dienern hinausgeführt, besser, -spediert. Die Demütigung brannte in mir, aber sie wäre noch größer gewesen, wenn ich so spät zurückgekehrt und Schäffer ohne Hannikel unter die Augen getreten wäre. Ich sorgte für die Fütterung der

Pferde, und meine Männer bekamen zumindest eine lauwarme Kohlsuppe. Widerwillig wies man uns Schlafplätze in der Schlossscheune zu und überließ uns ein paar Decken. Ich grub mich neben den Soldaten ins Heu ein, die Notdurft mussten wir wie Vieh am Güllenablauf verrichten. Ich schlief kaum, nieste hundertmal vom Heustaub, kratzte mich blutig wegen der Flohstiche. Unter den Insekten sind allein die Blutsauger verdammenswert, da stimmen Sie mir gewiss zu, verehrter Freund. Hannikel, durch ein paar Mauern von mir getrennt, ging es wohl weit schlechter; er konnte (und kann) sich jetzt nicht mehr darüber hinweglügen, dass die Inquisition auf ihn wartet.

Hier setze ich wieder ab, ich werde gerufen.

Abends spät. Ich nehme den Faden wieder auf. Kaum war es hell, fuhr ich Schäffer entgegen. Er war aber noch früher aufgestanden und, als ich am Rhein eintraf, gerade dabei, mit der Fähre überzusetzen. Er behandelte mich mit ausnehmender Schroffheit, und erneut hörte er mir gar nicht zu, als ich ihm die Gründe für die Verzögerung zu erläutern versuchte. Zurück in Sargans, begleitete ich ihn zum Landvogt und wunderte mich darüber, dass dieser sich nun plötzlich wie ein umgestülpter Handschuh verhielt, den Oberamtmann sehr höflich empfing und die

Frage der Entschädigung mit keinem Wort mehr berührte, was, wie ich später erfuhr, damit zusammenhing, dass der Graf von Salis frühmorgens vorbeigekommen war und alle Kosten, die Württemberg berechnet werden sollten, übernommen hatte. Ach, mein lieber Freund, es kommt doch sehr darauf an, in welchen Stand man hineingeboren wurde. Ein Schreiber muss schlucken, was ihm in den Mund gestopft wird.

Ich hörte vom Landvogt, es sei schwierig gewesen mit Hannikel, er habe beim Transport auf Gaffer und Häscher eingeredet und eingeschrien, er habe behauptet, unschuldig zu sein, ein gelernter Jäger, keineswegs der, für den man ihn halte, man dürfe ihn auf keinen Fall ausliefern, sonst geschehe ihm bitteres Unrecht. Erst im Verlies sei er verstummt. Dort hinunter führte uns nun der Landvogt selbst über mehrere Treppen mit ausgetretenen Stufen. Die schwere Doppeltür wurde für uns geöffnet, dahinter brannte ein Licht, und da saß Hannikel, an eine Säule gekettet und in der Tat an zwei Wärter gefesselt. Die Haare hingen ihm tief ins Gesicht, über das sich blutige Striemen zogen, die Lippen waren geschwollen.

»Hier bin ich, Hannikel«, sagte Schäffer in geradezu freundlichem Ton. »Jetzt wird man über dich richten.«

Auf Schäffers Erscheinen war Hannikel nicht gefasst, sein Erschrecken so groß, dass er, wie ich zu hören glaubte, mit den Zähnen zu klappern begann. Vielleicht hatte er sich doch ausgemalt, dass er in der Schweiz bleiben und mit einer milden Strafe davonkommen würde. Er wäre zusammengesackt, wenn ihn die vielen Fesseln nicht gehalten hätten. Mühevoll formte er einige Wörter, die sich für mein Ohr zu einem undeutlichen »Ich bin unschuldig« zusammensetzten. So hatte es auch Schäffer verstanden, denn er entgegnete: »Dann hättest du nicht fliehen müssen, Jakob Reinhardt. Wir werden sehen, was die weiteren Verhöre ergeben.«

»Ihr bringt mich … Ihr bringt mich …«, stammelte Hannikel.

»Nach Sulz«, sagte Schäffer. »Vors Malefizgericht.«

Hannikel schloss die Augen und schwieg. Wir schafften ihn in Ketten zum Wagen, und als die Häscher ihn darauf gehoben hatten, stellte er einen Halbtoten dar, schien auch gar nicht mehr zu atmen. Er blieb liegen, wie man ihn abgelegt hatte, zusammengekrümmt, die Ketten teils aufgerollt, teils in argem Durcheinander.

Als unser Tross den Schlosshügel hinunterfuhr, war in den Gassen von Sargans wieder viel Volk zusammengeströmt; man wollte Hannikel von nahem sehen. Der allgemeine Zorn, der ihm galt, belebte ihn offenbar, trotz der Eisenketten richtete er sich langsam auf, und plötzlich sprach er mit einer Stentorstimme, die uns alle überraschte. »Was wollt ihr denn?«, wandte er sich an die Leute. »Weshalb verwünscht ihr mich? Was habe ich euch getan?« Es gelang ihm, mit diesen wenigen Worten die ihm Nächststehenden zu übertönen, und in kürzester Zeit wurde es erstaunlich still.

»Ich bin doch auf eurer Seite!«, rief Hannikel. »Ich liebe die Freiheit wie ihr! Ich bin unschuldig. Befreit mich, wenn ihr nicht wollt, dass mein Blut über euch kommt! Oder wollt ihr wirklich zulassen, dass ich an einen Tyrannen ausgeliefert werde?« Er gebrauchte für diese kurze Rede ein schwäbisch gefärbtes Deutsch, das er aber geschickt dem schweizerischen Dialekt anpasste, so dass die Leute ihn gut genug verstanden. Sie waren verblüfft und verwirrt, die Stille hielt an und wurde nur von einzelnen Rufen durchbrochen. Es hätte, so empfand ich, wenig gebraucht, und die Stimmung hätte sich gegen uns gewandt.

Alles war so schnell gegangen, dass auch Schäffer überrumpelt gewesen war, doch noch während Hannikel sprach, gab er knappe Befehle. Zwei unserer Husaren kletterten auf den Wagen; sie rissen Hannikel, der weitersprechen wollte, zu Boden, einer hielt ihm die Hand über den Mund, nur noch ein Gurgeln und Stöhnen drang heraus. Der Leutnant, der zuvorderst ritt, gab seinem Pferd die Sporen, die Husaren, die den Wagen eskortierten, setzten nach, die Leute drückten sich an die Hausmauern, um nicht umgeworfen zu werden. In raschem Tempo waren wir aus dem Städtchen hinaus, Schäffer wagte sogar einen kurzen Galopp, mein Einspänner holperte hinterher.

Bald waren wir am Übergang nach Balzers, die Fähre brachte uns auf die liechtensteinische Seite, wo uns ein Kontingent dortiger Soldaten in Empfang nahm. In Vaduz, wo wir gegen halb sechs Uhr beim Gefängnis eintrafen, zögerte Schäffer, ob Hannikel in einer Einzelzelle oder bei den anderen Zigeunern unterzubringen sei. Er entschied sich für Ersteres und ordnete an, dass wie in Sargans zwei Wächter in seiner Zelle wachen sollten.

Ich habe nun wieder, weil es so viel zu erzählen gab, Bogen um Bogen beschrieben und es dabei sträflich versäumt, die eine oder andere Insektenbeschreibung nachzuliefern, die ich Ihnen doch versprochen habe. Um die Wahrheit zu gestehen: Das Menschengewimmel, dessen Zeuge ich bin, hat die Beobachtungen, die ich dem Krabbeln und Summen ringsum widmen möchte, in den letzten Tagen völlig verdrängt. Den Schneemohrenfalter will ich aber nicht vergessen … Der Kopf droht mir auf den Brief zu sinken, und die Kerze ist beinahe niedergebrannt. Mitternacht vorbei. Morgen wird es nach Feldkirch weitergehen, dann nach Ulm; wollte Gott, wir wären schon in Sulz!

Ihr treuer Forscherfreund Wilhelm Grau

10

Im Rheintal und im Württembergischen,
11. bis 24. September 1786

Nun hat der elende Schäffer den Dad wieder gefangen und eingesperrt. Wer gibt ihm diese Macht über die Sinti? Er wird sie alle nach Sulz bringen und vors Gericht, dann droht ihnen das Allerschlimmste, der Galgen nämlich oder das Zuchthaus, in dem man lebendig begraben ist. Die Angst sitzt in der Kehle wie das Gewölle einer Eule.

Wenzel hat Dieterle zum Guckfenster hochgehoben, als sie den Dad durch den Gang schleppten. Da hat er ihn für einen Augenblick gesehen. Die schweren Ketten zogen den Dad fast zu Boden, er konnte nichts sagen, weil er geknebelt war, nur einen Blick warf er Dieterle zu, einen Blick voller Kummer und Zärtlichkeit. Auch ein Aufbegehren konnte man daraus lesen: Gib nicht auf, wehr dich mit List! Solche Vaterblicke kann der Sohn besser lesen als das Alphabet, aber er hätte anderes gebraucht, eine Umarmung, den geflüsterten Zuspruch ins Ohr, doch mit gefesselten Händen kann kein Sinto den anderen umarmen.

Hinter der nächsten Mauer sitzt er nun, der Dad. Es wäre klüger, sagt Wenzel, wenn er endlich zugeben würde, dass er der Hannikel ist, es würde Schäffer ein wenig milder stimmen. Alle sind sie niedergeschlagen, sie hätten sich doch gewünscht, dass dem Dad die Flucht gelingt und er an der Spitze eines Sintiheers gegen die Württemberger zu Felde zieht. Davon konnte man träumen, solange er draußen war und unterwegs. Jetzt ist der Traum zu Ende, es sei denn, der merkwürdige Mann, der Dieterle manchmal mitleidig ansieht, stellt sich auf ihre Seite und öffnet nachts die Kettenschlösser beim Dad, in Chur hat ihm ja auch einer geholfen. Dieser Mann, der gebückt geht, als fürchte er dauernd, den Kopf an der Decke anzustoßen, ist Schäffers Schreiber, wie Wenzel weiß, einer, der in den aneinandergereihten Buchstaben einen Sinn erkennt. Die Daj erkennt ihn auch, ihren Taufnamen, Katharina, kann sie mit Tannenzweiglein legen. Männer müssen anderes können. Auf der Geige hätte Dieterle spielen lernen wollen, so schön wie der Geuder, aber der spielte lieber selbst, als es dem Neffen beizubringen, und er sang dazu das Lied, das Dieterle so gut gefällt: *Oh, die Geige gibt mir Leben. / Trunk und Speis muss sie mir geben! / Wenn ich einst nicht geigen kann, / bin ich ein geschlagner Mann.*

Die Geige haben sie dem Geuder jetzt weggenommen, und einer hat sie über dem Knie zerbrochen. Ein paar Kunststücke hat Dieterle anstelle des Fiedelns gelernt, den zweifachen Überschlag und mit der Stange übers Seil gehen, wenn es kräftig genug gespannt ist. Gelenkig ist er durch vieles Üben geworden, so dass er die Beine hinter dem Kopf verschränken kann. Das brachte ab und zu auf Marktplätzen einige Münzen ein, bevor die Stadtwächter sie wieder vertrieben. Gerne würde er eines Tages ein paar Vögel dressieren, Finken oder Stare, so wie er es bei einem aus der Reinhardtsippe gesehen hat. Da zogen vier Vögel eine Spielzeugkutsche, den Bauern, die zuschauten, blieb der Mund offen vor Staunen. Oder eine Ringelnatter könnte er dazu bringen, dass sie durch ein Knopfloch kriecht und das Publikum anzüngelt.

Dort, wo der Dad jetzt sitzt, bleibt es still, man hört nichts durch die Mauer. Aber auf der anderen Seite drüben weinen und wimmern die Kleinen vor sich hin, das dringt durch den dicksten Stein. Man hat ihnen wohl zu wenig zu essen gegeben, und gerade die Kleinste, Urschels Kind, war in letzter Zeit stets hungrig, Urschel hat ja keine Milch mehr, seit sie mit den Soldaten hinter die Büsche gegangen ist, und es war schwierig, für den Säugling Kuhmilch oder einen Milchbrei zu bekommen. Bastardi hat Dieterle ausgelacht, weil er die Kleine gerne füttert, wenn für einmal etwas Brei vorhanden ist. Aber er tut es wirklich gerne, er fühlt sich nützlich, wenn das Kind seinen Finger abschleckt und danach an ihm saugt.

Eine schlechte Nacht im Vaduzer Gefängnis. Gegen Morgen erscheint Dieterle der Totengeist, der Mulo, den er am meisten fürchtet. Er tut ihm nichts, aber allein seine Anwesenheit ist schrecklich, das Herz zerspringt Dieterle beinahe, weil es so rasend schlägt, hundertmal lieber wäre es ihm, den Toni lebendig zu wissen, statt ihn als herumwandernden Geist in der Nähe zu ahnen. Das ist alles Einbildung, sagt Bastardi mit wütender Entschiedenheit, als Dieterle ihm sein Grausen gesteht; dabei zeigt die Angst sich auch in Bastardis Gesicht.

Ein schlimmer Morgen nach der schlimmen Nacht. Sie bekommen einen Schluck Wasser, etwas Brot, einen Zipfel Wurst. Sie werden zum Scheißloch geführt, dann mit Stockhieben zu ihrem Käfigwagen hinausgetrieben, auf dem anderen sind die Frauen und die Kinder schon eingesperrt. Es regnet zeitweise immer noch, aber leichter jetzt, und es ist wärmer geworden, so dass die Feuchtigkeit in den Kleidern nicht so schlimm ist wie an den Vortagen. Der Schreiber steht plötzlich wieder da, er spricht Dieterle an: Ob er nicht bestätigen wolle, dass der Mann, der sich hartnäckig Kilian Schmid nennt, sein Vater sei, der Hannikel, das habe er doch in Chur vor Gericht gesagt. Dieterle hütet sich, eine Antwort zu geben, und die Freundlichkeit des Schreibers hält er von sich fern wie etwas Schimmliges. Überdies wissen seit Hansjörgs Verrat ja alle, dass der Dad Hannikel ist. Warum wollen sie unbedingt, dass er es selber zugibt? Seinen Stolz brechen, das will der Schäffer, sagt Wenzel, aber Hannikel ist unbeugsam wie ein Eichenstamm, der Stolzeste von uns.

Sie bringen den Dad herbei, als sie schon auf dem Wagen sind, und sie müssen eng zusammenrücken, so eng, dass sie sich stehend aneinanderlehnen. Auf den freien Platz, der fast ein Drittel der Wagenfläche einnimmt, wird der Dad gestellt und zusätzlich am Gitter festgebunden. In zwei Schritten Abstand zu ihm setzen sich zwei Husaren hin und legen quer vor sich das geladene Gewehr. Auf die Knebelung hat man verzichtet. Man wolle menschlich sein, hat Schäffer gesagt, Hannikel könne so auch durch den Mund atmen, sprechen sei ihm jedoch verboten. Nachdem er die Fesseln inspiziert hat, gibt er das Zeichen zur Abfahrt. Diese Stimme! Eine Säge, die sich durch hartes Holz schneidet, eine alte Tür, die unangenehm knarrt. Schäffer habe sich erkältet und sei voller Schleim, flüstert Bastardi dem Bruder zu, am schönsten wäre es, er würde gleich abkratzen. Schreiende und lachende Kinder laufen neben den Wagen her; Dieterle weiß, dass er mit ihnen nie etwas zu tun haben wird. Sie sind ihm fremd, er ist ihnen noch fremder.

Der Himmel hat sich aufgehellt, ein paar Sonnenstrahlen wärmen ab und zu Dieterles Kopf und Schultern. Schon wieder haben sich längs der Straße Leute versammelt, die Hannikel mit Schmähungen überhäufen. Noch mehr stauen sich hinter den Mauern von Feldkirch. Mit lauten Rufen schaffen die Husaren Platz, die Kutscher knallen mit den Peitschen. Da hält sich Hannikel nicht länger im Zaum. Erneut ruft er den Leuten zu, sie sollen ihn befreien, er sei einer von ihnen. Doch die Worte gehen unter im Lärm, schon haben die zwei Wagenwächter sich auf den Dad gestürzt. Einer hält ihm die Hand über den Mund und schreit auf, weil Hannikel ihn zu beißen versucht, der andere versetzt ihm Faustschläge in die Magengrube. Wie weh tut es Dieterle, dass dem Dad niemand hilft. Die Tränen, die ihm übers Gesicht laufen, gelten mehr der Schmach des Vaters als seiner eigenen Hilflosigkeit. Schäffer ist aus der Kutsche gestiegen, er pflanzt sich neben dem Wagen auf, einen Schritt hinter sich den Schreiber, und misst Hannikel mit bösen Blicken. Er sagt etwas zum Schreiber, dann zum langen Leutnant, den er herangewinkt hat. Inzwischen hat man Hannikel wieder geknebelt. Dieterle empfindet es körperlich, wie der Dad um Atem ringt. Die Pferde werden gefüttert, Begrüßungen und Ehrbezeugungen durch die Stadtregierung finden statt, Hannikel wird ausgiebig besichtigt. Gefangene, die ihre Notdurft verrichten müssen, werden einzeln vom Wagen heruntergelassen und zu einer schmutzigen Latrine am Stadttor geführt. Hannikel indessen wird nur halb losgebunden und hat sich, zum Gaudium der Gaffer, auf einen Nachttopf zu setzen. Besonders Frauen kreischen deswegen vor Vergnügen.

Bevor die Reise weitergeht, nach Bregenz, wie es heißt, taucht der Schreiber aus der Menge auf und überreicht den Husaren auf dem Wagen etwas Schwarzes. Es ist eine Ledermaske, die wohl in aller Eile von einem Schuhmacher angefertigt worden ist. Man drückt sie Hannikel roh aufs Gesicht. Für die Nase gibt es ein Loch, für den Mund einen Schlitz, der ein wenig Luft durchlässt, aber klares Sprechen verunmöglicht. Der Dad versucht sich zu wehren, indem er den Kopf hin- und herwirft, aber in kürzester Zeit haben die Soldaten ihm die Maske aufgezwungen, den Bändel am Hinterkopf verknotet. Der Dad sieht nun selbst aus wie ein Mulo mit pechschwarzer augenloser Fratze. Dieterle will nicht mehr hinschauen und kann doch den Blick nicht abwenden vom Maskenmann. Er sagt zu sich: Das ist mein Vater, der Dad, aber wenn das Bild vor seinen Augen verschwimmt, zweifelt er plötzlich daran.

Die Reise schien gar nicht enden zu wollen in ihrer Gleichförmigkeit. Sie kamen von Stadt zu Stadt, überall empfing man Schäffer mit größten Ehren. Die Gefangenen verbrachten die Nacht in engen Verliesen, in leergeräumten Rathauskellern. Frauen und Männer durften kein Wort miteinander wechseln, manchmal nur riefen sie sich rasch etwas zu, und der Dad wurde stets von den anderen getrennt. Wenigstens nahm man ihm für die Nacht die Ledermaske ab. Das Essen, das sie bekamen, reichte kaum für alle, es war oft fast ungenießbar, eine Brühe mit zerkochtem Gemüse, Schweinefüßen, angeröstetem Mehl. Dieterle aß hastig, schlürfte das Flüssige aus dem Napf, stopfte das Feste mit den Fingern in sich hinein. Die Männer teilten ihm mehr zu als sich selbst, und doch war er dauernd hungrig, der Hunger saß in ihm wie ein böser Vogel und pickte an seinen Eingeweiden herum. Zum Glück war Bastardi bei ihm. Der ältere Bruder sprach ihm gut zu, wenn Dieterle am Verzweifeln war, er legte die Arme um ihn, wenn er fror. So liebevoll war Bastardi vorher nie gewesen, eher hochfahrend und streng dem Jüngeren gegenüber. Vor dem, was kommen würde, fürchtete sich auch Bastardi, das spürte Dieterle an seiner Unruhe, an seiner belegten Stimme. Es würde lange Verhöre mit scharfen Fragen geben, Schäffer wollte Geständnisse, und er würde sie mit Härte und List erzwingen, einen gegen den anderen ausspielen. Es konnte gut sein, dass bald schon der Galgen auf sie wartete, sie hatten ja Schlimmes verbrochen. Daran wollte Dieterle nicht denken, oder dann stellte er sich vor, dass vielleicht Herzog Karl, der Herrscher in Stuttgart, gnädig sein würde, weil doch der Dad dem Lande Württemberg einen Dienst erwiesen hatte, indem er die Juden ausplünderte.

Das Schlimmste auf dieser tagelangen Fahrt war, dem Dad so nahe zu sein und doch von ihm getrennt, wie wenn er gar nicht da wäre. Selbst die Augen, mit denen er sonst reden konnte, waren unter der Maske verschwunden. Schlimm war auch, dass manchmal der Verräter Hansjörg, dem man ein schlechtes Pferd gegeben hatte, eine Weile neben ihnen herritt, er machte dabei ein Gesicht wie aus Stein, aber man sah ihm an, wie sehr er es genoss, ohne Fesseln zu sein und zu wissen, dass er mit dem Leben davonkommen würde. Er tat, als höre er die Verwünschungen nicht, die ihm die Männer auf dem Wagen zuzischten. Nach einer Weile ließ er dann sein Pferd im Trott zurückfallen, so dass er außer Sicht geriet. Diesen Verräter hätte man töten müssen, nicht Toni, dachte Dieterle, aber es hätte genügt, ihn zu erstechen. Einen Menschen zu Tode quälen, das wollte er nie wieder.

Der merkwürdige Mann, Schäffers Schreiber, blieb bei Halten bisweilen in Dieterles Nähe, er wollte mit ihm sprechen, doch Dieterle wollte nicht, auch nicht, wenn der Mann ihn zur Latrine begleitete oder ihm sogar etwas zu essen brachte. Das Extrastück Brot, das er in Ulm von ihm bekam, warf er weg, gleich waren Krähen da, stritten sich darum und flogen mit der Beute davon. Da schaute der Mann ihn an, als habe Dieterle ihm ein Leid zugefügt, und das beschämte ihn doch ein wenig. Aber auch der große Bruder schärfte Dieterle ein, er solle keinem von denen vertrauen, sie wollten die Sinti nur gegeneinander aufhetzen, und das schwächste Glied in der Kette sei in ihren Augen der Jüngste, den wollten sie dazu bringen, auf ihre Seite überzulaufen und Dinge auszuplaudern, die den Sinti schaden würden. Dennoch hätte Dieterle den Schreiber zwei- oder dreimal beinahe gebeten, dem Dad die Maske abzunehmen. Aber es mochte ja geschehen – so hofften alle inständig –, dass aus ihrem Stamm eine Schar von Mutigen dem Zug auflauern und die Gefangenen befreien würde. Man müsste gleich schießen, das würde die Bewacher lähmen – und dann weg in die Wälder, weit weg von denen, die wie Schäffer das Recht ausübten, ihr Recht, das nur für sie galt und nicht für die Sinti. Immer wieder malte sich Dieterle diese Szenen aus: wie Schäffer und der Verräter Hansjörg schon von den ersten Schüssen getroffen wurden, wie vom Dad die Ketten abfielen und er sogleich das Kommando übernahm, wie Dieterle hinter dem Dad auf dem schnellsten Pferd saß, wie sie flohen, in rasendem Galopp. Und dann der Wald, in dem sie sich auskannten wie niemand sonst, ein Lagerplatz auf einer Lichtung, wo sie sich endlich sicher fühlen konnten, und dort würde schon die Daj auf sie warten. Oder Wenzel und Bastardi würden sie holen und zu ihnen bringen, und Geuder würde am Lagerfeuer auf der Geige spielen. Aber mit jeder Stunde näherten sie sich der Stadt Sulz, mit jeder Stunde wuchs die Bangigkeit vor den Verhören. Sie kamen zwar durch Wälder, es roch nach Holunder und Harz. Sonnenlicht drang durch dichte Wipfel und fleckte die Straße, die so holprig war, dass sie immer wieder gegeneinanderfielen. Doch es waren traurige Wälder, denn für einen gefesselten Sinto verwandelt sich der Wald, den er durchquert und nicht betreten darf, in eine Ödnis.

Sie erreichten Sulz gegen Abend, bei schönem, beinahe schwülem Wetter nun. Es war der vierzehnte oder fünfzehnte Tag ihrer Reise, wie Wenzel zu zählen versuchte, auch ihm gerieten die Tage und Nächte durcheinander. Sie sahen den Fluss vor sich, den Neckar, blaugrün schimmernd im Abendlicht, man hätte sich hineinstürzen mögen und forttreiben lassen. Es war eine Stadt wie andere, in denen sie auf der Reise haltgemacht hatten, große Tore, die Häuser aus Stein, dunkle Riegelbalken, Türme, ein Marktplatz. Aber mehr Bäume gab es als anderswo, Weiden am Flussufer, Pappeln, Linden, Obstbäume in Gärten: überall Grün zwischen und hinter den Mauern. Auch hier liefen die Leute zusammen, um die Gefangenen zu begaffen und zu beschimpfen. Aber hier mussten sie nun bleiben, hier würden sie eingekerkert für lange Zeit, das war Wenzel, nachdem ihm ein Husar den Namen der Stadt genannt hatte, gleich klar. In Sulz regierte, im Namen des Herzogs, der Oberamtmann Schäffer, er war der Mächtigste hier, und er wollte Hannikel und seine Sippe verderben und vernichten.

Schäffer wurde von prächtig gekleideten Würdenträgern begrüßt, dann pflanzte er sich zu Pferd vor den beiden Gefangenenwagen auf und hielt eine Ansprache, von der Dieterle fast nichts verstand, nur dass die Missetäter hier verhört würden und einem gerechten Urteil entgegensähen. Von den Zuschauern kamen vereinzelte Zurufe, man wollte Hannikel sehen, der immer noch die Ledermaske trug. Sie wurde ihm, auf einen Wink Schäffers, abgenommen; zum Vorschein kam ein ungewöhnlich bleiches, von Schweiß überglänztes Gesicht, das sich rasch wieder dunkelgelb verfärbte. Dieterle sah, dass der Dad sprechen wollte und nach dem langen erzwungenen Schweigen um Worte rang. Seine Züge verzerrten sich vor Anstrengung, es war nun aber so laut auf dem Platz, dass man ohnehin nichts gehört hätte. Er sah auch, dass der Schreiber zu Schäffer trat, der inzwischen vom Pferd gestiegen war, und ihm etwas ins Ohr sagte. Danach besprach sich Schäffer kurz mit dem langen Leutnant, zeigte dabei auf Dieterle und befahl mit lauter Stimme, die Gefangenen nach Vorschrift aufzuteilen und abzuführen.

Dieterle wurde von den Männern getrennt und musste, eskortiert von bewaffneten Stadtwächtern, den Frauen und den kleineren Kindern durch verwinkelte Gassen folgen. Mit dem Dad hatte er nicht einmal einen Blick tauschen können. In Dieterles Brust wuchs etwas wie ein Wesen mit vielen Zähnen, dessen Bisse ihn von Schritt zu Schritt stärker schmerzten. Er hatte nun plötzlich entsetzlichen Durst, einen ganzen Trog mit kühlem Wasser hätte er austrinken mögen. Sie kamen zu einem Haus mit vergitterten Fenstern, es musste das Stadtgefängnis sein. Dieterle wagte seinen Bewacher zu fragen, wohin man die anderen brächte, die Männer und Hannikel. »Der Hannikel?« Der Wächter lachte und rückte seine Muskete zurecht. »Der kommt in den Turm. Hier sind vorerst nur die Frauen und Kinder. Ein paar von euch warten ja schon seit Wochen da drin.« Sein Ton wurde rüder. »Schmutzig und zerlumpt seid ihr alle.«

»Ich bin kein Kind mehr«, sagte Dieterle und strengte sich an, seine Stimme in der Gewalt zu behalten.

»Offenbar doch«, antwortete der Wächter. »Jedenfalls hat der Herr Oberamtmann so entschieden.«

Die hallenden, beinahe lichtlosen Gänge kannte Dieterle schon von all den Orten, an denen man sie eingesperrt hatte, auch den Geruch nach feuchtem Mörtel und Pisse, nach Kohlsuppe und Mäusedreck. Eine Tür wurde geöffnet; man stieß Dieterle in ein Gelass, in dem schon andere waren, nahm ihm die Fesseln ab. Im Halbdunkel blieb er stehen und hörte die Stimme, die ihm vertraut war wie keine andere, sie machte ihn so weich, dass die Beine unter ihm wegsanken. Doch da war die Daj schon bei ihm, ihre Arme hielten ihn fest, er barg das Gesicht an ihrem Hals, der immer noch roch, wie er riechen musste: nach Wald, nach zerdrückten Blättern und Erde. Ihr Haar kitzelte seine Schläfen, er presste sich stärker an sie, damit niemand merkte, dass ihm jetzt die Tränen kamen.

»Mein Kleiner«, summte die Daj und wiegte ihn wie in fast vergessenen Zeiten, »jetzt bist du endlich da. Warum bist du so lange weggeblieben?«

Ein Raunen ringsum, mehrere Stimmen, ein Kinderweinen. Dennele, die in einem Winkel geschlafen hatte, kam dazu, überhäufte Dieterle mit Küssen und Umarmungen. Er machte sich los von ihr, setzte sich zur Mutter auf den Boden, sie hielten sich bei den Händen, und Dieterle dachte, er wolle sie nie mehr loslassen, so lange hatte er die Mutter nicht mehr gehalten. Allmählich sah er sie ein wenig besser. Das kleine Fenster weiter drüben hatte blinde Scheiben und ließ gerade so viel Licht durch, dass er den Eindruck bekam, die Daj sei in wenigen Monaten gealtert, ja, eine alte Frau glaubte er plötzlich neben sich zu haben und erschrak darüber. War denn seine Mutter nicht immer schön und jung gewesen? Er bat um Wasser, eine der Frauen im Raum schob eine halbvolle Schüssel zu ihm, er trank daraus. Das Wasser hatte einen üblen Geschmack und stillte doch den Durst.

»Wo ist Hannikel jetzt?«, fragte Käther.

»Im Turm«, sagte Dieterle, »man lässt ihn nicht mit den anderen zusammen.«

»Wie geht es ihm?«

»Der Dad ist tapfer, ein richtiger *rom baro*«, sagte Dieterle und beschrieb, wie Hannikel mit Gleichmut die ruppige Behandlung ertrage. Er verschwieg aber die schreckliche Ledermaske, obwohl Käther alles berichtet haben wollte: von der Verhaftung in Zizers bis zu Hannikels Flucht, von den schlimmen Tagen in Chur bis zur langen Reise nach Sulz. Sie seufzte zwischendurch, lachte sogar, als Dieterle schilderte, wie der Dad die Wächter in Chur überlistet hatte, doch als sie erfuhr, in welch traurigem Zustand man ihn von der Alp ins Tal gebracht hatte, war auch sie den Tränen nahe. Käther erzählte ihrerseits, wie sie im Neckartal aufgegriffen worden waren, sie verfluchte Mattes und Hansjörg, die beiden Abtrünnigen, die Schäffers Leute zu ihrem Versteck geführt hatten. »Wir schicken ihnen nachts alle bösen Geister, die wir kennen«, sagte sie, während die anderen zustimmend mit der Zunge schnalzten, »die schlimmsten Träume schicken wir, sie sollen sich gehetzt fühlen von uns und eingekreist, o ja, das sollen sie!« Sie ließ Dieterles Hände los, hob die ihren zu einer beschwörenden Gebärde. »Aber hütet euch vor Schäffer, ihr alle. Er ist klug wie eine Schlange. Er kann gütig sein, gerade beim Verhör, und das richtet euch auf und gibt euch neuen Mut. Aber seine Güte ist Gift, glaubt mir. Mich hat er

dazu gebracht, ihm die Lagerplätze um Gmünd an-
zugeben, er versprach dafür, Dennele zu schonen
und sie nicht von mir zu trennen. Daran hat er sich
bis heute gehalten, aber wenn es ihm nützt, wird er
sein Versprechen brechen, so sind sie, die *Gadsche*.
Oh, ich habe bereut, was ich ausgeplaudert habe,
ich habe es ja nur deinetwegen getan.« Nun zog sie
auch Dennele zu sich heran und zerzauste ein wenig ihr Haar. »Hast du gehört, was ich für dich alles
tue?« Schweigend schmiegte sich Dennele an sie.

Seit diesem ersten Verhör, so berichtete Käther
weiter, habe Schäffer sie in Ruhe gelassen. Er werde
aber alle Fäden spinnen, um Hannikel darin zu fangen und ihn an den Galgen zu bringen. In Dieterle
regte sich wieder das Wesen mit den vielen Zähnen,
schnappte nach seinen Eingeweiden, die sich krümm-
ten und zusammenzogen. Der Dad durfte nicht sterben! Er hatte weggehört, wenn Bastardi und Wenzel
darüber flüsterten; jetzt, mit dem Mund seiner Mutter so nahe am Ohr, ging das nicht mehr. Er legte
den Kopf auf Käthers Oberschenkel und ließ sich
von ihr den Nacken kraulen. So froh war er gewesen, wieder bei ihr zu sein, so überglücklich, und
nun wusste er auf einmal nicht mehr aus noch ein.
Einen lebendigen Dad wollte er, keinen toten, keinen Mulo, keinen Geist, der ihn nachts heimsuchte!
»Sie dürfen den Dad nicht töten«, sagte er und

hörte, dass Dennele neben ihm leise weinte, es war ihr gedehntes und hohes Wimmern, das er schon früher nicht ertragen hatte. »Hör auf damit!«, fuhr er sie an und versetzte ihr, ohne hinzuschauen, einen Ellbogenstoß, auf den sie mit einem quiekenden Schmerzenslaut antwortete. Aber danach blieb sie still, schnaufte bloß noch laut.

Die Tür schepperte, ein großer Topf mit Suppe wurde durch den Spalt geschoben. Die Frauen hatten alle einen Holzlöffel in ihrem Rock verborgen, den sie nun hervornahmen. Käther bestand darauf, dass Dieterle ihren zuerst benutzte. Er tat es ihr zuliebe, die Suppe schmeckte scheußlich, nach schweißigen Kleidern, nach fauligem Zeug, mehr als ein paar Löffel brachte er nicht herunter.

Es wurde Nacht, eine einzige, schon fast heruntergebrannte Kerze gab ihnen ein wenig Licht. Die Frauen versuchten sich mit dem übriggebliebenen Wasser zu waschen, und Dieterle musste sich gegen die Wand drehen, damit er nichts Nacktes sah. Er war eben doch schon zu alt für diese Frauengemeinschaft. Der kleine Hannes indessen, Theres' zweijähriger Sohn, hüpfte vergnügt zwischen ihnen herum, plapperte vor sich hin und kümmerte sich weder um entblößte Beine noch um nackte Brüste. Die Frauen sangen ein Schlaflied für Hannes und ein wenig auch für Dieterle; Urschels Kleine schlief schon lange. Am Anfang summten sie bloß, doch die Töne suchten sich Wörter, die Wörter sprachen vom Himmel, vom Mond, so schön war das Lied, dass Hannes ruhig wurde und sich von selbst niederlegte. Dieterle schlief auf dem Stroh bei Käther, aber doch nicht zu nahe bei ihr, auch zu Dennele, die seine Nähe suchte, hielt er eine Armlänge Abstand. Es war besser so, obwohl sein Körper etwas anderes wollte. Vom Nachthafen in der Ecke, den er benutzt hatte, kam ein Gestank, den es im Wald nie gegeben hatte.

In seinen Träumen war er frei, er schwang sich von Baum zu Baum wie das Äffchen, das er einst bei Schaustellern gesehen hatte, er machte Purzelbäume über weiches Wiesengras, dann flog er sogar, mit den Armen flatternd, über einen See hinweg, doch am anderen Ufer wartete der Mann, der Schreiber, und trug Dieterle auf den Schultern davon, wohin, wusste er nicht, nur laut lachen hörte er ihn plötzlich, und das begriff er nicht, weil ihm selbst ums Weinen war. Einmal weckte ihn ein Jammern von Urschels Kleiner auf, es wurde jedoch rasch abgelöst von Schnalz- und Schlürflauten, und Dieterle schlief wieder ein.

»Wie lange bleiben wir hier drin?«, fragte er am nächsten Morgen die Mutter.

»Lange«, sagte sie. »Bis sie das Urteil gefällt haben. Sie lassen uns manchmal hinaus in den Hof, du wirst sehen.«

Aber Freigang gab es an diesem Tag nicht. Irgendwann trat ein Wärter zu ihnen herein. Die Frauen rutschten an die Wand, wendeten das Gesicht von ihm ab. Er hatte etwas Weißes, ein Bündel, in der Hand, das er ungeduldig schwenkte. Wer hier der Junge sei, fragte er, der Sohn vom Hannikel. Dieterle wollte sich erst nicht melden, tat es dann doch, weil der Wärter ärgerlich wurde und weil Käther ihm zuflüsterte, er solle nicht bocken. Der Wärter warf ihm das Bündel zu, und Dieterle hatte Glück, dass es ihm nicht entglitt. Weich war es, aus Stoff.

»Vom Schreiber Grau«, knurrte der Wärter. »Mit Erlaubnis des Oberamtmanns. Damit du was Anständiges zum Anziehen hast.«

Ratlos und verlegen befingerte Dieterle das Geschenk, denn das war es wohl. Dann streckte er es, dem stärksten Impuls folgend, dem Wärter wieder entgegen.

»Ich will es nicht«, sagte er.

Vom Wärter kam ein verdrießliches Lachen. »Nimm es, du dummer Kerl, du hast es weiß Gott nötig.«

Damit machte er kehrt und schloss hinter sich die Tür mit einem lautstarken Ruck und fast so lautem Schlüsselgeklirr.

»Was ist es?«, fragten die Frauen neugierig, allen voran Urschel und Dennele. »Zeig her! Tu doch nicht so verschämt!«

Er ließ sich von Urschel das Stoffbündel aus den Händen nehmen, sie entfaltete es, schüttelte es ein bisschen, zeigte es den anderen. »Ein Hemd«, sagte sie und zog es an den Ärmeln auseinander, »ein schönes weißes Leinenhemd!«

»Ich will es nicht«, wiederholte Dieterle eigensinnig, auf seine nackten Füße starrend, die sich knapp von den Fliesen abhoben.

»Sei nicht dumm!«, sagte Käther, fast im Ton des Wärters.

Sie redeten auf ihn ein, und Dieterle blieb nichts anderes übrig, als sein Hemd aufzuknöpfen – nur noch zwei Knöpfe waren daran –, es über den Kopf zu streifen und in das Geschenk des Schreibers zu schlüpfen. Urschel und Dennele halfen ihm. Die Ärmel waren ein bisschen eng, sonst saß es aber wie angegossen, und die Frauen stießen bewundernde Rufe aus: »So ein schöner Stoff! So gut geschnitten! Du leuchtest ja richtig! Einen Spiegel solltest du haben!«

Dieterle spürte das kühle Leinen auf der Haut. »Was will er von mir?«, fragte er.

Käther legte ihm den Kragen ordentlich zurecht. »Du meinst den Schreiber? Du schuldest ihm nichts.

Wenn sich die Gelegenheit ergibt, dann danke ihm. Mehr brauchst du nicht zu tun.«

»Eine neue Hose wäre auch nicht schlecht«, sagte Urschel scherzhaft. »Samt neuen Seidenstrümpfen. Das Hemd ist ja vielleicht doch gebraucht.«

»Und ich, ich möchte einen Hut mit roten Bändern«, sagte Dennele und klatschte in die Hände, als hätte man ihr den Hut schon aufgesetzt.

Stuttgart und Ludwigsburg, 25. Oktober 1786

Ein Ritt hinaus ins Land, über Stoppelfelder, durch die verfärbten Wälder hier und dort, das war der Plan des Herzogs. Und Bühler, der lästige Bühler, sollte ihn, nebst ein paar Dienern und Hunden, zu Pferd begleiten, von ihm aus bis Ludwigsburg, wie Bühler es wünschte, und ihm dabei vortragen, was er von Amtes wegen für wichtig hielt. Im dortigen Zucht- und Waisenhaus liege einiges im Argen, hatte Bühler gesagt; der Landesherr solle sich doch selbst ein Bild von den Zuständen machen. Nach Ludwigsburg? D'accord. Aber zu Pferd und nicht in der Kutsche. Ein tüchtiger Ritt würde den Minister ermüden und seine Bittreden abkürzen. Natürlich musste man dem Mann allergnädigst das Ohr leihen, er war ja intelligent und beschlagen in allen Fragen des Bauwesens; und dass er ein so großes Gewicht auf Erziehung und Bildung der Minderbemittelten legte, war ihm nicht zu verargen. Aber wenn er wieder über den dauernden Geldmangel in seinen Ressorts klagte, galt es, ihm rechtzeitig einen Riegel zu schieben. Man war als Landesherr verpflichtet, Prioritäten zu setzen, und die höchste lag, was die Bildung betraf, unumstößlich bei der Akademie, derentwegen Karl Eugen in ganz Europa gerühmt wurde. Darauf durfte er stolz sein, nicht von ungefähr wurde er von den Zöglingen als gütiger Vater verehrt. Er selbst nannte sie seine »Söhne«. Franziska, die nun endlich seine angetraute Frau war, pflegte ihn deswegen zu necken. Er wusste wohl, dass sich hinter ihrem leichten Ton die Trauer über ihre Kinderlosigkeit verbarg. Das ließ sich nicht ändern; die eigene Zeugungsfähigkeit hatte der Herzog in früheren Jahren dutzendfach, wenn auch außerhalb der Ehe, bewiesen. Einer seiner liebsten Ziehsöhne war ihm Schiller gewesen, der Jahr für Jahr Preise für ausgezeichnete Leistungen gewonnen hatte. Längst hätte er ihn, den Rebellen, den wortmächtigen Frechling, aus seinen Gedanken verbannen sollen, aber es gelang ihm nicht. Man sprach von Schiller hinter vorgehaltener Hand auch am Stuttgarter Hof, bewundernd sogar; das entging Karl Eugens scharfem Ohr nicht. Ja, der Verfasser der *Räuber* und der *Luise Millerin* war ein Stachel im herzoglichen Fleisch, ebenso wie Schubart. Der saß aber immerhin seit Jahren auf der Festung Asperg fest, während der Flüchtling Schiller in Mannheim oder anderswo unbehelligt gegen seinen Wohltäter anschrieb.

Der Herzog, im Reitkostüm, erschauerte und rieb sich die Hände. Die Vasallen, die ihn umstanden, nahm er gar nicht wahr; er fühlte sich selbst mitten im Gedränge oft allein. Was hatte es denn für einen Sinn, an diesem heiteren Tag solch düstere Gedanken zu wälzen? Es stand ja vieles gar nicht so schlecht im Herzogtum. Man hatte kürzlich den Räuberhauptmann Hannikel und seine Bande gefasst. Sie sahen einem strengen Urteil entgegen. Der Bericht des Oberamtmanns Schäffer über die Ergreifung der Übeltäter und ihre Überführung nach Sulz war zwar langfädig und umständlich, aber doch in Teilen instruktiv; und von Schäffers wachsendem Ruhm als Räuberjäger konnte der Herzog, der die Verfolgung befohlen und finanziert hatte, einen guten Teil für sich beanspruchen. Dazu standen die Verhandlungen mit der Niederländisch-Ostindischen Kompagnie kurz vor dem Abschluss. Die Anwerbung eines Regiments von jungen Württembergern, die man zunächst in Kapstadt einsetzen wollte, würde endlich wieder gutes Geld in die Staatskasse spülen. Auch dies ein Großerfolg, und der war einzig und allein seinem Verhandlungsgeschick zu verdanken.

Die Hunde bellten, man brachte dem Herzog das Pferd. Er schwang sich, nicht ohne Nachhilfe, in den Sattel. Nun ja, es ging nicht mehr alles so leicht vonstatten, wie er sich's gewünscht hätte. Er war schwer geworden, die Hüfte und die Knie schmerzten. Je älter man wurde, desto stärker musste man eben die Zähne zusammenbeißen. Aber er hielt sich immer noch gerade, weit gerader jedenfalls als der grämliche Baron von Bühler, der nun, von einem Pferdeknecht geführt, herbeigeritten kam, den Herzog mit einer kleinen Verbeugung zu grüßen versuchte und dabei fast vom Sattel rutschte.

»Los geht's«, kommandierte der Herzog. Der Tross setzte sich in Bewegung. Vier Husaren und ein wegkundiger Leibdiener ritten voran, hinter ihnen zwei Jäger mit ihren Hunden, und ganz am Schluss folgte, darauf hatte Franziska bestanden, doch noch eine Kutsche für den Fall, dass den Herren das lange Reiten wider Erwarten zu beschwerlich würde. Zunächst aber sorgte Karl Eugen dafür, dass er dem Minister stets um eine halbe Pferdelänge voraus war, gerade so, dass es nicht als Absicht erschien, aber Bühler dazu zwang, die Stimme zu heben.

Die Sonne stand noch tief, im Gras glitzerte der Tau, kleine Nebelschwaden lösten sich beim Näherkommen auf. Hier und dort wurde gepflügt, man sah weidende Kühe. Die Bauern, die mit Handkarren und Pferdewagen unterwegs waren, wichen dem Tross aus, zogen ehrerbietig ihre Hüte. Ein kleiner

Junge rief, vom Vater dazu genötigt, ein schrilles »Vivat!« und wurde durch ein Nicken des Herzogs belohnt.

Bühler verbreitete sich über die Schönheit der Landschaft im zarten Morgenlicht, wies aber auf die tiefen Wühlspuren hin, die überall von Wildschweinherden hinterlassen worden waren. So werde die Herbstsaat zerstört, sagte Bühler, das sorge für Unmut. Man müsste den Bauern endlich erlauben, Zäune aufzustellen, unter Umständen auch, den Wildschweinbestand eigenhändig zu dezimieren. Karl Eugen mochte gar nicht hinhören, er kannte den Sermon. »Unmöglich, das wissen Sie doch!«, schnitt er Bühler das Wort ab; für die Parforcejagden brauche man offene Flächen, und das Jagdprivileg für den Adel sei nicht antastbar, sonst verlöre er an Respekt. Unangenehm war, dass Franziska in letzter Zeit zuweilen argumentiert hatte wie Bühler. Was die Lustjagden betraf, hatte er ihr doch schon nachgegeben. Weshalb mischte sie sich auch dauernd in seine Männergeschäfte ein! Bühler entgegnete etwas. Zum Glück war er wieder zurückgefallen, der aufkommende Wind verwehte seine Worte.

Der Tross näherte sich Zuffenhausen, über Stammheim sollte es weitergehen. Es waren schmucke Dörfer; man sah ihnen den bescheidenen Wohlstand an. Dem Herzog vorzuwerfen, er sauge die Landschaft aus, war eine Verleumdung. Und höchst ärgerlich und ungerecht war, dass die dauernden Vorwürfe der Landstände sogar seine Regierung infiziert zu haben schienen.

Als Bühler sich wieder an seiner Seite befand, fragte der Herzog unvermittelt, ob es Neues über Schiller zu berichten gebe. Die Frage war ihm sozusagen entwischt wie manchen Leuten eine Flatulenz bei Tisch; der Name schien nur darauf gelauert zu haben, unerwartet ans Tageslicht zu dringen.

Bühler schwieg eine Zeitlang. »Sie meinen den Dichter?«

»Wen sonst? Den Kerl, der mir seine ganze Bildung verdankt und nun durch sein Geschreibsel meinen guten Namen beschmutzt.«

»Wo er sich momentan aufhält, wissen wir nicht. Aber wir sammeln, was er publiziert. Kürzlich ist in der Zeitschrift, die er gegründet hat, eine Erzählung erschienen, die sich mit einem Kriminalfall im Württembergischen beschäftigt.«

Karl Eugens Pferd schnaubte. »Ach so? Dann geht es wohl wieder gegen mich?«

»Nein. Es ist die Geschichte eines skrupellosen Räubers, genannt der Sonnenwirt. Er wurde vor einem Vierteljahrhundert gefasst und hingerichtet. Schiller hat Namen und Umstände verändert, aber worauf er zurückgreift, ist klar. *Der Verbrecher aus*

Infamie heißt die Geschichte. Gut geschrieben, zweifellos. Aber Schiller sucht, wie in seinen Dramen, wieder allzu sehr das Sensationelle, das Grausame, selbst wenn hier die Hauptfigur am Ende bereut.«

Karl Eugen straffte sich. »Vor einem Vierteljahrhundert? Zu meiner Zeit also? Ich erinnere mich nicht.«

Bühler hielt sich mit Mühe an der Seite des Herzogs. »Der Oberamtmann Abel aus Vaihingen hat damals diesen Mann gefasst. Sein Sohn war einer von Schillers Lehrern. Von ihm hat er offensichtlich die Geschichte.«

»Und Schiller wütet nicht wieder gegen Tyrannei und Willkür?«

»Er lässt durchschimmern, dass ein Mordgeselle auch ein Opfer widriger Umstände sein kann. Im Fall seines Räubers ist es so, dass er sich nach einer Kette unglücklicher Ereignisse bewusst für die Verbrecherlaufbahn entscheidet.«

Der Herzog stieß einen knurrenden Laut aus. »Wie auch immer. Von diesem unbotmäßigen Subjekt ist weiterhin Schlimmes zu erwarten. Der Mann scheint von der Räuberei besessen zu sein. Am besten wäre es, Schiller in eine Falle zu locken, wie wir's vor Jahren mit dem Schreiberling Schubart gemacht haben, und ihn dann auf den Hohenasperg zu verfrachten. Dort könnten die beiden meinethalben so aufrührerisch miteinander philosophieren, wie es ihnen gefiele.«

Bühlers Stimme ging vom Grämlichen ins Beschwörende über. »Von einem solchen Vorgehen rate ich dringend ab, Durchlaucht. Schubarts lange Haft stößt ringsum zunehmend auf Unverständnis. Dutzende von Aufrufen zu seiner Freilassung sind außerhalb Württembergs in letzter Zeit veröffentlicht worden. Ein neuer und ähnlich gelagerter Fall würde unseren Ruf noch weiter schädigen. Es ist ja genug, dass wir Schillers Schriften innerhalb unserer Grenzen verboten haben.«

»Seien Sie nicht naiv, Herr Baron. Die werden über die Grenzen geschmuggelt. Aber ich meine es ja nicht wirklich ernst.« Der Herzog zwang sich zu einem jovialen Lachen. »Mir ist schon lange klar, dass ein gefangener Schubart uns mehr schadet als einer, dem ich einen Ehrenposten verschaffe. Ich spiele mit dem Gedanken, ihn nächstens zu begnadigen. Und Schiller soll schreiben, was er will, und seine Schurken in den Himmel heben. Dafür bestrafen wir die realen Räuber mit aller Schärfe. Hannikel wird baumeln. Genau das wollen unsere Gesetze, und das wollen auch meine Untertanen von mir: dass mörderisches Unrecht gesühnt wird.« Manchmal, wenn ihm solche imposanten Sätze aus dem Mund kugelten, schien Karl Eugen für kurze

Zeit, wie sein eigener Zwillingsbruder, aus sich selbst herauszutreten. Es war ein unangenehmer und gespenstischer Vorgang. Dann sah er sich von außen und mochte sich nicht. Er wusste doch, dass seine fromme Franziska unter jedem Todesurteil, das er unterzeichnete, tagelang litt, und niemals hätte er seinem Minister gestanden, dass auch er, der Landesherr, schlecht schlief, bevor er einen Verurteilten in den Tod schickte. Es war gescheiter, dieses Thema fallenzulassen. Der Herzog gab dem Pferd die Sporen und ließ Bühler weit hinter sich. Der Begleitschutz, zu dem er aufschloss, wich zur Seite. Er sprengte in stolzer Haltung an ihnen vorbei, als wäre er noch der ungestüme junge Herrscher von einst, und ignorierte alle Schmerzsignale des gealterten Körpers. Eine Weile ritt er im Schatten, durch lichten Wald, die Morgenkühle prickelte im Gesicht, die Pferdehufe raschelten durch dürres Laub. Dann kam wieder eine Sonnenfläche, das Gras wie hingekritzelt, Krähen flatterten schimpfend auf, und der Geruch, der in seine Nase stieg, zeugte davon, dass irgendwo ein Kadaver lag. Das war gut so. Er lebte. Mit allen Fasern lebte er. Auf dem Rücken eines Pferdes konnte man sich unsterblich fühlen.

Der Tross erreichte Ludwigsburg kurz nach halb zwölf. Der Herzog wollte kein unnötiges Aufsehen erregen und befahl, man solle unverzüglich zur Anstalt reiten, die seit einigen Jahren offiziell Zucht-, Arbeits-, Waisen- und Tollhaus hieß und dem Schlosspark gleich gegenüberlag. Es wäre ihm allerdings unangenehm gewesen, allzu nahe am Schloss vorbeizukommen, das er einst Hals über Kopf verlassen hatte. Ställe und Opernhaus seien in einem verwahrlosten Zustand, hatte man ihm gesagt, außerdem nehme man es ihm immer noch übel, dass so viele Bedienstete aus Ludwigsburg Stellung und Lohn verloren hätten. Besser, damit gar nicht konfrontiert zu werden. Deshalb näherte er sich der Anstalt auf Umwegen, von der Rückseite her, wo es in der Umfassungsmauer ebenfalls einen Eingang gab. Auf dem kleinen Vorplatz versammelten sich dennoch rasch ein paar Leute, um dem Landesherrn ihre Aufwartung zu machen. Schwerfällig stieg er vom Pferd, grüßte nach allen Seiten, seine Blicke wanderten herum, ohne jemanden zu erfassen. Bühler zitterte vor Anstrengung, als ihm die Diener aus dem Sattel und den Steigbügeln halfen. Er hatte versucht, dem Herzog auf der letzten Strecke die Vorteile eines gut geführten Waisenhauses vor Augen zu halten, hatte sich aber, seiner eigenen Ungeschicklichkeit und der Ungeduld des Herzogs wegen, so oft unterbrechen müssen, dass überhaupt kein zusammenhängender Vortrag daraus geworden war. Mit Mühe fasste er sich und wischte ein paar welke Buchenblätter vom Reitrock.

Dem Vorsteher der ganzen Anstalt, dem Pfleger und Kammerrat Georgii, hatte man bereits die überraschende Ankunft des Herzogs gemeldet, ebenso dem Leiter des Waisenhauses, Pfarrer Schöll, und dem Waisenhauslehrer, Israel Hartmann. Die drei Herren hatten sich rasch umgekleidet und waren zum Empfang herbeigeeilt. Karl Eugen übersah die Verbeugungen, überhörte die vielen Entschuldigungen, sagte aber zu Bühler, der nervös neben ihm herging: »Es ist schmutziger hier, als ich gedacht habe.« Er meinte offenbar den gestampften, teilweise schlammigen und von Fußspuren durchfurchten Boden des Innenhofs. Man habe, entgegnete sogleich Georgii, das Geld bisher leider nicht gehabt, den Hof solide zu pflastern; dies sei aber, sofern die Rentkammer dem Antrag stattgebe, ein Projekt für nächstes oder übernächstes Jahr.

»Geld! Geld!«, murrte der Herzog. »Ich hoffe doch, man wird mir noch mit etwas anderem kommen als mit Geldforderungen. Ich bin weiß Gott kein Goldesel.« Die beflissene Zustimmung des Kammerrats schien ihn nicht zu interessieren. Sie kamen an der Waschküche vorbei, aus der ein starker Laugengeruch drang. Durch eine Nebenpforte gelangten sie in den zweiten Hof und standen vor der Anstaltskirche. Sie war in einen Quertrakt eingegliedert, der die beiden ausgedehnten Flügel der Anstalt miteinander verband. An einigen Fenstern zeigten sich Gefangene; durch den Hof ging eben eine Kolonne von Männern in Zuchthauskleidung, die zu zweit Suppenkessel schleppten, aus denen Dampf stieg. Es sei Essenszeit, erklärte Pfarrer Schöll, ein Mann mit melancholischem Ausdruck, und der bärtige Waisenhauslehrer Hartmann fügte leicht stotternd hinzu, der Besuch Seiner Durchlaucht sei gewiss eine freudige Überraschung, aber deswegen habe man nun leider keine Vorbereitungen treffen können, um Durchlaucht standesgemäß zu bewirten; indessen seien die Herren herzlich eingeladen, das einfache Mahl mit den Waisen zu teilen.

Der Herzog zögerte kurz, dann sagte er: »Gut. Bei dieser Gelegenheit sieht man doch gleich, wie die Dinge liegen. Und Er«, damit wandte er sich an Hartmann, »kann uns am Tisch erklären, was für Anliegen Er hat.« Die Soldaten und den Diener, die bis hierher mitgekommen waren, schickte er zu den Pferden zurück; sie sollten sich von einem Wirtshaus etwas bringen lassen. Georgii entschuldigte sich wortreich, er werde im Zuchthaus drüben gebraucht. Nach der Essenspause kämen alle Insassen in den Arbeitsräumen wieder zusammen. Wenn Durchlaucht nachher eine Besichtigung wünsche, stehe er Durchlaucht selbstverständlich zur Verfügung.

»Schon recht«, schnitt Karl Eugen ihm das Wort ab, »wir werden sehen.«

Der Speisesaal für die Waisen, ein heller Raum, in dem es allerdings übel roch, lag im ersten Stock des Quertrakts. Die Kinder, fast alles Jungen, saßen bereits eng zusammengedrängt an den Tischen. Beim Erscheinen des Herzogs schnellten sie in die Höhe und skandierten auf ein Zeichen der Aufseher hin einen Willkommensgruß so präzise, als hätten sie ihn hundertfach geübt. Jetzt erst sah man, dass sie alle rußfarbene Oberkleider trugen, die in ihrem groben Schnitt Mönchskutten glichen. Pfarrer Schöll strich mit lauter Stimme die Ehre hervor, die ihnen der Landesherr durch seine Anwesenheit erweise. Darauf setzten die Kinder sich wieder und sprachen, die gefalteten Hände auf dem Tisch, ein Dankgebet. Das Amen erklang, und danach war kein Wort mehr zu hören. Karl Eugen zeigte seine Zufriedenheit, indem er applaudierend die vorderen Fingerglieder gegeneinandertippte. Für ihn und die anderen Erwachsenen war ein Tisch am Rand des Saals gedeckt, zu dem ihn der Lehrer führte. Es seien im Moment hundertzweiundzwanzig Kinder im Haus, erklärte Hartmann, als sie Platz genommen hatten, sie würden morgens von sechs bis acht Uhr im unteren Saal unterrichtet und nach der Arbeit um fünf Uhr nachmittags noch einmal während zwei Stunden, hauptsächlich in der christlichen Lehre, aber auch im Lesen und Rechnen; den klügeren Knaben bringe er sogar etwas Geometrie und Geographie bei. Dem Herzog wurde die Suppe als Erstem geschöpft. Für die Besucher hatte man in aller Eile Teller und Löffel aufgetrieben. Die Kinder indessen schlürften die Suppe aus ihren Näpfen. Eine Art Chor aus Schlürf- und Schmatzgeräuschen erfüllte den Raum, begleitet von Husten, Sich-Räuspern und ungeniertem Rülpsen.

»Das ist widerlich«, sagte Karl Eugen halblaut über den Tisch zu Bühler, der verlegen auf seinen Teller schaute. Er meinte den Esslärm; Hartmann jedoch, noch verlegener als der Minister, nahm an, die Bemerkung gelte der Suppe, und sagte entschuldigend: »Es fehlt uns leider an Mitteln, genügend Salz einzukaufen.« Und Schöll bemerkte: »Wir haben für Durchlaucht nach gesottenem Fleisch geschickt.«

»Schon recht«, knurrte der Herzog, »ich habe ohnehin keinen Appetit.« Er schob den Teller von sich weg, und mit einem kaum erkennbaren Lächeln schaute er zu, wie sein Minister sich dazu zwang, die Suppe auszulöffeln. Er beugte sich vor und senkte die Stimme bis zur Flüstergrenze: »Immerhin braucht

hier keiner zu hungern.« Danach fragte er Hartmann, der unbehaglich neben ihm saß, woher die
Zöglinge hauptsächlich kämen und wie sie ihre Eltern verloren hätten. Einige, erwiderte Hartmann,
seien, sehr klein noch und mehr tot als lebendig, vor
Kirchentüren aufgefunden worden, andere habe
man nichtsnutzigen Zigeunermüttern, die sie ver-
wahrlosen ließen, weggenommen, dritte wiederum
habe man hierhergebracht, weil ihre Nächsten ins
Gefängnis gesteckt oder hingerichtet worden seien.

Es werde, unterbrach ihn der Herzog, in diesem
Fall fürs Waisenhaus bald wieder Nachschub geben,
er nehme an, dass nach der Aburteilung der Hannikelbande, von der Hartmann gewiss gehört habe,
einige nunmehr verwaiste Kinder nach Ludwigsburg geschickt würden.

Der Lehrer verhaspelte sich beinahe vor Eifer:
Mit einem Räuberbuben habe er bereits gute Er-
fahrungen gemacht, vor langer Zeit sei der Sohn des
berüchtigten Sonnenwirts sein Zögling gewesen,
ein aufgewecktes Kerlchen. Ihn auf die gute Bahn zu
leiten, habe sich durchaus gelohnt.

Der Sonnenwirt? Der Herzog suchte Bühlers
Blick. Vom Sonnenwirt war doch im Zusammenhang mit Schiller die Rede gewesen. Und jetzt dieser merkwürdige Zufall.

Bühler jedoch hatte wieder zu einer seiner üblichen Nörgeleien angesetzt: Insofern alle nachteiligen Einflüsse vermieden werden sollten, dürfte man die Kinder nicht mit Verbrechern zusammenbringen, und genau dies geschehe doch in den Arbeitsräumen, wo sie gemeinsam an den Webstühlen säßen.

»Es ist eine Frage des Platzes«, entgegnete ihm Pfarrer Schöll, der mit Mühe seine Verärgerung unterdrückte. »Eine Frage des Platzes und der Mittel, die uns zur Verfügung stehen. Unsere Räume sind überfüllt. Und der Bau des neuen Traktes zögert sich Jahr um Jahr hinaus.«

Der Herzog brachte Schöll mit einer Handbewegung zum Schweigen. »Genug! Statt zu jammern, sollt Ihr Euch besser organisieren. Jede sorgende Hausfrau kann Euch belehren, wie aus wenigem viel wird. Meint Ihr denn, Württembergs Haushalt werde nicht ohnehin von tausend Ansprüchen gewürgt?«

Betreten schauten Schöll und Hartmann vor sich nieder.

»Aber, Exzellenz«, wagte sich Bühler zu äußern, »es geht doch gerade darum, den nützlichsten Projekten den Vorrang einzuräumen. Und ich meine, in aller Bescheidenheit...«

»Sie sollen hierzu gar nichts meinen«, fuhr der Herzog ihn an. »Der Staatshaushalt ist mein Revier, und darin werden Sie gefälligst nicht wildern!«

Nun senkte auch Bühler schweigend den Kopf. Karl Eugen aber, dessen stark geäderte Wangen sich zornrot verfärbt hatten, deutete zu den Kindern hinüber, die längst aufgegessen hatten und stumm vor ihren leeren Näpfen saßen. »Der dort, der soll zu mir kommen, ich will mit ihm sprechen.« Er meinte einen etwa zwölfjährigen Jungen, der gesünder aussah als die anderen. Hartmann trat zu ihm und forderte ihn auf, dem Landesherrn Red und Antwort zu stehen. Der Junge wand sich an den anderen vorbei, und als er vor dem herzoglichen Tisch stand, sah man, dass er vor Aufregung zitterte. Er bewegte murmelnd seine Lippen, was wohl einen ehrerbietigen Gruß andeutete.

»Nun?«, sprach Karl Eugen ihn an; zugleich rutschte er mit dem Stuhl um eine Handbreite zurück, damit die Tischkante nicht weiter in seinen Bauch einschnitt. »Wie heißt du denn?«

»Jakob.« Der Name schwebte in der Luft wie eine Frage.

»Warum bist du hier?«

Jakob schwieg und strich sich mit dem Handrücken verlegen über die Nase.

»Seine Mutter«, flüsterte Hartmann, indem er sich zum Herzog hinunterbückte, »war eine leichtsinnige Person. Sie bekam in Vaihingen das Brandzeichen und wurde aus der Stadt vertrieben.«

»Gefällt es dir unter deinesgleichen?«, fragte der Herzog weiter. Er bemühte sich um einen väterlichen Ton; Franziska hätte ihn dafür gelobt.

Jakob nickte mehrmals mit angespannter Miene, dann war ein schwaches »Ja« zu hören.

»Wirst du gut behandelt? Und bekommt du genug zu essen?«

Jakobs Nicken setzte sich fort, es schien, als nicke er schon zum Voraus.

»Was wirst du einmal werden?«

Ratlos schaute Jakob am Herzog vorbei, hinüber zu seinen Kameraden, von denen nun doch hin und wieder ein Gemurmel zu hören war, das die Aufseher – sie waren kaum älter als die Waisen – jedes Mal mit einem scharfen Psst beendeten.

»Nun?«, sagte der Herzog mit übertriebener Dehnung. »Du könntest später einmal, wenn du ausgewachsen bist, deinem Herzog als treuer Soldat und Untertan dienen. Würde dir das gefallen?«

Jakob zwinkerte und rang sich ein Lächeln ab; das bedeutete wohl wieder ein Ja.

Der Herzog verbarg seine Genugtuung nicht. »Da sieht man es, den Kindern scheint es hier besser zu gefallen als ihren Betreuern.«

Man schwieg am Tisch. Der Junge wurde an seinen Platz zurückgeschickt. Der Herzog begann zu erläutern, was er unter einer geglückten christlichen

Erziehung verstehe. Ihr Endpunkt, dozierte er, sei unbestrittenermaßen die Fähigkeit der Zöglinge, am Platz, der ihnen zustehe, dem Land und dem Landesherrn zu dienen. Er wurde übertönt von lärmigem Stühlerücken. Es sei höchste Zeit, so entschuldigte sich Pfarrer Schöll, dass die Waisen an ihre Arbeitsplätze zurückkehrten.

Karl Eugen, über dessen breitflächiges Gesicht es wieder einen Moment lang wetterleuchtete, entschied sich dafür, dem Pfarrer beizupflichten. »Bestens, so nimmt doch alles seinen geregelten Gang.«

Kaum waren die Kinder draußen, brandete, als wäre ein Damm geborsten, eine Woge von Geschrei und Gelächter in den Saal zurück, so heftig, dass die Besucher erschraken. Doch gleich schien die Woge in sich zusammenzubrechen, es kehrte wieder Ruhe ein, die nach dem kurzen Aufruhr beinahe gespenstisch wirkte, man hörte bloß noch sich entfernendes Getrappel. Der Waisenhauslehrer lächelte, um Nachsicht bittend. »Man muss sie zu bändigen wissen«, sagte er. »Es braucht Jahre, bis die wahre Religion sie zu gehorsamen und sanftmütigen Menschen gemacht hat.« Schöll nickte gravitätisch und lud die verehrten Gäste zu weiteren Besichtigungen ein. Zumindest die Zustände in der Tuchmanufaktur müsse man sich ansehen, hakte Bühler nach, sonst sei es nicht möglich, sich ein Bild vom Ganzen zu machen. Mit gequälter Miene willigte der Herzog ein.

Der Arbeitsraum, den sie aufsuchten, war schlecht beleuchtet und staubig, Webstühle standen dicht nebeneinander, das Klappern tat den Ohren weh. Die Männer in Zuchthauskleidern, die am Weben waren, riefen den hin und her wieselnden Kindern Kommandos zu. Die Kleinsten krochen herum und sammelten Wollabfälle zusammen, die Größeren waren damit beschäftigt, Kettfäden zu ziehen, das Schiffchen zu werfen oder ein Pedal zu betätigen. In einer Ecke saßen ein paar und kämmten Wolle, andere walkten das fertige Tuch. Die Arbeit wurde unterbrochen, als die Besucher eintraten. Man starrte sie an. Schöll befahl, mit allem fortzufahren, und Betriebsamkeit erfüllte von neuem den Raum.

Der Herzog blieb unter der Tür stehen und begann, die Hand vor dem Mund, sogleich zu husten. Hartmann reichte ihm ein nicht allzu sauberes Taschentuch, das er angewidert zurückwies. Man webe hier momentan Flanell fürs Militär, erläuterte der Lehrer; aus diesem Tuch werde auch die Waisentracht gefertigt. Die Raumverhältnisse seien leider so, dass einige Zöglinge hier auch schlafen müssten. Deshalb werde die Hälfte der Webstühle abends auseinandergenommen und am Morgen wieder zusammengesetzt. Eine zeitraubende, aber leider unumgängliche Zusatzarbeit, die für viel Unmut sorge.

»Da sehen Sie es doch, Exzellenz«, sagte Bühler und bemühte sich, keinen allzu starken Vorwurf anklingen zu lassen, »hier braucht es unbedingt Verbesserungen. In den Bittschriften des Herrn Kammerrats Georgii stand ja auch, dass teilweise Sträflinge und Waisen nachts zusammengelegt werden müssen. Das ist nach meiner Meinung unhaltbar.«

»In der Tat«, erwiderte der Herzog. »Ich habe es schon gesagt: Man muss die Sache besser organisieren. Darin liegt das ganze Geheimnis. In meiner Akademie ist das nicht anders.«

»Dort gibt es keine Manufaktur, Durchlaucht«, wagte Hartmann einzuwenden.

Doch der Herzog hatte sich schon umgedreht und stiefelte durch den langen Gang zurück. Er hätte viel darum gegeben, die unappetitlichen Gerüche, die von allen Seiten auf ihn eindrangen, von sich abzuhalten.

Der Abschied von Schöll und Hartmann war kurz und förmlich; er sei, sagte der Herzog, im Wesentlichen zufrieden mit der Führung des Waisen- und Arbeitshauses, die übrigen Trakte werde er ein anderes Mal besichtigen. Nicht vergessen: die Organisation! Da erwarte er klare Fortschritte! Beinahe nebenher fügte er an: Die Bauarbeiten würden fortgesetzt, sobald der Haushalt es gestatte, sein Herz schlage gewiss auch für die Waisen in seinem Herzogtum. Das war eine Konzession an Bühler, keine verbindliche, aber Bühlers Gesicht hellte sich merklich auf.

Der Oberamtmann Kerner, der vom herzoglichen Besuch erfahren hatte, war inzwischen ebenfalls zur Stelle. Er hatte eine volle Stunde bei den Pferden gewartet und versuchte mit vielen Bücklingen, den Herzog davon zu überzeugen, auch noch der verlassenen Residenz ein paar Minuten seiner kostbaren Zeit zu gönnen; die Baufälligkeit einiger Gebäudeteile bedürfe dringend seiner Aufmerksamkeit.

»Ein anderes Mal«, sagte Karl Eugen und wusste, dass er künftige Besuche in Ludwigsburg vermeiden würde. Seine Oberschenkel und seine Hinterbacken waren wundgerieben. Er entschloss sich, entgegen seiner ursprünglichen Absicht, für die Rückreise nach Stuttgart die Kutsche zu nehmen, gab dies jedoch als Rücksichtnahme gegenüber Bühler aus, der noch krummbeiniger ging als er. So saßen die beiden wenig später im schaukelnden Coupé. Bühler versuchte die Rede darauf zu bringen, dass nach dem Muster Ludwigsburgs weitere Waisenhäuser gebaut werden müssten, es gebe zu viele elternlose Kinder, denen nichts anderes übrigbleibe als das Vaganten- und Bettlerleben. Darüber aber wollte sich Karl Eugen jetzt nicht weiter unterhalten, er hatte übergenug vom Waisenwesen. So verstummte der Minister, und beide schwiegen fortan beharrlich. Draußen leuchtete der Herbstnachmittag in rotgoldenen Farben; den lichtblauen Himmel sah man von drinnen kaum.

Karl Eugen verfiel in ein Dösen. Die Abgesandten der Landstände durchkreuzten, er wusste nicht, warum, mit ihren dauernden Mäkeleien seine Gedanken. Dann wieder fühlte er sich umzingelt von hundert stummen Waisen. Man musste sich ihrer annehmen, das war auch Franziskas stetes Drängen. Aber man konnte sich doch nicht alles aufhalsen. Er fasste Bühler, ihm vis-à-vis, ins Auge. Sein Kinn war auf den Kragen gesunken, seine Nase wirkte noch länger als sonst. Er schnarchte leise. Lächerlich. Einfach lächerlich. Die Welt war manchmal nichts als ein Spiegelkabinett, aus dem man nicht mehr herausfand. Und wenn man sich selbst eine Grimasse schnitt, vervielfachte sie sich ringsum in hundert Verzerrungen. Auch dies: lächerlich. Und er rief, ohne zu wissen, ob der Kutscher ihn hörte: »Schneller! Schneller!«

12

Sulz am Neckar, Herbst und Winter 1786/87

Nach Hannikels dritter Nacht im oberen Turm zu Sulz ordnete Schäffer an, die Frankenhannesen Käther und Dieterle zu ihm zu führen. Er versprach sich davon, dass Hannikel seine Namensverleugnung endgültig aufgeben würde. Inzwischen war ja allen klar, dass er bloß noch aus Eigensinn und Stolz darauf beharrte. Sogar gegenüber dem Konstanzer Hans, der unter scharfer Bewachung vom Zuchthaus Ludwigsburg angereist war, hatte er noch einmal, wie vor den eigenen Brüdern, behauptet, er falle einer Verwechslung zum Opfer, er heiße Kilian Schmid. Der Konstanzer Hans, der vormalige Erzräuber und Schäffers jetziger Hauptinformant, hatte Hannikel ins Gesicht gelacht und ihm Einzelheiten ihres Gaunerlebens in Erinnerung gerufen, die nur sie beide wissen konnten. Aber es hatte nichts genützt. So griff Schäffer zum Mittel, Hannikels Innerstes aufzuwühlen, er rechnete mit der Zuneigung unter den Zigeunern und wollte sie nutzbringend einsetzen. Möglicherweise steckte hinter seiner Entscheidung nicht bloß Kalkül, sondern zudem eine Spur Mitleid mit der auseinandergerissenen Familie, so wie den Schreiber Grau ja auch schubweise der Junge erbarmte. Es war allerdings ein Erbarmen, das keinen Widerhall fand, schon gar nicht Dankbarkeit, denn bei jedem von Graus Versuchen, Dieterle ein wenig näher zu kommen und seinen Haftalltag zu erleichtern, verschloss er sich noch mehr. Der Schreiber hatte bei Schäffer erwirkt, dass der Sohn mit der Mutter zusammengelegt wurde. Bei ihr, dachte Grau, würde der Junge mehr Trost finden als unter den Männern. Er hatte ihm dann ein Hemd schicken lassen, weil er es nicht ertrug, wie zerlumpt der Junge aussah. Es war Graus eigenes Hemd, eines von sechsen, die er besaß; er hatte seine Zimmerwirtin gebeten, es nach seinen Angaben umzuändern. Mit den Händen hatte er den ungefähren Taillenumfang des Jungen angezeigt, die Länge des Oberkörpers. Die Witwe Schlosser weigerte sich erst, machte sich dann aber seufzend an die Arbeit.

Hannikel war mit freien Händen, aber zusammengeketteten Füßen, die ihm nur ein Trippeln erlaubten, ins Besuchszimmer geführt worden und wartete dort auf einem Stuhl. Wachsoldaten brachten Käther und Dieterle herbei. Grau, das Protokollbuch unter dem Arm, begleitete sie auf dem Gang durch die halbe Stadt. Der Junge tat, als kenne er den Schreiber nicht, doch Grau hatte gleich gesehen, dass er das geschenkte Hemd trug. Es passte, und das machte ihn froh.

Man hatte Frau und Sohn nicht auf die Begegnung mit Hannikel vorbereitet; sie dachten wohl, es gehe zu einem Verhör. Sie waren nicht gefesselt, und so machte es ihnen keine Mühe, die Treppe hochzusteigen. Die Tür zum Besuchszimmer stand offen, Käther ging als Erste hinein. Sie blieb nach dem ersten Schritt wie erstarrt stehen, dann stieß sie einen Schrei aus, der dem Schreiber durch Mark und Bein ging. Sie flog auf Hannikel zu, sie, die sonst am Gewicht ihres Körpers schwer zu tragen schien, und er fiel beinahe hin, als sie ihn umhalste, sich an ihn presste, ihn umklammerte, sein Gesicht mit Küssen bedeckte. »Ach du«, stammelte sie, und er schlang die Arme um sie, sagte Worte in der Zigeunersprache, die sie unter Tränen, Wange an Wange, erwiderte, und dann drängte sich Dieterle an die beiden und zwischen sie, und sie bezogen ihn ein in ihre von Ausrufen und Schluchzern begleiteten Umarmungen und Liebkosungen. So stürmisch war dies alles, so ungewöhnlich, dass es Grau peinlich wurde. Er schaute fragend zu Schäffer hin, der, an die Wand gelehnt, das Wiedersehensschauspiel aufmerksam, aber mit unbewegter Miene verfolgte. Nun tauschten Käther und Hannikel, ohne einander loszulassen, hastige und abgerissene Fragen aus, verständliche und unverständliche. »Wie geht es dir?«, fragten sie wohl, »Was wird aus dir, was wird aus uns?«, und vielleicht auch: »Tun sie dir weh?«, »Leidest du Hunger?«, und die ganze Zeit schaute Dieterle, der sich an beiden festhielt, mit einem Ausdruck zu ihnen auf, der Grau ans Herz griff; es war ein Ausdruck, den manchmal Engel auf mittelalterlichen Tafelbildern hatten, eine Art von Unschuld und Entrücktheit, die doch in keiner Weise zu einer Räubersippe passte.

Schäffer machte der Szene ein Ende. Er trat auf die Dreiergruppe zu und klatschte mehrmals in die Hände. »Genug jetzt«, sagte er laut, aber erstaunlich milde, »es ist genug.«

Die drei ließen sich los und rückten ein wenig voneinander ab.

»Nun?«, sprach Schäffer, fast ein wenig amüsiert, Hannikel an. »Wer bist du jetzt? Kilian Schmid, wie du behauptest? Oder doch ein anderer?«

Hannikel setzte sich auf seinen Stuhl, während Käther neben ihm niederkauerte und nach seiner Hand griff. »Das also wollt Ihr erfahren?«, sagte er mit einem kleinen bitteren Lachen. »Ich bin Jakob Reinhardt, der Hannikel, Ihr wisst es schon lange.«

»Warum hast du denn so lange gelogen?«

»Ach, warum?« Hannikel zuckte die Achseln und berührte mit der freien Hand Dieterle, der sich auf der andern Seite des Stuhls hingekniet hatte. »Es gehört zum Spiel, Herr Oberamtmann, ich spiele meine Rolle, so gut ich kann.«

»Ein Spiel ist es nicht länger«, sagte Schäffer. »Morgen beginnen die Verhöre, und da gilt es ernst.«

Hannikel neigte den Kopf, der Bart drückte auf seinen Stehkragen. »Ihr werdet fragen, ich werde antworten.«

»Und hoffentlich nicht lügen.«

Hannikel hob den Blick, und darin war plötzlich eine Kraft, die begreifen ließ, weshalb er auf andere seines Stamms eine solche Wirkung hatte. »Eine Bitte, Herr Oberamtmann. Geht mit meinem jüngsten Kind« – er deutete auf Dieterle – »schonungsvoll um, tut ihm kein Leid an. Ein Kind macht, was ihm befohlen wird. Schuldig wird es erst, wenn es aus eigenem Willen handelt.«

Dieterles Gesicht flammte auf, er rückte vom Vater ab. »Was sagst du da? Ich bin schon groß genug, ich gehöre dazu, man braucht mich nicht zu schonen.«

»Schweig!«, befahl ihm Hannikel; die Silbe widerhallte im Raum.

Dieterle fuhr zusammen und verstummte. Käther

sah aus, als wolle sie gleich wieder in Tränen ausbrechen.

Schäffer jedoch sagte kühl: »Ich verspreche dir gar nichts, Hannikel, ich übe meine Pflicht aus, wie es sich gehört. Nur eines, zu deiner Beruhigung: Von scharfen Mitteln sehen wir ab in unserem aufgeklärten Staat, es gibt lediglich Ausnahmen bei unrettbar Verstockten, und die muss der Landesherr bewilligen.«

Ob er diese kurze Unterredung protokollieren solle, fragte Grau dazwischen.

»Nicht nötig!«, fertigte Schäffer ihn ab.

Die Zusammenführung hatte ihren Zweck erreicht. Die Wachsoldaten, vom Amtsdiener gerufen, traten herein, drei allein für Hannikel. Es gab Abschiedsworte in der Zigeunersprache, Abschiedsblicke, ein Streifen über Haare und Wangen, wenig später hatte man Hannikel hinausgeführt. Grau stand bei der Tür. Dieterle berührte ihn beim Hinausgehen beinahe, gönnte ihm aber keinen Blick. Sein Gesicht war finster, der Haarschopf roch nach Rauch und Unrat. Der Schreiber hätte bloß die Hand auszustrecken brauchen, um das helle Leinenhemd zu berühren.

Am Ende dieses Arbeitstags, der wieder weit länger gedauert hatte als vorgesehen, ging Grau unter seinem Regenschirm nach Hause. Es war bereits so dunkel, dass die Gassenjungen, für die Regenschirme ein Kuriosum waren, keine Gelegenheit hatten, johlend hinter ihm herzulaufen. Grau gönnte sich ja sonst kaum eine Extravaganz; aber Regenschirme hielt er für nützlich, und darum hatte er auf einem seiner seltenen Ausflüge nach Stuttgart bei einem Modisten, der die neuesten Modelle aus Paris und Berlin importierte, einen gekauft, den solidesten, mit gewachster, dezent gemusterter Seide bespannt, mit Messingstreben und einem Mahagonigriff. Sündhaft teuer war der Schirm gewesen, die Ersparnisse eines halben Jahres hatte er aufgezehrt, doch er gestattete Grau, nun auch bei Regenwetter seltene Insekten aufzuspüren. Er hatte eine Technik entwickelt, den Schirm schräg hinzustellen, durch Steine zu sichern und unter seinem Dach kauernd den Boden abzusuchen. Schwer war das Ding indessen, es geriet auch jetzt über seinem Kopf ins Schwanken. Bis er bei der Witwe Schlosser angekommen war, mochte er den Schirm kaum noch im Gleichgewicht halten.

Die Zimmerwirtin empfing ihn mit den üblichen Vorwürfen wegen seiner Verspätung. Er aß in der Küche den kalt gewordenen Blumenkohl und das Schweinsragout, das fast ganz in erstarrter Sauce versunken war. Rasch zog er sich, ungeachtet der Gesprächsversuche der Witwe Schlosser, in sein Zimmer zurück, zündete die Öllampe an und durchmusterte die spärliche Post, die auf dem Schreibtisch lag. Wieder kein Brief aus Kiel. Professor Fabricius hatte auf Graus Reiseberichte weder geantwortet noch für die zugeschickten Insekten gedankt. Merkwürdig. Sollte er ihm schreiben und sich nach seiner Gesundheit erkundigen? Oder hatte Fabricius so viel zu tun, dass er keine Zeit für einen kleinen Schreiber fand? Grau wurde es, nicht zum ersten Mal, bewusst, dass ausgerechnet ein Mensch, den er noch nie gesehen hatte, sein nächster Vertrauter war. Ja, das Gelände seines Lebens war leer und ausgedörrt; immerhin erkannte er am Horizont außer dem Dänen Fabricius noch seine Cousine, seine Tochter Sophie und die Witwe Schlosser, die so nah war und die er doch von sich fernhielt. Wider Willen dachte er auch an Dieterle, den Räuberjungen; sein Bild mit dem wirren, nach allen Seiten abstehenden Haarschopf verdrängte jenes von Sophie. Sie aber, das nahm er sich vor, würde er an einem der nächsten Sonntage wieder besuchen.

Er legte einen Insektenkasten – es war jener mit den Bienen – auf den Präparationstisch und schaute sich, mit der Lupe vor dem Auge, einzelne Exemplare an. Trotz der Öllampe war es so dunkel, dass er keine Einzelheiten mehr unterscheiden konnte, und seine Gedanken blieben ohnehin an Dieterle haften. Weshalb beschäftigte ihn dieser Junge so sehr? Er war etwa gleich alt, wie sein eigener Sohn gewesen wäre, hätte er noch gelebt; und vielleicht gab es auch eine flüchtige Ähnlichkeit mit dem Verstorbenen. Aber ein Zwölfjähriger ließ sich kaum mit einem Fünfjährigen vergleichen. Selbst wenn es so war, reichte dies nicht aus, Graus widerstreitende Gefühle zu erklären. Ganz unerwartet überfiel ihn zuweilen der Drang, den Jungen zu retten, ihm ein neues Leben zu eröffnen, und dann wiederum reizte ihn seine Bockigkeit zur Weißglut, und er hätte sie am liebsten aus ihm herausgeschüttelt.

Die Verhöre fanden im Oberamt statt, sie dauerten den ganzen strengen Winter hindurch und zogen sich bis in den Vorsommer. Üblicherweise wurden die Gefangenen bei Gegenüberstellungen mit Geschädigten zu zweit oder zu dritt in einen der Amtsräume geführt, der sonst als Sitzungszimmer diente. An der Schmalseite eines schweren Eichentischs nahm Schäffer, als Hauptinquisitor, Platz. Flankiert wurde er von den Beisitzern, den Dorfvögten Wörner aus Sigmarswangen und Plocher aus Holzhausen, die für die Dauer der Verhöre weitgehend von ihren Amtspflichten befreit waren, dazu gesellte sich zeitweise der Ratsherr Mutschler. Weiter unten am

Tisch saß der Schreiber Grau als Protokollant auf einem Stuhl, den er als höchst unbequem empfand; bisweilen wurde er abgelöst von seinem Gehilfen Eyt, dem aber meist schon nach kurzer Zeit die Augen tränten. Die Malefikanten, streng bewacht von Männern der Sulzer Miliz, hatten am andern Ende des Tischs stehend auszuharren, nur bei Schwächeanfällen wurde ihnen gestattet, sich zu setzen. Sogar wenn die tiefstehende Sonne durch die beiden Fenster schien, blieb es düster im Vernehmungszimmer; die dunklen Deckenbalken schienen den Großteil der Helligkeit aufzusaugen. Grau musste sich tief über die Protokollnotizen beugen, um seinen Schriftzügen überhaupt folgen zu können. Doch der Oberamtmann ließ sich, was die Ausgaben für Beleuchtung betraf, nicht umstimmen; eine Öllampe wurde erst angezündet, wenn es draußen Nacht geworden war.

Im Keller des Oberamts hatte Schäffer, als letztes Drohmittel, eine Streckbank aufstellen lassen, ausgestattet mit Ketten, drehbaren Lagern, Seilzügen und Kurbeln. Sie kam aus dem Lagerraum des Stadtgefängnisses. Man hatte sie, aufgrund eines herzoglichen Erlasses, seit zehn Jahren nicht mehr eingesetzt. Schäffer aber führte Malefikanten, deren dreiste Lügen ihn erzürnten, über zwei Treppen zu ihr hinunter und erklärte ihnen in sachlichem Ton, was

hier geschehen würde: dass erst die Arm- und Bein-
muskeln, dann die Bauchmuskeln reißen, schließlich die Glieder ausgerenkt und aus den Gelenken
gezerrt würden; ob sie dies wirklich wollten? Grau,
der mitging, wurde es schlecht schon nur beim Gedanken daran. Ausnahmslos genügte eine solche
Besichtigung, um ein Geständnis zu erwirken.

Weit zurück blendete Schäffer jeweils am Anfang
einer Befragung. Er wollte wissen, wie die Übeltäter
auf die Verbrecherlaufbahn geraten waren. So erzählte der Stotterer Nottele, dass seine Mutter ihn
im Zuchthaus geboren, dass er früh schon aus Not
gebettelt und Schafe gestohlen habe. Üble Brut brüte
üble Brut aus, sagte Schäffer nach einem Verhör zu
Grau; man müsste die Zigeunerkinder früh genug
in eine andere Umgebung bringen und sie aufzie-
hen im Geist des Christentums. Eyt, der dabeistand,
stimmte Schäffer mit so heftigem Kopfnicken zu,
dass er beinahe aus dem Gleichgewicht geriet.
Manchmal brachte Grau die widerstandslose Beflissenheit des Gehilfen in Rage. Dann wieder erkannte er darin beschämt ein Zerrbild seines eigenen Verhaltens und ärgerte sich trotzdem über Eyts
fliehendes Kinn und sein dauerndes Zwinkern. Der
Amtsdiener Roth, Eyt und Grau selbst: sie waren
zusammengeschmiedet durch die Notwendigkeit,
sich im Amt unentbehrlich zu machen. Hätten sie

ihre Stelle verloren, wären Dutzende bereit gewesen, sie zu ersetzen.

Bei Hannikels ersten Lebensjahren verweilte Schäffer besonders lange. Mit geradezu brennendem Interesse inquirierte er sowohl ihn selbst als auch seine alte Mutter, die Geißin, die inzwischen ebenfalls in Haft saß, ausführlich dazu. So erfuhren die Zuhörer, dass Hannikel auf offenem Feld, hinter einer Hecke geboren worden war. Mit Gras rieb ihn die Mutter ab, brachte ihn dann ins nächste Dorf zur Taufe. Sie war damals allein, angewiesen auf die Hilfe mildtätiger Seelen – eigentlich unerklärlich für eine ihres Schlages, die sich sonst innerhalb der Sippe bewegte. Sie hatte sich wohl wegen des Tambours, der Hannikels Vater war, mit den Ihren zerstritten, doch das behielt sie für sich. Als sie nach der Geburt wieder zu Kräften kam, musste sie weiter und trug das Kind in einem Tuch mit sich, hatte aber kaum genug Milch, um es zu stillen. Hauptsächlich mit Betteln und Wahrsagerei brachte sie sich und den Kleinen durch. Zwei weitere Söhne von Männern, bei denen sie Schutz gesucht hatte, kamen hinzu. Fast überall, so klagte die Geißin, sei sie weggejagt, oft auch in Arrest genommen worden. Und jeden Abend die Sorge, wo sie und die Kinder sich hinlegen könnten, die Suche nach einem Dach bei Regenwetter und Kälte. Gelegentlich habe sie ein

Huhn gestohlen, Obst, Kohl und Rüben aus Gärten und Feldern, auch Feuerholz, es tue ihr leid. Als man Hannikel darauf ansprach, fragte er grimmig, was denn seiner Mutter anderes übriggeblieben sei? Man habe die Hunde auf sie gehetzt, sie geschlagen, und das habe sie den Kindern zuliebe in Kauf genommen. Die sicherste Zeit war die, als sie, zusammen mit den Söhnen, Gänse und Schweine hütete; aber auch von dort wurde sie vertrieben, und so war es eine wahre Erlösung, als sie der berüchtigte Bochowitz – er war entfernt mit ihr verwandt – in seine Sippe aufnahm und die Geißin, so Hannikel, nun Menschen um sich hatte, die mit ihr teilten, was sie besaßen. Ob man dies nicht auch christlich nennen dürfe?

Schäffer verbat sich solch eine impertinente Frage; hätten die Zigeuner die christlichen Grundsätze befolgt, wären sie auf dem Pfad der Tugend geblieben. Ob Hannikel in jungen Jahren nie versucht habe, sich von der Räuberlaufbahn abzuwenden?

Er habe es mehrfach versucht, sagte Hannikel mit gesenktem Kopf, er habe sich als Knecht in einer Glashütte verdingt, er sei Wildhüter, Hausierer und Porzellanverkäufer gewesen, doch nirgendwo habe er Fuß fassen können, überall sei ihm früher oder später, seiner Herkunft und seiner dunklen Hautfarbe wegen, Misstrauen entgegengeschlagen.

Zu Unrecht habe man ihn dieser oder jener Vergehen bezichtigt, und dies so oft, bis er sich gedacht habe, dann begehe er die Taten eben wirklich, es habe gar keinen Sinn, sich um bürgerliche Redlichkeit zu bemühen.

Gute Vorsätze aufzugeben, sei falsch, hielt ihm Schäffer entgegen, und alles auf üble Umstände abzuschieben, noch falscher; könne ein Kind als schuldlos gelten, so wachse es unweigerlich heran und werde verantwortlich für sein Tun.

Dazu sagte Hannikel, der auf merkwürdige Weise geduckt dastand, nichts Weiteres, er schob bloß seine Unterlippe vor, und aus seiner ganzen Haltung konnte man Ergebenheit ebenso wie Sprungbereitschaft lesen.

Grau wusste bei solchen Dialogen manchmal nicht mehr, was er protokollieren sollte und was nicht. Seine Feder stockte, er warf fragende Blicke zu Schäffer und den Beisitzern, bekam aber keine Anweisung und entschied sich meist dafür, Schäffers moralische Belehrungen wegzulassen, was dem Oberamtmann hinterher gar nicht auffiel.

Die Frauen, die der Reihe nach vernommen wurden, Urschel, Legard, die Bremin, Käther selbst, nahmen Hannikel weitgehend in Schutz, während sie eigene kleine Diebstähle ohne weiteres gestanden. Sogar Legard, Käthers älteste Tochter, die ursprünglich bereit gewesen war, Hannikel zu belasten, schwächte nun frühere Aussagen ab und strich hervor, wie gut er für seinen Anhang und vor allem für die Kinder gesorgt habe. Die Überfälle und schweren Einbrüche, derentwegen die Männer angeschuldigt waren, gaben die Frauen zwar zu; sie wiederholten aber ein ums andere Mal, dass sie nie dabei gewesen seien und immer gehört hätten, dass Hannikel die Ausgeraubten geschont, ja gegen Übergriffe der eigenen Leute verteidigt habe.

Als Schäffer Käther fragte, was sie denn zur schrecklichen Ermordung des Grenadiers Christoph Pfister sage, wich ihr das Blut aus dem Gesicht. Man schob einen Stuhl zu ihr, damit sie sich setzen konnte. Mit großer Mühe brachte sie ihre Antwort hervor: Die Geschichte mit dem Toni sei etwas ganz anderes, da sei es um einen Ehrenhandel gegangen. Was Toni getan habe, sei nach alter Sitte nur mit Blut zu sühnen gewesen, doch bedaure auch sie – das fügte sie fast unverständlich hinzu – die Umstände der Tat.

Eine alte Sitte über herrschende Gesetze zu stellen, entrüstete sich Schäffer, sei vermessen, schlimmer noch als Bluttaten aus Berechnung oder blindem Zorn. Wer so handle, missachte gleichermaßen Gott und den Landesherrn, und das verdiene die Höchststrafe. Darauf begann Käther, die auf ihrem

Stuhl zusammengesunken war, zu zittern und vor sich hin zu wimmern; von ihren Worten verstand Grau nur, dass Hannikel nicht getötet werden dürfe.

Man führte sie weg. Beim nächsten Verhör hatte sie ihre Stimme fast ganz verloren, sie klagte über starkes Halsweh und sprach an der Grenze des Wisperns. Schäffer stellte nochmals die gleichen oder ähnliche Fragen; das tat er immer nach ein paar Tagen, um die Verhörten auf Widersprüchen zu behaften oder ihnen weitere Einzelheiten zu entlocken. Käthers Antworten veränderten sich im Wesentlichen nicht, aber sie bekamen fahlere Farben. Sie schloss nun beinahe jeder Aussage flüsternd an, dass die Not, die pure Not sie zu allem Unrecht getrieben habe, besonders zur Winterzeit, wenn der Hunger bei den Kindern übermächtig geworden sei. Sie rang um die richtigen Worte. Die bittere Kälte, wenn ihnen nirgendwo Unterkunft gewährt wurde. Diese Eiseskälte überall in den Gliedern, die Frostbeulen bei den Kindern, ihre blaugefrorenen Füße. Hannikel habe ein altes Hemd zerschnitten und die kleinen Füße, die am schlimmsten aussahen, mit Tuchstreifen umwickelt. Und sie, Käther, habe aus einem Pfarrhaus Kinderschuhe gestohlen, nur Schuhe, sonst nichts. Das stundenlange Stapfen durch den Schnee. Manchmal hätte sie sich am liebsten mit Dieterle, der kaum noch Kraft zum Weinen hatte, hingelegt und wäre nicht mehr aufgestanden. Dann die Nächte in Scheunen, im Heu, was für eine Wohltat! Aber das Essen sei ihnen nie in den Mund geflogen, Eicheln und Bucheckern hätten sie aus dem Schnee gegraben, sogar tote Krähen gerupft, halb gebraten über kümmerlichem Feuer, und nach wenigen Bissen wieder ausgespuckt, denn widerlicher schmecke kein Vogel. Einige Male kam sie auf Dieterle zu sprechen, der lange so schwach gewesen sei, immer gehustet, sogar Blut gespuckt und wohl am meisten unter der Kälte gelitten habe, gerade deshalb sei der Bub ihr besonders ans Herz gewachsen, sie würde alles tun, um Schaden von ihm abzuwenden.

Es gab Momente, da blieb Graus Feder in der Luft schweben, und er merkte gar nicht, dass er aufgehört hatte zu schreiben. Er stellte sich vor, wie nachts der Schnee um das Kind herum in die Höhe wuchs, wie es schon fast begraben lag unter der kalten weißen Last. Er wusste, dass es nicht so gewesen sein konnte, es waren ja immer Menschen um Dieterle herum gewesen, und doch gelang es ihm nicht, das Bild des einsamen Kindes im Schnee zu vertreiben. Erst eine halblaute Ermahnung des Amtsdieners Roth, der hinter ihm an der Wand stand, brachte ihn zur Besinnung. Wie von selbst schrieb die Hand nun weiter. Er staunte selbst über die Sätze, die aus der Feder flossen, sie gaben verkürzt wieder, was er gehört hatte, und verschwiegen doch das meiste.

Ob nicht der Sommer, fragte der Oberamtmann Käther am dritten Verhörtag, die Zigeuner jeweils für alles winterliche Leid entschädigt habe?

Käther, die eben noch gefröstelt zu haben schien, straffte sich. Ihr Lächeln war so unerwartet wie die Frage. »O ja, der Sommer. Im Sommer haben wir Feste gefeiert, getanzt, gesungen.«

»Und gewildert habt ihr auch«, sagte Schäffer, aber es klang dieses Mal so nachsichtig, als sei er selbst verlockt, in den grünen Wald einzutauchen und am Lagerfeuer Platz zu nehmen.

»Ja, Hannikel hat gejagt«, sagte Käther nicht ohne Stolz, »aber nur für den eigenen Bedarf, nie hätte er die Beute weiterverkauft.«

Schäffers Stimme kippte gleich wieder ins Übellaunige. »Das heißt doch für dreißig, vierzig Leute, und die verzehren nicht bloß einen Hasen oder ein Reh.«

»Es sind nicht immer so viele gewesen«, wehrte Käther ab. »Wir haben uns oft auch mit Igeln begnügt, die ja von den Sesshaften nicht gegessen werden.«

Dem Schreiber grauste beim Gedanken an Igelfleisch. Doch die Aussage hielt er pflichtgemäß fest, auch wenn sie mit dem Fall nichts zu tun hatte, ebenso wenig wie die Umstände von Käthers Bekanntschaft, die Schäffer peinlich genau zu ergründen versuchte.

Sie und Hannikel hätten sich, erzählte Käther, vor vielen Jahren zufällig in einem Wirtshaus getroffen und gleich aneinander Gefallen gefunden. Seither seien sie zusammengeblieben, hätten auch ihre Sprösslinge, sieben insgesamt, gemeinsam durchgebracht, unter vielen Mühen, die sie ja geschildert habe.

Ob es schon, wie bei Zigeunern üblich, bei dieser ersten Begegnung, fragte Schäffer scheinbar beiläufig, zur Kopulation gekommen sei. Die Frage, das war Grau klar, zielte darauf, die moralische Verkommenheit der Zigeuner sichtbar zu machen.

Käther errötete; man sah es trotz der ledernen Beschaffenheit ihrer Gesichtshaut und des schlechten Lichts. Daran erinnere sie sich nicht, sagte sie; die Sinti – es war das erste Mal, dass sie diese Bezeichnung gebrauchte – seien einander im Übrigen genauso treu oder untreu wie die Sesshaften.

Schäffer widersprach: Sie wisse doch, wie es mit Mantua, der Beischläferin Wenzels und Tonis, gegangen sei. Oder man müsse sich bloß vergegenwärtigen, dass Hannikel von drei Frauen Kinder habe und sie selbst, Katharina Frank, mit mindestens drei Männern herumgezogen sei.

Käther schwieg eine Weile mit gesenktem Kopf, so dass ihr die Haare über die Stirn fielen, und Schäffer hätte das Thema wohl fallenlassen, wenn sie sich nicht plötzlich wieder zu Wort gemeldet hätte. »Wegen Hannikel«, sagte sie mit Anstrengung, »da habe ich einen Wunsch. Er ist mir lieb, ich kenne ihn nun schon so lange, und darum möchte ich mit ihm kirchlich getraut werden. Hannikel wünscht sich das auch, wir sind uns darüber einig.«

Diese Worte riefen eine solche Verblüffung hervor, dass ein paar Sekunden lang nur noch das Kratzen von Graus Feder zu hören war. Dann hatte sich Schäffer gefasst. Er rieb seine Hände und sagte beinahe gütig, man werde Käthers Anliegen prüfen; sie müsse allerdings, sofern ihr Heiratswunsch nicht wieder abklinge, ein Gesuch zuhanden höherer Instanzen stellen. Der Schreiber Grau werde es für sie zu Papier bringen, und sie müsse es unterzeichnen, allenfalls mit drei Kreuzen.

Käther gab zur Antwort – funkelte da nicht ein kleiner Spott in ihren Augen? –, der Heiratswunsch sei beständig, er werde keinesfalls vergehen, und ihren Namen könne sie durchaus schreiben.

Niemand im Verhörzimmer ließ sich seine Verlegenheit anmerken; aber Grau spürte sie wie einen kleinen Zugwind, der über die Gesichter strich und die Augen zum Blinzeln brachte. Die Verlegenheit war auch in ihm, und sie war ihm unangenehm, obwohl sie bald durch die nächsten Fragen und Antworten verscheucht wurde.

Es war inzwischen empfindlich kalt im Amtsgebäude. Schäffer erlaubte noch nicht zu heizen, so blies Grau immer wieder auf seine Hände, um sie zu wärmen, oder er wippte unter dem Tisch mit den Füßen, die bloß in dünnen Hausschuhen steckten.

Auch Dennele, die allgemein als Simpel bezeichnet wurde, kam zum Verhör. Schäffer hatte darauf bestanden und bereute wohl bald seine Anordnung. Viel Zusammenhängendes war aus ihr nicht herauszulocken. Sie stand vor dem Tisch, unförmig im viel zu weiten grauen Rock, den man ihr gegeben hatte, verängstigt gegenüber den Herren am andern Tischende. Immer wieder brach sie in Tränen aus, wohl deshalb, weil sie die Fragen nicht verstand oder ihr keine Antwort einfiel. Wenn sie doch eine hervorbrachte, war sie meist verworren, oder sie endete abrupt, mitten im Satz, und dann schaute Dennele die Befrager ratlos an, als müssten sie nun den Faden aufnehmen. An Orte und Zeiten erinnerte sie sich nicht; es zeigte sich bald, dass sie keinen rechten Begriff davon hatte, was ein Diebstahl oder Raub war und was das Gesetz bedeutete. Vor den entsprechenden Wörtern schien sie sich aber zu fürchten.

»Käther ist nicht meine richtige Daj«, sagte sie, »aber sie ist trotzdem meine Daj, ich habe keine andere. Und meine Daj hat immer allen zu essen gegeben, manchmal auch Hühnersuppe, die mag ich am liebsten, ich mag es, wenn etwas darin schwimmt, Graupen und Zwiebeln. Ich rühre die Suppe gerne, das macht sie noch besser.« Dabei ging plötzlich ein Lächeln über ihr Gesicht, das die stumpfen Züge verschönte. Oder sie erzählte ganz unbefangen, dass sie keine Uniformen möge, denn Männer in Uniformen wollten ihnen Übles antun, man müsse vor ihnen davonlaufen, und plötzlich rannen ihr wieder Tränen über die Wangen.

»Dem Dad«, sagte sie, »wollen sie an den Kragen, sie haben den Dad in Ketten gelegt, das ist schlimm. Er hat mich immer auf den Knien reiten lassen, da war ich noch klein.«

Der Dad, der Dad. Ihn pries sie wie einen Heiligen, der aber auch streng sei, wenn er müsse. »Der Dieterle«, erzählte sie, »ist ja viel zu klein für sein Alter. Aber dem Dieterle macht der Dad Mut, dass er wächst, und mir macht er Mut, dass ich zählen kann.« Sie hob die Faust und streckte dann, indem sie stockend zählte, einen Finger nach dem anderen hoch, bis Schäffer sie unterbrach, aber auch – das hatte niemand erwartet – für ihre Fertigkeit lobte.

Einmal schloss sie eine besonders verworrene

Aussage mit dem Satz ab: »Aber den Dad, den darf man nicht töten, er ist doch mein Dad.« Es kam dazu ein Flehen in ihre Augen, das auch Schäffer rührte. Er ließ sich vom Amtsdiener ein Glas Wasser reichen und trank es in einem Zug aus. Dennele wollte aber plötzlich zu Käther; ohne Käther sei ihr nicht gut, sagte sie störrisch, jetzt gleich wolle sie zurück zu ihr. Grau begnügte sich in solchen Phasen mit kurzen sachlichen Sätzen, denen alles Stocken und alle Unsicherheit ausgetrieben war: *Gibt an, ihrem Vater zugetan zu sein. Hält es ohne die Stiefmutter nicht lange aus.*

Abends dann, wenn er allein in seinem Zimmer saß, stand Dennele unvermutet so deutlich vor ihm, wie er sie beim Protokollieren gar nicht wahrgenommen hatte. Woher kam diese genaue Kenntnis? Er sah innerlich, als wäre es gemalt, ihr rundes Gesicht, das die Unschuld des Kleinkinds spiegelte, ihre seltsamen, schräggeschnittenen Augen, in denen stets etwas Staunendes lag, er hörte ihre schleppende, leicht heisere Stimme, die sie am Ende der schlichten Sätze jeweils ein wenig anhob, als sei im Grunde alles, was ihr einfiel, eine einzige große Frage an die Welt. Was konnte man ihr Böses wünschen? Was hatte sie Böses getan? Man würde sie ins Zuchthaus sperren wie die anderen Frauen. Den Sommerwald würde sie lange oder nie mehr sehen, sie würde dahinwelken wie eine Margerite, die man ins Dunkle verpflanzt. Er schaute hinaus in die Nacht, durch die, schwach sichtbar, der Nebel kroch. Seit Tagen hatte er sich nicht mehr um seine Sammlung gekümmert, auch jetzt wieder setzte ihm die Frage nach der Gerechtigkeit zu. Was konnte als gerechte Strafe gelten für all diese äußerst unterschiedlichen Zigeuner, die schon durch den Zufall der Geburt in die Nähe des Verbrechens geraten waren? Und was gab denen, die durch glücklichere Lebensumstände in einer ganz anderen Lage waren, das Recht, über die weniger Glücklichen zu urteilen? Sie war gefährlich, diese Frage, sie brachte vielerlei Gewissheiten ins Wanken, und das durfte nicht sein. Er, Grau, war ein halb glücklicher, halb glückloser Schreiber, er hielt sich im Niemandsland der Unbeachteten auf, die doch unverzichtbar waren im Räderwerk des Staates. Er hatte seine Pflichten gewissenhaft zu erfüllen; das erwartete man von ihm, nicht weniger und nicht mehr.

Er legte dann doch wieder einen der Kästen auf den Tisch, hob den Glasdeckel, inspizierte, nachdem er den Docht höhergeschraubt hatte, unter der Lupe mehrere Exemplare der Wildbienen, denen andere Forscher sprechende Namen gegeben hatten: die *Aschbiene*, die *Köhlerin*, die *Zungenbiene*. Die Anordnung schien ihm nicht mehr richtig zu sein; mit einer Pinzette tauschte er sorgsam einige Plätze untereinander aus, so dass nun die Farben der Hinterleiber von Schwarz zu Aschfarben gingen. Diese Arbeit, bei der er auf feinste Schattierungen achten musste, beruhigte ihn ein wenig, aber nicht im erhofften Maß. Er wusste, dass ihm auch das laue Bier, das ihm die Zimmerwirtin hingestellt hatte, den Schlaf nicht bringen würde.

Nachdem Dennele an drei aufeinanderfolgenden Tagen befragt worden war, kam Schäffer zum Schluss, sich weiter mit ihr zu befassen wäre vergeudete Zeit. Er habe gedacht, dass sie gerade in ihrer Naivität aufschlussreiche Erinnerungen gespeichert hätte; aber alles, was sie sage, sei verschwommen und ungenau, und sobald man den Namen Toni erwähne, verstumme sie einfach.

Ob man nicht vielleicht durch schärfere Mittel, fragte der Dorfvogt Plocher, zu besseren Ergebnissen kommen würde?

Nein, erwiderte Schäffer, er müsste sich selber verachten, würde er eine solche beschränkte Person unter Zwang setzen. Man werde sie jetzt einfach in Ruhe lassen, sie solle weiterhin bei ihrer Stiefmutter bleiben. Grau war erleichtert; kaum je hatte er sich mit dem Oberamtmann so einig gefühlt.

13

Sulz am Neckar, Winter und Frühling 1787

Die Verhöre der Männer nahmen siebenundzwanzig Wochen in Anspruch und füllten neunzehn Foliobände. Schäffer hatte den Ehrgeiz, die Verbrechen der Hannikelbande restlos aufzuklären und alle bisherigen Widersprüche so weit aufzulösen oder einzuebnen, dass hinter dem Lügengestrüpp das »Gesicht der Wahrheit«, wie er es nannte, zum Vorschein käme. Um zu verhindern, dass die Gefangenen sich gegenseitig deckten, ließ Schäffer aus dem Zuchthaus Ludwigsburg den Konstanzer Hans kommen.

Der Konstanzer Hans, eigentlich Johann Baptist Herrenberger, war wie fast alle, die er nun denunzierte, früh ins Bettler- und Gaunerleben hineingeraten. Nach der ersten Verhaftung ließ er sich, um dem Zuchthaus zu entkommen, vom österreichischen Heer anwerben. Er desertierte bald und wollte zu den Preußen überlaufen, wurde aber ergriffen und zog sich beim Spießrutenlaufen, zu dem man ihn verurteilte, schwere Verwundungen zu. In Prag, im

Hauptlazarett des Heers, lernte er Gauner kennen, die ihm das Beutelschneiden beibrachten. Als sein Regiment nach Freiburg verlegt wurde, glückte ihm die Desertion, er begann ein unstetes Leben mit einer kleinen Diebesbande, die vor allem in Pfarrhäusern einbrach, und lernte die berüchtigte Schleiferberbel kennen. Sie trieb ihn zu immer kühneren Taten, bei denen er zunehmend strategisches Geschick bewies. Herrenbergers Ruf verbreitete sich in ganz Württemberg und übertraf sogar jenen von Hannikel. Seine Raubzüge dehnte er mit der Zeit in die angrenzende Schweiz aus. Die Bauern schonte er; man erzählte sich, dass er nie körperliche Gewalt anwende, sondern durch List und Geschicklichkeit ans Ziel gelange. Zeitweise tat er sich mit Hannikel zusammen, und obwohl er offenbar bereit war, sich ihm unterzuordnen, war doch, wie es hieß, ihr Verhältnis schwierig. Immer wieder habe der Konstanzer Hans gegen Hannikels Anordnungen aufbegehrt. Und nach gemeinsamen Raubzügen sei es oft zum Streit über die Teilung der Beute und danach zur Trennung zumindest auf einige Zeit gekommen.

Dank Schäffers Nachforschungen und der Streifen, die er anordnete, gelang es, den Konstanzer Hans im Sommer 1782 bei Mahlberg festzunehmen und im eisernen Halsband nach Sulz zu überstellen. Er war Schäffers erster großer Fang, und schon bald zeigte sich, dass er für den Oberamtmann von unschätzbarem Wert war. Schäffer nämlich erprobte an ihm seine Verhörtechnik, die von väterlicher Güte bis zu schärfster Strenge alle Gefühlsregionen durchlaufen konnte. Drohungen wechselten sich ab mit dem Versprechen, dass ein geständiger Delinquent, der auch zu weiterer Kooperation bereit war, auf jeden Fall dem Todesurteil entgehen würde. Der Konstanzer Hans ließ sich beeinflussen; vielleicht sehnte er sich sogar danach, von einer Autorität wie Schäffer anerkannt, ja belobigt zu werden. Nach und nach offenbarte er ihm sein ganzes Wissen. Dabei kam ihm sein hervorragendes Gedächtnis zustatten, das gleichermaßen Orte, Daten und Physiognomien umfasste. Er gestand 136 nächtliche Einbrüche, begangen in wechselnder Gesellschaft, einige Male zusammen mit Hannikel. Gegen 300 Tagdiebstähle kamen dazu. Er berechnete minutiös seinen Gewinnanteil und kam auf eine Summe von mindestens 3000 Gulden. Wichtiger war für Schäffer indessen, dass der Konstanzer Hans über 500 Namen von Leuten nannte, die, ob Jenische oder Sinti, zum großen Netz der Nicht-Sesshaften gehörten. Sie waren zeitweise mit ihm herumgezogen, oder er hatte sie, unterwegs oder in Wirtshäusern, als seinesgleichen erkannt und sie sich eingeprägt. Er gab nicht bloß ihre Spitznamen und die Orte ihres Wirkens an, er vermochte häufig auch ihr Aussehen und ihre Kleidung zu beschreiben und ihre kriminellen Fähigkeiten zu beurteilen. Außerdem erinnerte er sich an Hehler, die ihm Diebesgut abgekauft hatten, an Schlupfwinkel und Treffpunkte der Jauner. Während dieser Geständnisphase hatte sich bei ihm, in langen Unterredungen mit Geistlichen, ein schwärmerisches Christentum herausgebildet; er wollte sein Gewissen gänzlich entlasten und wurde nicht müde zu betonen, wie tief er bereue, was er getan habe, und dass er nun als ein redlicher Christ leben und sterben wolle. Gleichzeitig entstand der Wunsch in ihm, andere, die so tief gefallen waren wie er, zu bekehren und auf den Weg der Tugend zurückzubringen.

Auf solche Weise war der Konstanzer Hans dem Henker entgangen. Er hatte nun unter erleichterten Bedingungen eine mehrjährige Zuchthausstrafe in Ludwigsburg zu verbüßen und sich Schäffer zur Verfügung zu halten, wenn er als Zeuge von Nutzen sein konnte. Schäffer plante sogar, ihn durch herzoglichen Gnadenerlass zum württembergischen Hatschier, zum Hilfspolizisten, zu ernennen und auf Streifen einzusetzen. Der Konstanzer Hans wehrte sich allerdings gegen diese Idee; er sei kränklich und körperlichen Anstrengungen nicht mehr gewachsen, sagte er, und er müsste damit rechnen, dass er vom erstbesten ehemaligen Kumpan, der ihn erkenne, getötet würde. Stattdessen versprach er Schäffer, im Armenhaus, wo er den Rest seiner Tage verbringen wollte, das Schreiben zu erlernen und ein Wörterbuch des Jenischen anzufertigen, das sich ja mit der Sprache der Zigeuner überschneide, aber doch verschieden von ihr sei. Und weil Schäffer sich davon eine noch bessere Kenntnis und Durchleuchtung des Jaunerlebens erhoffte, war er geneigt, auf diesen Vorschlag einzugehen.

Der Konstanzer Hans war ein großer, starkknochiger Mann mit glattem, harmlos wirkendem Gesicht und einer einschmeichelnden Tenorstimme. Als er zum ersten Mal das Verhörzimmer betrat, konnte Grau kaum glauben, dass dies der lange gesuchte Verbrecher war, so sehr unterschied er sich in Gestalt und Benehmen von Hannikel, der viel eher dem Bild des Räuberhauptmanns entsprach. Von Anfang an beschwor der Konstanzer Hans die Verhörten, das Lügen und Vertuschen aufzugeben und rückhaltlos zu gestehen, was sie verbrochen hatten. Wenn sie weiterhin bei ihren Ausflüchten blieben oder vorgaben, sich nicht erinnern zu können, unterbrach er sie mit seinem seltsamen Lachen und sagte, hier oder dort sei er, der Hans, doch dabei gewesen und sie seien, als Hannikels Spießgesellen, durchs Fenster gestiegen wie er, das werde er auch unter Eid bezeugen, denn es sei die Wahrheit. Soviel Hass ihm von Hannikels Leuten entgegenschlug, so schwer fiel es ihnen, seine präzisen Angaben zu widerlegen; sie führten häufig genug zu widerwilligen Geständnissen.

Am zähesten war die Auseinandersetzung mit Hannikel selbst. Hannikel, der nun nicht mehr sein Jägerwams, sondern eine fahlbraune, bis über die Knie reichende Gefängniskutte trug, versuchte den Konstanzer Hans zunächst zu ignorieren. Er ging auf dessen Vorhaltungen gar nicht ein, beschimpfte, wenn Schäffer ihn zur Stellungnahme zwang, den Zeugen als Lügner, als von den Behörden gekauften Überläufer, der, um sich selbst zu retten, ehemalige Freunde an den Galgen bringen wolle. Diese Beschuldigungen trieben den Konstanzer Hans zu Tränen, er rang die Hände, blickte zur Decke und schwor hoch und heilig, dass es ihm auf die Wahrheit und die christliche Demut ankomme, auf nichts anderes. Einmal – es ging um einen Einbruch in der Calwer Gerberei – fiel er vor Hannikel sogar auf die Knie, versuchte seine Beine zu umfassen und flehte ihn weinend an, er möge mit einem Geständnis Gott gefällig sein. Hannikel verschlug es die Sprache, und auch nachdem man den Konstanzer Hans von ihm weggezogen hatte, verging eine ganze Weile, bis die Zunge ihm wieder gehorchte. Zum Erstaunen aller gab er nun zu Protokoll, dass er sich im Sachverhalt, der eben vom Zeugen geschildert worden sei, getäuscht habe. Nun erinnere er sich, ja, er sei in Calw der Anführer gewesen.

Nach dieser Episode begann ein Aufweichungsprozess, der mit einer weiteren Maßnahme Schäffers zusammenhing. Darüber unterrichtete er die Beisitzer und den Schreiber Grau am Ende eines strengen Verhörtags: Er habe den Konstanzer Hans in Hannikels Nachbarzelle einquartiert; die Zellen seien durch eine Tür miteinander verbunden, so dass die beiden Gefangenen einander nach Belieben besuchen könnten. Es sei, dies lasse er sich durch die Wärter rapportieren, vor allem der Konstanzer Hans, der zu Hannikel hinübergehe und darauf dringe, mit ihm über das Leiden des Herrn und die Erlösungshoffnung der guten Christen zu sprechen. Wenn der Hans ihm aus der Bibel vorlese, gehe das nur langsam und stockend vonstatten, sei aber vielleicht gerade deshalb umso wirkungsvoller. Hannikel jedenfalls höre ihm schweigend zu; und die Ansätze zur Reue, die bei ihm neuerdings aufträten, hingen gewiss auch mit der biblischen Botschaft zusammen.

Die Verhöre ergaben ein immer vollständigeres Bild der Taten Hannikels und seiner Bande. Die Liste begann mit dem bisher ungeklärten Raubüberfall auf den Juden Cerf Moses Hirsch in Mittelbronn, der im September 1768 stattgefunden hatte. Sie endete mit dem Einbruch ins Pfarrhaus von Ettlingen achtzehn Jahre später und der Ermordung des Grenadiers Christoph Pfister, genannt Toni. Dazwischen waren die großen Einbrüche in Ingweiler bei Löwel Levi, in Marienthal bei Liebmann Levi und in Dettweiler bei Bähr Moises verzeichnet, bei reichen Juden, die, teils mit Frauen und Töchtern, schwer misshandelt worden waren, damit sie Geld- und Schmuckverstecke preisgaben. Dazu kamen Diebstähle und weitere Einbrüche in Lützelstein, Bliesbrücken, Ibenhausen, Zaberfeld, Hechingen, Conweiler, Calw, hin und wieder bei Bauern, Gerbern, einfachen Bürgern, später häufiger in evangelischen Pfarrhäusern; selbst unbemittelte Witwen wurden nicht geschont. Die Bande, die bis zu dreißig Mittäter umfasste, raubte alles, was sich veräußern und weiterverwenden ließ: Geld, Gold, Silber, Schmuck, Kleider, Fleisch, Brot, Käse, Bienen in ihren Körben, Schafe, Gänse, Hühner. Die gesamte Schadensumme, auch das kam ins Protokoll, wurde nach eingehender Berechnung auf 41 614 Gulden und vier Kreuzer veranschlagt.

Der Überfall von Mittelbronn bei Pfalzburg vom September 1768 führte zu einem traurigen Nachspiel. Hannikel hatte das Haus des Juden Cerf Moses Hirsch zuvor gründlich ausgekundschaftet. In der Nacht aber wurde die Bande von Bauern überrascht. Hannikel gab seine Leute als pfalzburgisches Kommando aus, mit dem Auftrag, den Juden Hirsch zu verhaften, weil er Hehler- und Schmuggelware verstecke. Darauf ließen die Bauern es zu, dass der Jude und seine Familie gefesselt und das Haus geplündert wurde. Unbehelligt zogen die Räuber ab. Moses Hirsch zeigte den Diebstahl bei der Obrigkeit an, und aus Gründen, die auch später unklar blieben, bezeichnete er sieben Bürger des nahgelegenen Ortes Lützelburg namentlich als Mittäter beim Überfall. Alle anderen in seinem Haus bezeugten, die Beschuldigten ebenfalls erkannt zu haben. Sie wurden verhaftet, gestanden aber auch unter schwerer Folter nicht, am Raub beteiligt gewesen zu sein. Dennoch wurden vier von ihnen zum Tode verurteilt und die drei anderen auf die Galeeren geschickt, von wo sie nicht mehr zurückkehrten.

Hannikel schien von diesem Urteil nichts gewusst zu haben. Als Schäffer ihn darüber unterrichtete, zeigte er sich bestürzt, ja aufgewühlt, und er nannte alle Mittäter, an die er sich noch erinnerte. Allerdings bestand er darauf, dass er bloß Wache gestanden und das Haus gar nicht betreten habe. Die sieben verurteilten Lützelburger Bürger seien nie und nimmer dabei gewesen; einzig die böswilligen Verleumdungen der Juden hätten zu diesem schrecklichen Unrecht geführt, und daran sehe man, wozu dieser Menschenschlag fähig sei. Sie hätten sich gewiss an Schuldnern rächen wollen, die nicht in der Lage gewesen seien, die verlangten Wucherzinsen zu bezahlen. Hannikel ging so weit, sich zu bekreuzigen und Gottes Erbarmen für die Hingerichteten anzurufen; sogar Tränen standen in seinen Augen. Dass ausgerechnet Hannikel sich derart rühren lassen würde, hätte niemand für möglich gehalten. Man müsse doch, sagte er, zumindest die Nachkommen für dieses Unrecht entschädigen und danach forschen, ob die Galeerensträflinge noch lebten. Das werde man in die Wege leiten, sagte Schäffer, auch er ungewöhnlich bewegt. Noch am selben Abend diktierte er einen Brief an den Justizrat von Pfalzburg, in dem er berichtete, dass der berüchtigte Räuber Hannikel die damals Verurteilten völlig entlastet habe. Deshalb müsse ein neues Gerichtsverfahren aufgerollt werden, selbst wenn es die Toten nicht mehr lebendig mache.

Von diesem Tag an schien Hannikel willens, seine Vergangenheit offenzulegen. Er tat es Schritt für Schritt, zeigte sich zwischendurch von Reue überwältigt und nahm doch bisweilen wieder eine Aussage zurück.

Es gab Abende im Winter und im frühen Frühling, da hatte Grau kaum noch die Kraft, sich nach Hause zu schleppen, so müde und ausgelaugt fühlte er sich von dieser nicht enden wollenden Protokolliererei. Die Fingerspitzen waren wund, die Schreibhand steif. Zwar war ihm nach wie vor der Gehilfe Eyt zur Seite gestellt, der einiges ins Reine schrieb und sich die größte Mühe gab, die Bögen ordentlich zusammenzubinden. Aber furchtsam und zittrig, wie er war, entlastete er Grau nicht wirklich, und die üble Angewohnheit, in der Nase zu bohren, konnte man ihm nicht austreiben. Ein Zuruf ließ ihn jeweils zusammenzucken, und dann versteckte er die freie Hand für eine Weile hinter dem Rücken. Ein scharfer Tadel führte bei ihm rasch zu nassen Augen; und diese geradezu weibische Empfindlichkeit konnte einen sogar mitleidig stimmen. Aber Graus eigentliche Last war eine andere. Die Grausamkeit der Taten, von denen die Rede war, schien bisweilen das Verhörzimmer wie mit schwarzem Morast zu füllen, und gleichzeitig trieb darin so viel unverschuldetes Elend, dass es kaum zum Aushalten war. Der Stotterer Nottele, der mit flehendem Ausdruck darum rang, sich Silbe für Silbe auszudrücken, Duli, der oft den Atem anhielt und dann plötzlich laut schnaufte wie ein panisches Tier, Geuder, der von sich aus hilflose Reue zeigte, Bastardi, der unbeholfen sich und seinen Vater verteidigte, und natürlich die Frauen, die den Männern auf Gedeih und Verderb folgten: sie alle waren, in unterschiedlichem Maß, schuldig vor Gott und dem Gesetz, sie hatten die Kraft nicht gehabt, die Abwege, auf die sie geraten waren, zu verlassen. Ebenso schlimm war es, den Aussagen von vorgeladenen Einbruchs- und Raubopfern zuzuhören. Sie übertrieben wohl auch, sie wollten von den Behörden entschädigt werden; aber ihre Tränen waren echt, und als die Tochter des Juden Liebmann Levi in kaum noch vernehmlichem Flüsterton schilderte, wie die Bande ihren Vater und sie selbst gequält hatte, empfand Grau nicht das geringste Erbarmen mehr mit dem Rädelsführer Hannikel.

Zwischendurch packte ihn das heftige Bedürfnis, von allem wegzulaufen, aus Sulz zu fliehen. Aber wohin sollte er denn? Unter Obstbäumen, an Waldrändern, in Baumrinden Insekten zu sammeln, lenkte ihn zwar eine Weile ab, aber auch das tröstete ihn nicht, umso weniger, als Fabricius ihren Briefwechsel aus unerfindlichen Gründen eingefroren hatte. Eine Weile spielte er mit dem Gedanken, unangemeldet nach Kiel zu reisen; aber Schäffer hätte eine mehrwöchige Abwesenheit nicht gestattet, und bei Fabricius mit der Tür ins Haus zu fallen, traute er sich nicht, obwohl er in früheren Briefen herzlich zu einem Besuch eingeladen worden war. Es blieb eigentlich nur die Fahrt nach Horb, zu seiner Tochter, und an einem Aprilsonntag, bei zaghaftem Sonnenschein, fuhr er in der Postkutsche hin.

Die Cousine Klara, eine hochgewachsene Frau mit stark geäderten Wangen, war freudlos überrascht, ihn zu sehen; ihre Miene hellte sich erst auf, als er ihr den Umschlag mit dem Pflegegeld, das er sonst mit der Post verschickte, persönlich überreichte. Doch, doch, das Mädchen gedeihe gut, sagte sie, es sei schon zu vielem zu gebrauchen, bloß manchmal ein bisschen schweigsam. Sophie, die trotz Klaras Beteuerungen immer etwas kränklich aussah, zog sich wie bei jedem Besuch in den ersten Minuten vor dem Vater zurück und versteckte sich hinter den drei älteren Pflegegeschwistern, die den Gast anstarrten, als käme er aus Amerika. Grau nahm sich vor, das nächste Mal seinen Regenschirm mitzubringen; wenn er Klaras Kindern erlaubte, ihn auf- und zuzuklappen, würde er sie vielleicht für sich gewinnen. Sophie teilte mit ihnen brav den Lebkuchen mit rotem Zuckerguss, Graus übliches Mitbringsel aus der Sulzer Bäckerei. Vater nannte sie ihn nicht, die Cousine hingegen Mutter. Allmählich taute sie auf und zeigte ihm die Puppenstube, die ein Nachbar aus Werkstattholz für sie zusammengenagelt hatte. Die Figürchen hatte sie selbst gebastelt, sie hatte Stöcklein mit Stofffetzen umwickelt und mit Faden umwunden, Bucheckern dienten als Köpfe, so dass die Puppenhausfamilie aussah wie ein dunkelhäutiger Negerstamm. Grau schaute ihr zu, wie sie, auf dem Boden kniend, die Figürchen hin- und herschob, verschiedene Stimmen nachahmte und erklärte, wer jetzt zu Bett müsse und wer schon zur Schule gehe. Sie war ganz versunken ins Spiel, schien den Vater vergessen zu haben und redete wie zu sich selbst. Ihr feines Haar, das sich über den Ohren wellte, fiel ihm auf, die beinahe durchsichtige Haut, unter der am langen Hals eine Ader pochte, und plötzlich durchströmte ihn eine Zuneigung, so stark und schmerzhaft, dass ihn schwindelte. Er hätte Sophie am liebsten hochgehoben und herumgetragen wie ein Neugeborenes, wäre mit ihr in den Wald gelaufen, hätte ihr einen Ameisenhaufen gezeigt und sich über ihr Staunen gefreut. Aber er war zu scheu und zu vorsichtig dafür, und überdies glaubte er, kein Recht zu haben, dieses Kind auf so heftige Weise für sich zu beanspruchen. Der verstorbenen Mutter glich es überhaupt nicht; ihm glich es, dem Schreiber Grau mit der spitzen Nase, den grünblauen Augen, ja, es war sein Fleisch und Blut, und trotzdem hatte das Leben – und Graus Unvermögen, eine andere Lösung zu finden – dieses Kind weit von ihm weggerückt.

Er fragte Sophie, ob sie in der Schule, die sie dank seiner Zuwendungen besuchen durfte, etwas auswendig gelernt habe, ein Gedicht vielleicht, ein Lied. Sie erschrak, sie breitete ein Tuch über das Puppenhaus, denn jetzt sei Nacht, sagte sie. Dann stellte sie sich vor ihn, und während die anderen Kinder in der Küche lautstark zankten, sagte sie, ein wenig leiernd und dem Lachen nahe, ein Gedicht auf: *Ein Huhn und ein Hahn, / die Predigt geht an, / ein Huhn und ein Kalb, / die Predigt ist halb, / eine Katz und eine Maus, / die Predigt ist aus.*

»So was lernt ihr also«, sagte Grau ein wenig ratlos, lobte Sophie aber und nahm sich vor, den Scherzvers, den er sich gemerkt hatte, später aufzuschreiben. Seit einiger Zeit kritzelte er hin und wieder etwas Privates auf Zettel, es waren kleine Erlebnisse, fragmentarische Gedanken, nie länger als ein paar Zeilen. Sogar zu Gedichtanfängen verstieg er sich, verbarg sie aber vor sich selbst, indem er sie jeweils schleunigst in einen alten Umschlag steckte und diesen zwischen abgelegte Aktenbündel schob.

Er blieb zum Essen. Nun war auch Klaras Mann da, ein Färber, den der Älteste aus dem Wirtshaus heimgeholt hatte. Niemand richtete das Wort an Grau, man schlürfte die Fleischsuppe in tiefem Schweigen. Danach zeigte Sophie dem Vater den umgegrabenen Gemüsegarten hinter dem Haus, sie hatte selbst Kresse gesät, und nun stießen schon, dicht aneinander, die grünen Keimlinge aus der nassen Erde. Im Garten, sagte Sophie, sei sie fast am liebsten, da dürfe sie der Mutter überall helfen. Es war schon Zeit, sich zu verabschieden; für die wenigen Schritte aus dem Garten zurück ins Haus nahm der Vater das Mädchen an der Hand, und sie ließ sie ihm.

Dann saß er wieder in der Postkutsche. Das Geschwätz der anderen Passagiere lief an ihm vorbei, er schaute durch die trübe Scheibe hinaus und sah nichts, nur das Kind sah er vor sich, seinen fragenden Abschiedsblick. *Ein Huhn und ein Hahn, / die Predigt geht an, / ein Huhn und ein Kalb, / die Predigt ist halb.* Unwillkürlich kam ihm in den Sinn, dass Dieterle, vom Aussehen her, als Sophies älterer Bruder gelten könnte. Lange kreisten seine Gedanken um die beiden, er wünschte sich, dass man den Jungen nicht zu hart anpacken möge, er wünschte sich, dass Sophie auch ihn einmal besuchen würde, und stellte sich vor, wie die Zimmerwirtin ein schönes Bett neben dem seinen für sie bereitmachen würde. Dann schlief er ein. Es war Nacht, kühle Nacht, als die Kutsche in Sulz ankam.

Verhöre, immer weitere Verhöre; sie wollten nicht enden. Am schwierigsten war es, in die Geschichte mit Toni Licht zu bringen. Hier widersprachen sich die Täter erbittert, feilschten gleichsam um Schuldanteile. Alle wussten, dass der Mord am Grenadier am schwersten wog. Beim verstockten Wenzel ordnete Schäffer sogar ein scharfes Verhör im Kellerverlies an, von dem Grau aber ausgeschlossen blieb. Nur Schäffer selbst, drei Beisitzer und ein aus Tübingen herbeigeorderter Henkersknecht, der sich mit der Streckbank auskannte, waren zugegen. Die Tür zum Verlies, dick und gepolstert, ließ keine Geräusche durch. Dennoch glaubte Grau, der weiter oben Protokolle nachführte, etwas zu hören; plötzlich begann er zu frieren. Nach einer Stunde, die ihn endlos anmutete, wurde Wenzel die zwei Treppen hoch ins Verhörzimmer zurückgebracht, er konnte sich nicht aufrecht halten, er war totenbleich, zitterte an allen Gliedern. Es habe genügt, beruhigte Schäffer hinterher Grau mit einem halben Lachen, Wenzel zum Schein die Daumenschrauben anzusetzen, da habe er sich schon geständniswillig gezeigt. Endlich hörte er auf, seine Rolle bei der schaurigen Misshandlung Tonis zu beschönigen. Ja, ja, stammelte er, ja, er habe Toni mit dem Hirschfänger über den Kopf gehauen, er habe ihm wohl die Stirn gespalten, sie hätten nicht mehr gewusst, was sie täten, er habe dann aber doch – nun schluchzte er – der Grausamkeit ein Ende machen wollen, er habe einen Stock schützend über den Schwerverletzten gehalten und die anderen aufgefordert, von ihm abzulassen, das sei die Wahrheit, so wahr ihm Gott helfe. Weil dies schon Bastardi ähnlich erzählt hatte, glaubte ihm Schäffer. Die widerwärtige Ermordungsszene zeichnete sich nun in fast allen Einzelheiten ab. Geuder hatte sich in der Tat abseitsgehalten, aber nichts verhindert, es fehlte noch Dieterles Anteil, den Hannikel stark gemildert, Duli und Nottele hingegen möglicherweise aus Eigennutz übertrieben hatten.

14

Sulz am Neckar, Frühling 1787

Eine Zeitlang konnte Grau den Oberamtmann davon abhalten, Dieterle wie einen Erwachsenen zu behandeln. Am Ende eines Verhörtages überwand er sich dazu, ihn erneut auf den Jungen anzusprechen. Er mache sich Sorgen um ihn, sagte Grau mit Vorsicht, kürzlich sei Dieterle aus ihm schwer verständlichen Gründen zu den Männern verlegt worden, und es sei gut möglich, dass er unter deren Einfluss verrohe und verkümmere. Er wisse, dass Dieterle nächstens zum offiziellen Verhör gebracht werden solle. Er bitte jedoch ehrerbietigst darum, dies dem Jungen zu ersparen; es könnte ihn knicken wie ein schmalstengeliges Pflänzchen. Er, Grau, plädiere dafür, in diesem Räuberspross die guten Seiten zu stärken, wie dies doch gerade bei Kindern Schäffers erklärte Absicht sei.

Der Oberamtmann hinter seinem Pult, von der Lampe angeleuchtet, als posiere er für ein Porträt, zog die Augenbrauen zusammen und musterte den

Schreiber. »Was ist mit dem Jungen? Warum liegt er Euch derart am Herzen?«

Grau senkte den Kopf tief über den beschriebenen Bogen. »Er ist noch so klein«, sagte er beinahe demütig. »Ich glaube, er leidet am meisten unter dem Gefängnisleben, weit mehr als die jüngeren Kinder, die bei den Müttern sind und noch nicht begreifen, was ringsum geschieht.«

»Er ist ein Zeuge«, sagte Schäffer mit wachsendem Unwillen. »Er war nach übereinstimmenden Aussagen beim Mord an Toni dabei, er soll erzählen, was er gesehen und getan hat, woran er sich erinnert. So klein, wie Ihr ihn sehen wollt, ist er nicht mehr. Und seid beruhigt, wir werden ihn nicht härter anfassen als notwendig, wir sind keine Unmenschen.«

Grau hob den Kopf und wagte es, Schäffers Blick standzuhalten. »Für einen Jungen seines Schlages und seines Alters ist es schwierig, den eigenen Vater zu belasten. Er wird, ihm zuliebe, lügen oder unter dem Druck zusammenbrechen. Was für einen Sinn hat dann ein solches Verhör?«

»Das lasst meine Sache sein«, sagte Schäffer und trommelte mit den Fingern auf sein Pult. Er schien eine Weile nachzudenken. Seine Miene erhellte sich. »Nun gut, ich gebe Euch Gelegenheit, den Jungen sozusagen privatim auszuforschen, ohne den offiziellen Rahmen, der ihn, wie Ihr meint, einschüchtern könnte. Geht zu ihm, sprecht väterlich mit ihm, und wenn Ihr sicher seid, dass er Euch erzählt hat, was er weiß, verzichte ich darauf, ihn selber zu vernehmen. Die Verantwortung liegt also bei Euch.«

Darauf war Grau nicht gefasst; schon wieder war ihm Schäffer um einen Zug voraus. Verwirrt suchte er nach Worten. Doch Schäffer war schon aufgestanden, bullig wirkte er nun im Lampenlicht, seiner selbst gewiss. Er wolle endlich nach Hause zu Frau und Kind, beschied er Grau, die Hannikelsache halte ihn mehr, als er je gedacht habe, von der Familie fern. Grau murmelte einen höflichen Abschiedsgruß. Er erinnerte sich nicht, Schäffers Frau, die früher ab und zu das Mittagessen gebracht hatte, in den letzten Wochen gesehen zu haben; sie war stets von ihrem kleinen Jungen begleitet gewesen. Beinahe hätte er den Oberamtmann gefragt, ob er sich vorstellen könne, was aus seinem eigenen Sohn würde, wenn er unter Zigeunern aufwüchse. Aber da war Schäffer schon gegangen, und es blieb an Grau, aufzuräumen und die Lampe zu löschen. Als auch er hinausging, stieß er draußen beinahe mit Roth zusammen, der, einen Leuchter in der Hand, darauf gewartet hatte, das Amtszimmer abschließen zu können.

»Endlich«, brummte Roth. »Es wurde auch Zeit.«

»Wir sind spät dran, ich weiß«, sagte Grau. »Die Arbeit wächst uns über den Kopf.«

Roth hüstelte und schützte die Kerzenflamme mit der Hand. »So viel Aufwand für diese Halunken. Wer soll das verstehen? Ich nicht.«

»Es ist schwierig, sich ein gerechtes Bild von ihren Taten zu machen.«

»Gerecht, gerecht!« Roth verschluckte sich beinahe an diesem Wort. »Ist es etwa gerecht, dass ich immer mehr arbeiten muss und man mir seit zehn Jahren keine Lohnerhöhung mehr gewährt? Ist es gerecht, dass ich mit diesem Verschlag da unten vorliebnehmen muss?«

Grau wurde es unbehaglich. »Reden Sie darüber mit dem Herrn Oberamtmann, ich bin der falsche Mann dafür.«

Roth stellte den Leuchter auf den Boden und suchte im Bund, den er am Gürtel trug, nach dem richtigen Schlüssel. »Jeder schaut für sich. So ist es doch.«

»Nicht immer, hoffe ich«, erwiderte Grau. Mit einem »Gute Nacht!« entfernte er sich von Roth. Der Flur lag vor ihm wie ein Schattenreich. Es war eines der längsten Gespräche, die er je mit dem Amtsdiener geführt hatte, und er stellte sich vor, dass Roth nun einsam zu Bett gehen würde, genau wie er selbst. Ein würgendes Mitleid stieg plötzlich in ihm hoch; er war sich nicht sicher, wem es galt. Auf dem Heimweg ging ihm unablässig ein Reim durch den Kopf, den er nur halb verstand: *Was sind die Leuteschinder doch für blinde Kinder.* Wie von selbst fügte sich ein weiterer an: *Befleckte Herzen, bald erloschne Kerzen.* Er nahm sich vor, die Sätze aufzuschreiben und zu seiner geheimen Zettel-sammlung zu legen; nur auf diese Weise, das wusste er inzwischen, wurde er das Wortgesumm los.

Mit Schäffers Passierschein ging Grau zu Dieterle. Man stellte ihm für die Unterredung eine leere Zelle zur Verfügung; doch Grau erwirkte es, dass er sich mit dem Jungen – es war inzwischen Mai und warm genug – eine Weile im Gefängnishof be-wegen durfte, unter einem von blendend weißen Wolken gefleckten Himmel, zu dem Dieterle bei-nahe ungläubig aufschaute. Grau blieb zunächst im Unverbindlichen, erkundigte sich freundlich nach Dieterles Befinden, fragte, ob er gut behandelt werde, ob er Hunger leide. Der Junge antwortete gar nicht oder, den Kopf von Grau weggedreht, lediglich mit »Ja« oder »Nein«. Grau hatte inzwischen erfahren, dass Dieterle selbst gewünscht hatte, zu den Män-nern zu kommen. Möglicherweise hatten Käther und die anderen Frauen gefunden, ein Zwölfjähri-ger könne nachts nicht länger bei der Mutter liegen und brauche den Beistand des eigenen Geschlechts. So fragte Grau, ob Dieterle nicht doch lieber zu den Frauen zurückwolle. Auch hierauf bekam er keine vernünftige Antwort, nur ein Achselzucken. Der Junge zupfte abweisend am Hemd herum, dem Geschenk des Schreibers, mittlerweile zerknittert und grau vor Schmutz. Allmählich lenkte Grau seine Fragen auf vergangene Ereignisse und vor allem auf die Nacht im April des vorigen Jahres, in der Toni gestorben war. Er sagte, es sei von größter Wichtigkeit, dass Dieterle sich in allen Einzelheiten daran erinnere, es werde ja auch sein Gewissen entlasten, wenn er nichts verschweige. Dieterles Atem stockte, die eckigen Schultern hoben sich in stummer Abwehr. Es war, als gleite über sein Gesicht ein Vorhang. Grau griff, einem Impuls folgend, nach Dieterles Hand. Einen Moment lang umschloss er sie und spürte, wie kalt und steif sie war, dann riss Dieterle sie mit einem erstickten Laut los und wich die paar Schritte bis zur Hofmauer zurück. Wie einer, der gleich erschossen würde, stand er an der weißgetünchten Wand, den Rücken an sie gepresst, die Arme halb erhoben. In seinen Augen stand ein solcher Jammer, dass Grau selbst davon erfasst wurde. Auf einmal jedoch schienen sie zu erblinden, leer starrten sie vor sich hin. Es war sinnlos, auf weiteren Fragen zu insistieren; Dieterle wollte weder sein

Mitleid noch seine Hilfe. Mit einer geradezu rachedurstigen Bitterkeit sah Grau ein, dass der Junge in diesem Fall nun eben das offizielle Verhör überstehen musste. Das teilte er ihm mit, bevor er dem Wärter winkte, damit er den Jungen wieder einschloss. Dieterle ging darauf nicht ein, aber er sagte nun doch etwas: »Den Vater möchte ich gerne sehen, meinen Vater, der immer so allein ist.« In der Tat, seit der Konstanzer Hans abgereist war, befand sich Hannikel wieder in Einzelhaft; mit der engsten Familie war er seit Monaten nicht mehr zusammengebracht worden. Das sei von höchster Stelle so angeordnet, sagte Grau, und er, Dieterle, habe sich durch sein Schweigen ohnehin keine Belohnung verdient. Ein Wärter führte den Jungen ab. Knapp vor der Tür wendete er den Kopf mit einem rätselhaft verlangenden Blick zum Schreiber, er kam dabei ins Stolpern, wurde vom Wärter gemaßregelt und vorwärtsgestoßen. Grau hatte die Hand zu einem halben Winken erhoben. Er blieb noch eine Weile im Hof stehen, betrachtete das kränkliche Gras, das aus den Ritzen zwischen den Steinplatten wuchs, er hörte aus dem Innern des Gefängnisses gedämpfte Stimmen, sie wurden übertönt von den schrillen Rufen eines Milans, der einige Male den Himmel über dem Hof durchschnitt. Sein Schatten glitt über Grau hinweg wie eine blitzschnelle kühle Berührung.

Er musste Schäffer gestehen, dass sein Versuch, Dieterles Vertrauen zu gewinnen, nichts genützt hatte. Es war wieder die abendliche Zeit nach einem langen Verhör, doch jetzt war es um diese Uhrzeit draußen noch hell. Schäffer nickte gemessen nach Graus Bericht. Etwas wie Bedauern flog über sein Gesicht, er zog die Nase kraus, als unterdrücke er einen Niesreiz.

»Dann wird das Verhör morgen stattfinden, punkt acht Uhr«, sagte er. »Wollt Ihr protokollieren, Herr Schreiber? Oder zieht Ihr es vor, in den Ausstand zu treten und die Aufgabe Eurem Gehilfen zu überlassen?«

Grau hatte den Drang, seine Halsbinde zu lockern. »Ich protokolliere lieber in eigener Person, Herr Oberamtmann.«

Wieder musterte Schäffer ihn aus halbgeschlossenen Augen. »Recht so. Es gibt Pflichten, die man sich abringen muss, nicht wahr?«

Grau zwang sich zu einem undeutlichen Ja.

Schäffer gähnte. »Wie macht sich denn der Eyt?«

Die Frage traf Grau wie ein überraschend abgeschossener Pfeil. Es war ihm bewusst, dass Schäffer mit Eyt einen hilfsbedürftigen Verwandten ins Amt geholt hatte und dass er nun jedes Wort abwägen musste, um den Förderer nicht in Verlegenheit zu bringen. »Recht gut«, sagte er vage.

»Er lernt dazu, nicht wahr? Er ist ja noch sehr jung.«

»Gewiss«, erwiderte Grau.

Schäffer flocht seine Hände ineinander und betrachtete sie nachdenklich. »Man wird daran denken müssen, ihm ein festes Gehalt zuzusichern.«

Grau nickte.

Es war ein trüber Morgen, als Dieterle mit gefesselten Händen ins Verhörzimmer geführt wurde. Die Behördenvertreter saßen schon auf ihren gewohnten Stühlen, Grau beugte sich tief über sein Protokollbuch. Durch die offene Tür kam Regengeruch; Dieterles Haare waren feucht und kringelten sich über der Stirn. Er trug viel zu große Holzpantinen, die man ihm aus dem Gefängnisbestand gegeben hatte, sie zwangen ihn zu einem Schlurfen, das ihn um Jahre älter machte. Schäffer ließ ihm als Erstes die Fesseln abnehmen; er wusste, dass die beiden Wachsoldaten, die zu beiden Seiten der Tür postiert waren, jeden Fluchtversuch vereiteln würden. Der Oberamtmann wirkte unausgeschlafen und mürrisch. Die Tränensäcke unter seinen Augen zeichneten sich überdeutlich ab, seine Amtsperücke saß nachlässiger als sonst. Zum Jungen, der am anderen Tischende stand und auf den Boden starrte, war er zunächst ausgesprochen höflich. Er ließ sich auch durch Dieterles Schweigen nicht beirren, fragte, sekundiert von den zwei Beisitzern, mehrmals nach seinem vollständigen Namen und stellte schließlich fest, dass es sich bei ihm zweifelsfrei, weil von mehreren Zeugen bestätigt, um Johann Christoph Reinhardt, genannt Dieterle, handle, geboren in Hohenhaslach und leiblicher Sohn des Jakob Reinhardt und der Katharina Frank. Er gleiche doch seinem Vater Hannikel sehr, sagte Schäffer. Das brachte Dieterle dazu, kurz aufzuschauen und ein Nicken anzudeuten. Er fuhr sich mit der Zunge über die gesprungenen Lippen. Schäffer wies einen Wärter an, ihm ein Glas Wasser zu bringen, das Dieterle in einem Zug austrank. Eine Weile noch ging es weiter mit Fragen zu den Mitgliedern der Sippe, ihren Aufenthaltsorten und Schlupfwinkeln. Nun sagte Dieterle ab und zu, beinahe unverständlich: »Ich weiß es nicht mehr.« Nach über einer Stunde hatte Grau noch keinen Anlass gehabt, im Protokoll etwas anderes zu vermerken als: *Inquirierter schweigt dazu.* Oder: *I. verweigert die Auskunft.*

»Wir meinen es gut mit dir«, sagte Schäffer zu Dieterle, und doch war nun bereits deutliche Ungeduld in seiner Stimme zu hören. »Aber die Wahrheit soll und muss ans Licht kommen. Dein Vater Hannikel hat, mit Gottes Hilfe, einige schlimme Taten gestanden, auch deine Mutter hat ihn dazu gedrängt, und es scheint, dass er seine Verbrechen bereut.« Schäffer stand auf und ging um den Tisch herum auf Dieterle zu, der alarmiert zum Fenster und zur Tür schaute, als suche er, trotz der Bewachung, nach einer Fluchtmöglichkeit.

»Was wir immer noch nicht genau wissen«, fuhr Schäffer fort, »das ist, wie sich die Geschichte mit Toni abgespielt hat. Wir wissen, dass du dabei warst, und wir wollen von dir erfahren, woran du dich erinnerst.«

Grau sah, dass Dieterle erstarrte wie im Gefängnishof, gleichzeitig öffnete er den Mund, ohne dass ein Laut herauskam.

Noch näher trat Schäffer zu ihm hin. »Jetzt sag uns, Dieterle, wer hat dem Toni die Nase abgeschnitten? War es dein Vater? War es Hannikel selbst?«

Dieterle schüttelte den Kopf und stieß seinen ersten zusammenhängenden Satz hervor, mit rauher Kinderstimme und beinahe schreiend, so dass alle im Zimmer zusammenzuckten: »Nein, nicht der Vater, er war es nicht!«

»Wer war es denn?«

»Ich weiß es nicht mehr.«

»Kannst du dir«, fragte Schäffer nun laut und gebieterisch, indem er Dieterle unter den Achseln packte und hochhob, »etwas Scheußlicheres vorstellen, als einem hilflos daliegenden Menschen die

Nase abzuschneiden?« Er sagte es dem Jungen mit scharf betonten Endsilben ins Gesicht; dann stellte er ihn hart auf den Boden zurück.

Dieterle – Grau entging keine seiner Regungen – ballte die Fäuste und atmete schwer, doch gleich ließ er die Arme wieder sinken.

Schäffers Stimme wurde noch drohender. »Ein Bein habt ihr dem Toni zertrümmert, ihm den Schädel gespalten. Und trotzdem hat er unter fürchterlichen Schmerzen noch bis zum nächsten Mittag gelebt. Sag mir, Johann Christoph: Ist das recht getan? Kann Gott das gefallen haben? Und du hast dabei einfach zugeschaut? Was sagt denn deine Mutter dazu?«

Dieterle rang sichtbar mit sich, schüttelte den Kopf. »Es ist nicht recht getan«, kam es mit größter Mühe aus ihm heraus, »wir hätten es nicht tun sollen… Aber ich weiß nicht mehr, wer ihm was angetan hat…«

»Doch«, schrie Schäffer ihn an, »das weißt du! Heraus mit der Sprache!« Ganz unerwartet schoss seine Hand vorwärts, packte ein Büschel von Dieterles Schläfenhaar und riss kräftig daran. »Sag es jetzt!«

Grau wäre am liebsten aufgesprungen und dazwischengetreten, die eigene Schläfe brannte ihn vom bloßen Zuschauen an tausend Punkten. Die-

terle wimmerte und versuchte zurückzuweichen.
Doch Schäffers Griff war zu fest.

»Ich weiß es nicht ... ich weiß es nicht ...«, beteuerte der Junge. »Es ging alles durcheinander ... Alle haben geschrien ... und wollten sich noch übertreffen, um Toni zu strafen ... weil er doch dem Wenzel die Mantua weggenommen hatte ...«

»Das ist uns bekannt«, unterbrach ihn Schäffer. »Und es ist kein Grund, jemanden umzubringen. Was weißt du noch?«

»Ich weiß nur, dass ich ... ich selbst ...« Immer noch kämpfte Dieterle um die Beherrschung; aber aus seinen Augen flossen die ersten Tränen.

»Du selbst?«, fragte Schäffer und ließ den Jungen endlich los. Der griff sich an die schmerzende Schläfe, seine knochige Brust hob und senkte sich.

»Ich habe ...«, sagte er unter Schluchzern, »ich habe ... ich habe einen Kübel mit Mistwasser gefüllt ... da gab es einen Misthaufen ganz in der Nähe, beim Bauernhof ... und ich habe die Jauche über Toni ausgeleert ... über die Stellen, die geblutet haben ...«

»Hat dir jemand befohlen, das zu tun? Dein Vater?«

»Es ist mir ... von selbst in den Sinn gekommen ...« Sein Weinen wurde kindlicher, die Tränen tropften nun auf seinen Hemdkragen, seit Minuten hatte Grau kein Wort mehr geschrieben.

»Du wolltest wohl einfach dazugehören?«, fragte Schäffer den Jungen, nun wieder mit einer Freundlichkeit, die Grau gespielt und deshalb widerwärtig erschien. »Du wolltest mit dieser Unmenschlichkeit den anderen imponieren?«

Dieterle verstand offensichtlich das letzte Wort nicht; er schwankte leicht, stützte sich mit beiden Händen auf der Tischkante ab und wusste keine Antwort.

»Mit Verlaub, Herr Oberamtmann.« Das war die Stimme Graus, ein wenig zittrig zwar, aber deutlich genug; er hörte sie selbst mit Staunen. »Mit Verlaub, dieser Junge ist doch ein verführtes Kind, es wäre besser, die Befragung jetzt abzubrechen, ich bitte darum.«

Dieterle schien diese Einmischung gar nicht wahrzunehmen; er kämpfte darum, sich aufrecht zu halten. Aber verwundert, ja verstört blickten die Beisitzer, der Amtsdiener, die Wärter zu Grau, als ob seine Gegenwart ihnen erst jetzt auffiele. Schäffer, der immer noch bei Dieterle stand, stutzte, seine Lider begannen zu flattern, dann flog eine Röte über sein Gesicht, und er hieb mit der Faust auf den Tisch. »Was unterstehen Sie sich, Schreiber Grau! Ich habe nicht nach Ihrer Meinung gefragt! Maßen Sie sich ja nicht an, der Vormund dieses« – er deutete auf Dieterle – »dieses Individuums sein zu wollen.

Es gehört zu einer traurigen Gattung Mensch, ob schuldlos oder nicht. Uns hat es zu interessieren, bei welchen Missetaten seines Erzeugers und seines Stamms Johann Christoph Reinhardt zugegen war und zu welchen er selbst beigetragen hat.«

Ein Beisitzer, Plocher, ein korpulenter Mann mit stark vorstehenden Zähnen, applaudierte, indem er die Fingerspitzen gegeneinanderschlug. Grau wäre am liebsten im Boden versunken. Beschämt bedeckte er mit der Hand seine Augen; dass Dieterle sich mit aller Kraft am Tisch festhielt, wollte er nicht länger sehen.

Das Verhör ging weiter. Immerhin gestattete Schäffer dem Inquirierten jetzt, sich zu setzen, sogar ein Kissen ließ er herbeibringen, damit Dieterle hinter dem Tisch nicht so klein wirkte. Er bekam zu trinken; und gegen Mittag ordnete Schäffer eine halbstündige Pause an, eine längere als sonst. Dem Vernehmen nach wurde Dieterle eine Suppe vorgesetzt, die er indessen nicht anrührte. Grau blieb, wo er war, und nützte die Zeit dazu, das Protokoll dort, wo Lücken bestanden, aus dem Gedächtnis nachzuführen. Schreibend vertilgte er eine Scheibe Brot, die mit ein wenig Schmand und Radieschenscheiben belegt war. Deren Schärfe tat ihm gut, sie entsprach seinem Zustand, der zwischen Auflehnung und bitterer Ergebung schwankte.

Der Nachmittag zog sich in die Länge. Dieterles Widerstand war inzwischen so weit gebrochen, dass er auf alle Fragen eine Antwort suchte, es waren wohl auch erfundene darunter, zusammengewürfelte, und nichts war wirklich von Belang oder warf ein neues Licht auf die Geschehnisse. Schäffer jedoch schien es am wichtigsten zu sein, dass der Junge sich nicht länger verweigerte. Es war nicht zu übersehen, dass Dieterle von Zeit zu Zeit – bewusst oder unbewusst – an seine Schläfe griff. Manchmal erstarb ihm die Stimme, und er brauchte eine Erholungszeit, bis er wieder verständliche Laute über die Zunge brachte.

Dieterle wurde abgeführt, seine Holzschuhe knarrten übers Parkett. Schäffer kratzte sich unter der Perücke und trat ans Fenster. Grau, der ihm mit dem Blick folgte, sah das gegenüberliegende Gebäude in stumpfem Licht, die Fassade wirkte leer und grau, die Fensterscheiben spiegelten nichts vom Wolkenhimmel.

Man brach auf. Am Ausgang stieß Grau, den Blick auf den Boden gerichtet, beinahe mit Schäffer zusammen; um ein Haar hätte er den Folianten, den er unter den Arm geklemmt hatte, fallen lassen.

»Stets in Gedanken, der liebe Grau«, sagte Schäffer, und erstaunlicherweise klang es wie eine Neckerei.

»Verzeihung«, murmelte der Schreiber, unfähig, Schäffers Ton aufzunehmen.

Sie gingen ein paar Schritte nebeneinanderher, stiegen, nahezu im selben Takt, die Treppe hinunter. Was wird denn jetzt aus dem Jungen?, hätte Grau den Oberamtmann fragen wollen. Er zog es vor zu schweigen. Die morgendliche Zurechtweisung hatte ihm überdeutlich klargemacht, wo er seinen Platz hatte und wie eng begrenzt er war.

Da blieb Schäffer stehen, gerade bei der Eingangstür, die Grau für den Vorgesetzten öffnen wollte, und sagte halblaut, als verrate er ein Geheimnis: »Sie sollten nicht denken, Schreiber Grau, dass es mir Freude macht, ein Kind in die Enge zu treiben, ganz im Gegenteil.«

Grau, aus der Fassung gebracht, fiel keine passende Antwort ein. Mit der Hand hielt er sich an der Türklinke fest.

Indem er an Grau vorbeisah, fuhr Schäffer fort: »Es macht mir auch keine Freude, Verbrecher, von denen einer der Vater des Kindes ist, in den Tod zu schicken.« Er hüstelte, das Hüsteln ging in ein Husten über, das ihn zwang, sich von Grau abzuwenden. Dann sprach er weiter, von Hustenpausen unterbrochen: »Man möchte ja gerne menschlich sein, Schreiber Grau, man möchte verzeihen, man möchte helfen und die Fehlbaren zum Guten führen, o ja. Aber das geht nicht, und das wissen Sie auch. Die Pflicht stellt sich dazwischen, der Respekt vor dem Gesetz …« Schäffer entglitt die Stimme, er hielt nun die Hand vor den Mund, als wolle er sich daran hindern, weitere Geheimnisse auszuplaudern. Grau, der die Klinke immer stärker umklammerte, hatte den Drang wegzulaufen.

»Gerechtigkeit, mein lieber Grau«, ließ sich Schäffer wieder vernehmen, »ist oft genug eine Frage des Blickwinkels, denn absolute Gerechtigkeit gibt es auf Erden nicht. So muss uns, selbst wenn wir darunter leiden, Richtschnur sein, was der Landesherr für Recht befindet. Dies nun, ach ja, dies nun …« Schäffer brach seinen Sermon, der eher einem Selbstgespräch glich, unvermittelt ab. Er straffte sich, verwandelte sich zurück in den distanzierten Mann, den Grau kannte, er richtete seinen Blick forschend auf den Schreiber und sagte in seinem gewohnten Ton: »Es ist gut, gehen wir.« Und Grau öffnete die Tür, ließ dem Oberamtmann den Vortritt, wie es sich gehörte, roch, als er ihn beinahe streifte, den Perückenpuder, der teurer war als sein eigener.

Gemeinsam traten sie in den kühlen Maiabend hinaus. Graus Blick fiel auf den Flieder, der im kleinen Garten gegenüber blühte; die violetten Blütentrauben waren nass und verströmten deshalb nur wenig von ihrem betörenden Duft. Es regnete aber nicht mehr. Grau war froh darüber, denn er stellte fest, dass er seinen Schirm droben beim Kleiderständer vergessen hatte. Ihre Wege trennten sich. Mit einem knappen Abschiedsgruß schlug Schäffer die Richtung seines Hauses in der Brucktorstraße ein. Grau ging mit hochgeschlagenem Rockkragen über den Marktplatz zum Mühlkanal. Er achtete nicht darauf, dass ihn einige Entgegenkommende freundlich grüßten. Sein Gang war schnell und doch unsicher wie der eines Halbblinden. Was sollte er nach alldem von Schäffer halten? Am quälendsten war, dass er nicht glaubte, ihm im Gespräch je gewachsen sein zu können. Die dunklen Wolken strichen tief über die Dächer hinweg; mancher Kamin schien die gedunsenen Leiber mit ihren wehenden Schleiern beinahe zu ritzen. Man sehnte sich nach Licht in diesen Tagen, sogar das neue Laub hatte jetzt eine Farbe, als wäre Aschestaub darauf gefallen.

Wie würde es weitergehen? Die Verhöre waren abgeschlossen, die Geständnisse protokolliert. Schäffer musste in den folgenden Tagen die Anklageschrift diktieren und alles an die juristische Fakultät in Tübingen schicken, wo das Urteil gefällt und dann, durch den Landesherrn bestätigt, ans Sulzer Malefizgericht gesandt würde. So sprach man im Herzogtum Württemberg Recht bei Verbrechen gegen Leib und Leben. Bald würde Dieterle die Nachricht erhalten, dass für seinen Vater der Strick vorgesehen war, etwas anderes kam nicht in Frage.

Am selben Abend stritt sich Grau erbittert mit seiner Zimmerwirtin. Sie waren doch beide friedliebende Menschen, sagte er sich hinterher; was war nur in ihn gefahren? Dabei fing das Ganze harmlos an, die Witwe Schlosser zeigte sich erfreut darüber, dass er für einmal früh genug nach Hause kam und das Essen noch warm war. Er löffelte die Suppe am Küchentisch. Das hatten sie so vereinbart, am Salontisch wurde nur sonntags serviert. Vom Herd kam eine schöne Wärme. Die Witwe schnitt Brot für ihren Zimmerherrn, sie schöpfte Suppe nach, goss ihm das Bierglas voll, überhaupt strich sie dauernd in seiner Nähe herum und verströmte bei jeder Bewegung ihres faltenreichen Rocks den ihr eigenen Geruch.

»Sie sehen kränklich aus, Herr Grau«, sagte sie nach längerem Schweigen, das bloß durch Schlürfgeräusche und das Hin und Her ihrer Schritte unterbrochen wurde. »Sie sollten sich nicht dauernd überarbeiten.«

Grau neigte sich tief über den Teller. »Es gibt immer viel zu tun, Madame«, erwiderte er zwischen zwei Löffeln Suppe.

»Man verlangt zu viel von Ihnen«, sagte sie. »Man

darf einen Menschen doch nicht auspressen wie eine Zitrone.«

»Es ist wegen der Verhöre«, sagte Grau und schob den leeren Teller ein wenig von sich weg. »Wir sind aber bald zu Ende damit, dann können wir zum Glück aufschnaufen.« Er flocht die Hände hinter dem Nacken ineinander, dehnte sich und gähnte.

Sie schüttelte unmutig und doch mit einer Spur von Koketterie den Kopf, so dass ihre Zäpfchenlocken hin und her schwangen. »Und die ganze Arbeit bloß, weil dieses Gesindel so lange leugnet! Da wäre ich bei Gott dafür gewesen, kürzeren Prozess zu machen!«

»Wir müssen Willkür vermeiden. Es sind nicht alle gleich schuldig.«

»Ach was!« Die Witwe blies ihre Wangen auf und ließ die Luft mit einem verächtlichen Geräusch entweichen. »Dieses gottlose Zigeunerpack hat nichts anderes im Kopf, als uns zu bestehlen und zu betrügen. Und wenn man sich wehren will, wird man totgeschlagen. So ist es doch, oder nicht?«

»Keineswegs«, sagte Grau verärgert. »Wollt Ihr Mundraub und Totschlag auf die gleiche Stufe stellen? Auch wer aus Not gegen das Bettelverbot verstößt, ist deswegen nicht gleich ein Schwerverbrecher.«

Sie räumte resolut das Geschirr weg und begann

am Schüttstein, in seinem Rücken, geräuschvoll zu hantieren. »Wenn einer von denen auf dem Markt auftaucht, mache ich einen weiten Bogen um ihn, selbst wenn er das schönste Porzellan feilbietet. Und dazu haben sie immer noch ihre Bälger dabei.« Ihr Ton war um ein paar Grade schriller geworden. »Man erkennt sie ja sogleich. Nie ließe ich einen über meine Schwelle!«

Grau drehte sich auf dem wackligen Stuhl um, der seit Jahren als seiner gelten konnte; in seiner Stimme war ein unmerkliches Beben. »Und die Kinder? Was können sie dafür, dass sie in solche Verhältnisse hineingeboren wurden?«

Sie warf das Geschirr herum, als wolle sie es mutwillig zerbrechen. »Kein falsches Mitleid!, sage ich. Und hört Euch bloß ein wenig in der Nachbarschaft um. Das sage nicht nur ich, das sagen alle. Die Zigeunerbrut ist doch schon von Anfang grundverdorben, genauso wie die Judenbrut, aber auf andere Weise.« Sie ließ ein hartes Lachen hören. »Wollt Ihr die Zigeunerkinder etwa zu braven Menschen machen? Das vergesst lieber gleich, Ihr seid doch ein allzu gutgläubiger Mann. Euch fehlt jemand, der Euch die Augen öffnet fürs wirkliche Leben!«

»Was soll denn mit all den Zigeunern geschehen? Was schlagt Ihr vor?«

Sie wandte sich Grau wieder zu und wedelte mit dem Geschirrtuch, als könne sie damit alle Gegenargumente verscheuchen. »Weg mit ihnen! Weg und über die Grenze! Aus den Augen, aus dem Sinn, sage ich.«

»Wie dumm!« Nun konnte Grau nicht mehr an sich halten. Er war aufgesprungen und hatte dabei den Stuhl umgeworfen. »Über die Grenze! Etwas anderes fällt dem gesunden Menschenverstand nicht ein! Auch nicht, dass die Abgeschobenen schon in der nächsten Woche zurückgeschoben werden.« Und er wiederholte, etwas leiser: »Wie dumm, wie entsetzlich dumm!«

Die Witwe Schlosser starrte ihn an. Plötzlich verzog sich ihr Mund, ihre Augen wurden feucht. »Ach, so ist das also. Der Herr Schreiber hält mich für dumm.« Sie wischte sich mit dem Geschirrtuch übers Gesicht, dämpfte so ihre Stimme. »Der Herr Schreiber hat ja keine Ahnung, was diese dumme Person alles für ihn tut. Dass sie ihn, zum Beispiel, bei den Nachbarn in Schutz nimmt. Die halten ihn nämlich für einen hochnäsigen Mucker, der sie auf der Straße nicht einmal grüßt.«

Dieser Ausbruch überraschte Grau noch mehr als ihr Zigeunerhass. »Jetzt beruhigen Sie sich doch. Ich habe es nicht so gemeint. Ich bin Ihnen außerordentlich dankbar für alle Ihre Dienste und ...«

»Das sagt sich so leicht daher«, fiel sie ihm ins Wort. Sie warf das Geschirrtuch über ihre Schulter und zwang sich zu einem Lächeln. »Man könnte die Dankbarkeit ja ganz anders bezeugen.«

Grau ahnte, worauf sie zielte. Seit einiger Zeit verstieg sie sich hin und wieder zu Andeutungen, aus denen er offensichtlich ihre Bereitschaft zu einer näheren Verbindung lesen sollte. Es war noch nicht lange her, da hatte ihn ein älterer Nachbar, den er sonst zu übersehen pflegte, darauf angesprochen. Eine Eheschließung wäre doch, hatte er gesagt, in ihrer beider Situation das Naheliegende; das würde auch, fügte er mit einem Zwinkern hinzu, auf einen Schlag alle umlaufenden Gerüchte beseitigen. Grau hatte versucht, höflich zu bleiben, er hatte etwas Ausweichendes gemurmelt und den Mann stehen lassen. O Gott, das Letzte, was er wollte, war eine Heirat mit seiner Zimmerwirtin. Überhaupt konnte er sich nicht vorstellen, eine neue Ehe – mit wem auch immer – einzugehen. Noch einmal alles von vorn, die Geburten, die Fiebernächte womöglich, der todtraurige Abschied? Nein, nein! Auch wenn die Witwe Schlosser schon zu alt war für eigene Kinder, so würde er die hitzige Nähe unter derselben Decke nicht mehr ertragen. Er war keineswegs frei von gelegentlichem Begehren, doch die korpulente Wirtin löste keine solchen Regungen in ihm aus, nicht einmal, wenn sie ihm, unter dem Vorwand der Häuslichkeit, ein kühnes Dekolleté zeigte.

Sie schauten einander an. Einen einzigen Schritt hatte die Witwe auf ihn zugemacht, die rotgeschwollenen Hände hatte sie halb erhoben, als greife sie nach etwas Unsichtbarem. Grau ließ eine Anstandspause verstreichen, dann stemmte er sich vom Stuhl hoch. »Ich bitte Sie, mich jetzt zu entschuldigen.« Sie nickte stumm, drückte sich sogar an die Wand, damit er an ihr vorbeikam, ohne sie zu streifen. Auf ihrem Gesicht lag plötzlich eine Trauer, die er wohl bemerkte, aber nicht verstehen wollte. Er nahm sich vor, das Kostgeld für die Witwe Schlosser um ein paar Kreuzer zu erhöhen; er hatte keine andere Möglichkeit, sich vom Dank, den sie forderte, loszukaufen.

Sich ins eigene Zimmer zurückzuziehen war bisweilen eine Erlösung, genauso, wie es andere Male einer Selbstbestrafung nahekam. Und vielleicht war es heute sogar beides. Er ließ sich rücklings aufs Bett fallen, er zog, noch in den Kleidern, die Decke über sich. Was der Tag ihm zugemutet hatte, war zu viel gewesen. Wie gerne hätte er sich jetzt in den Schlaf geflüchtet. Aber es war, sogar bei geschlossenen Fensterläden, noch zu hell, er hörte Kinderstimmen draußen, Amselgesang. In betäubendem Durcheinander dachte er an Schäffer, an Dieterle, an die Witwe Schlosser, dann auch an Sophie, seine Cousine Klara. Ihm kam es vor, als zerrten und rissen sie an seinen Gliedern; so musste es auf der Streckbank sein. Um sich abzulenken, suchte er nach einem Reim für diesen Tag. *Hannikel Tunichtgut,* fiel ihm ein, *Schäffer blasses Blut, auf der Hut vor Judenbrut.* Es war lächerlich und sinnlos, aber er kritzelte die Worte auf einen Zettel, versteckte ihn dann bei den anderen im Umschlag. Niemand durfte dieses kindische Zeug je lesen, niemand!

Später, gegen zehn Uhr, klopfte die Zimmerwirtin an die Tür und fragte, ob der Waschkrug noch gefüllt sei. Grau antwortete nicht.

15

Stuttgart, Schloss Hohenheim, 12. Juli 1787

Es ging gegen Abend. Vor einer halben Stunde war der Herzog, aus der Stadt kommend, in Hohenheim eingetroffen und hatte gleich sein Arbeitszimmer in der Meierei aufgesucht, die er vorläufig noch mit Franziska bewohnte, bis das Gebäude dem geplanten Neubau weichen würde. Er hatte die Dienerschar weggeschickt, er wollte allein sein. Nun stand er am halboffenen Fenster und blickte hinaus in den Garten, den er nach Franziskas Wünschen hatte anlegen lassen. Mit kleinen Bächen, die allerdings in der Julihitze beinahe versiegt waren, mit schmalen Wegen, die sich durchs Gras schlängelten, wo er doch das Gerade liebte, die Geometrie. Ein ganzes Dorf, ein Dörfle, sollte noch entstehen, alles bunt gemischt zwischen nachgebauten römischen Ruinen und dekorierten Heuwagen. Mit einer Köhlerhütte, einem Rathäuschen, einer Wirtschaft *en miniature*, da konnte man später die Karlsschüler, als Bauern verkleidet, zu seinem Geburtstag antreten lassen.

Auch das fand sie allerliebst, seine Franziska, sein Franzele. Er tat alles für sie, fast alles; und trotzdem war sie so oft auf ihre insistierend schmollende Weise unzufrieden mit ihm. Es würde auch an diesem Abend nicht anders sein.

Der Herzog schwitzte, die hereinströmende Luft, von der er sich Kühlung versprochen hatte, heizte den Raum nur noch stärker auf. Er zog seinen viel zu schweren Rock aus, der unter den Achseln durchnässt war, und warf ihn auf das Parkett. Weshalb, zum Teufel, brachten es die Schneider nicht zustande, für den Sommer leichtere Stoffe zu verwenden? Es liege daran, hatte der Kammerherr behauptet, dass leichte Stoffe zu stark knittern würden, sie ließen keinen Schnitt zu, welcher der Statur und dem Rang des Herzogs gerecht würde. Eine Biene prallte mehrmals gegen die Fensterscheibe, taumelte im Sinkflug zu Boden; gewiss hätte Franziska sie zu retten versucht. Ach, Franzele! Sie hatte ihn gebeten, sie über den Prozess gegen die Hannikelbande auf dem Laufenden zu halten. Sie glaubte unentwegt an die Verbesserung des Menschengeschlechts und erwartete vom Herzog, dass er nichts unversucht lasse, um räuberische Individuen, sogar die allerschlimmsten, auf den Weg der Tugend zu bringen. Und nun sah er sich erneut gezwungen, ihr klarzumachen, dass die Staatsräson in solchen Fällen Milde nicht gestattete. Die Ergreifung der Bande und ihre Überführung nach Sulz hatte in ganz Europa Aufsehen erregt; die Verhöre hatten Schreckliches zutage gebracht. Weit herum würde es als Schwäche des Staates und also auch als die des Landesherrn ausgelegt, die Mörder eines württembergischen Grenadiers nicht mit dem Tode zu bestrafen. Bühler hatte ihm heute das Gutachten der Tübinger Fakultät überbracht, das dem endgültigen Urteil gleichkam. Es war aufgrund der Anklageschrift des Oberamtmanns und der Reprobation des bestellten Verteidigers zustande gekommen, und es plädierte auf Hinrichtung durch den Strang in vier Fällen, auf Festungshaft und längere Zuchthausstrafen in allen anderen. Der Herzog hatte das Recht, die Urteile zu mildern, sogar Begnadigungen auszusprechen; in den meisten Fällen bestätigte er, was die Tübinger Juristen beschlossen hatten.

Er trat zum Schreibtisch, der die Mitte des Raums einnahm, und ging unschlüssig um ihn herum. Es war die Arbeit eines Pariser Ebenisten, mit schwarz lackierter Schublade und vergoldeten Löwenkopfgriffen. Die Mäuler schienen ihn, je nach Blickwinkel, hämisch anzugrinsen oder anzufauchen. Er wusste, warum: Auf der Tischplatte lag das Dokument, das er unterschreiben musste, und noch hatte er es nicht getan. Bei Todesurteilen hatte er in seiner vierzigjährigen Regierungszeit immer wieder gezögert, als despotischer junger Fürst, der mit Versailles wetteiferte, ebenso wie jetzt als alternder Mann, der glaubte, sich unter Franziskas Einfluss geläutert zu haben. Tausende von jungen Männern hatte er in den Militärdienst pressen lassen, sie an Preußen oder Frankreich und jetzt sogar an die Niederlande verkauft, um seinen Lebenswandel zu finanzieren. Er hatte seine Kritiker – allen voran den Landschaftskonsulenten Moser und den Dichter Schubart – gefangengesetzt und an den Rand des Todes getrieben. Auch Schiller hätte er in seinem Zorn einsperren lassen, wäre dem unbotmäßigen Schreiberling nicht die Flucht gelungen. Das war alles übel und unchristlich, wie ihm Franziska klargemacht hatte. Eine weit üblere Empfindung indessen verursachte ihm das Papier, das auf dem Schreibtisch lag. Es war klar, dass er unterschreiben würde, doch er schob es hinaus.

Räuber und Mörder waren verachtenswert, menschliches Ungeziefer; man musste sie beseitigen. Und doch. Und doch. Wie viele waren im Lauf der Jahre gehenkt und geköpft worden mit seinem Einverständnis! Er konnte sich sagen, das Rädern habe er immer erst nach erfolgtem Tod bewilligt, er konnte sich sagen, gerade diebische Weiber aus der Sippe der Zigeuner habe er etliche Male begnadigt.

Und doch standen ihm manchmal, wenn er schlecht schlief, verzerrte und blau angelaufene Gesichter vor Augen; es waren immer Einzelne, nicht Kompanien, die im Kampf zu Tode kamen. Wieder umkreiste er den Schreibtisch, als hielten die Löwenköpfe ihn auf Abstand. Er fürchtete sich davor, dass seine Gedanken zurückwandern würden ins Jahr 1738, und er wusste, dass ihn bei solchen Gelegenheiten nichts davor behütete, den Käfig, in dem der Tote hing, vor sich zu sehen und ihn zu riechen wie damals. An den plötzlichen Tod seines Vaters, Karl Alexander, erinnerte er sich kaum; er hatte ihn nur selten gesehen. Er wusste auch nicht mehr, wie es für das Kind gewesen war, nun als Thronfolger zu gelten und trotzdem bis zu seiner Mündigkeit dem Regenten, seinem vertrockneten Onkel und Vormund Karl Rudolf, gehorchen zu müssen. Unselig eingeprägt hatte sich aber die Geschichte mit Joseph Süß Oppenheimer, dem schier allmächtigen Finanzrat des Vaters, dem Geldeintreiber, den man in ganz Württemberg wie keinen zweiten gehasst hatte. Seine Widersacher hatten ihn nach dem Tod des Herzogs sogleich verhaftet, er wurde, ohne dass klare Beweise gegen ihn vorlagen, gehängt und, zur Warnung aller, die das Land betrügen wollten, jahrelang im rotgestrichenen eisernen Käfig gelassen, der eigens für seine Hinrichtung gebaut worden war. Dies alles – und den ganzen Aufruhr rund um den Schauprozess – hatte der Junge nur von ferne mitbekommen. Doch eines Tages fand Karl Eugens strenger Erzieher, der Hofmeister Monleon, ein künftiger Landesherr müsse sehen, wie der Fürstenstaat Hoffart und räuberische Anmaßung eines aus dem Ghetto aufgestiegenen Juden bestrafe. In einer vierspännigen Kutsche – es mochte zwei, drei Monate nach der Hinrichtung sein – fuhr er mit Karl Eugen zum Stuttgarter Galgenberg oberhalb der Tunzenhofer Steige. Er forderte den Jungen auf, das Gerüst, das von zwei Soldaten bewacht wurde, aus der Nähe zu besichtigen. Der Käfig hing hoch über dem Boden an einem Querbalken und schwankte leicht im Wind. Drin war zusammengeschrumpftes schwärzliches Fleisch zu erkennen, das an verschlissenem Tuch haftete, Mumienhände ragten heraus, ein Kopf, der keiner mehr war, und manchmal wehte der Wind einen so abscheulichen Aasgestank herbei, dass der Junge, der doch schon tote Tiere gerochen hatte, beinahe ohnmächtig wurde. Ein paar Krähen flogen um den Käfig herum; von Zeit zu Zeit schwoll ihr Krächzen ohrenbetäubend an. In den ersten Wochen, sagte Monleon, seien es Hunderte von Vögeln gewesen, die versucht hätten, in den Käfig hineinzugelangen, ganze Schwärme, die den Himmel verdunkelten. Damals seien auch immer noch viele Zuschauer herbeigeströmt, um den Toten zu sehen und sich zu vergewissern, dass der Gerechtigkeit Genüge getan sei. Jetzt, im Zustand der fortgeschrittenen Verwesung, sei der Leichnam für Aasfresser und Menschen weniger interessant. Noch näher zum Käfig sollte Karl Eugen treten, doch er rang um Luft, er wollte nicht. Monleon stieß ihn unsanft vorwärts. Da nahm der Junge alle Kraft zusammen, drehte sich um und rannte, unter den mahnenden Zurufen des Erziehers, zur Kutsche zurück. Er flüchtete sich ins stickige Innere, er drückte die Nase ans Sitzpolster, um etwas anderes zu riechen. Doch auf der ganzen Rückfahrt, während Monleon ihm einen Vortrag über die Untaten des Jud Süß hielt, hatte Karl Eugen den Gestank in der Nase, und noch am nächsten Tag schien ihm, er habe alles durchdrungen und lasse sich nicht vom eigenen Körper abwaschen, so stark man auch schrubben mochte. Noch Wochen später schnupperte er manchmal verstohlen an seiner Hand und erkannte hinter allen Wohlgerüchen den ganz anderen, jenen der Totenfäulnis. Seither verfolgte ihn das Bild des eisernen Käfigs. In Potsdam, am Hofe Friedrichs ii., wo er Page war, begann es zu verblassen. Aber als der Kaiser seine vorzeitige Mündigkeit bewilligt hatte und Karl Eugen mit sechzehn in Stuttgart triumphalen Einzug hielt, war eine seiner ersten Amtshandlungen, den

Käfig entfernen und den mumifizierten Leichnam verscharren zu lassen. Sein Leben lang gab er darauf acht, sich nicht, wie sein Vater, von Juden, gar von einem Hofjuden abhängig zu machen, obwohl man andererseits ohne die Wucherer nicht auskam. Den Juden war nicht zu trauen, dabei blieb er. Dieser Hannikel – unwillkürlich sprangen seine Gedanken weiter – hatte sich doch, dem Vernehmen nach, darauf hinausgeredet, mit der Beraubung reicher Juden ein gutes Werk getan zu haben. Beinahe musste der Herzog lachen; der Kerl hatte ja nicht unrecht. Doch solange die Juden die von einem christlichen Staat gesetzten Schranken nicht missachteten und alle Abgaben entrichteten, standen auch sie als Untertanen unter herzoglichem Schutz. Und hier ging es um den Mord an einem seiner Soldaten. Das musste gesühnt werden. Und wenn der Käfig in seinen Träumen wiederkehrte, dann sei's drum.

Trotzig fast griff der Herzog, ohne sich zu setzen, nach der Feder, die schon bereitlag. Er tunkte sie ins Tintenfass, und nachdem er das Urteil noch einmal flüchtig durchgelesen hatte, setzte er seinen Namen darunter, krakelige Buchstaben, die er sich schwungvoller und größer gewünscht hätte. Dann schellte er nach dem Kammerherrn; er trug ihm auf, das Dokument zu versiegeln und es dem Regierungsrat zu überbringen, der die pünktliche Weiterleitung nach Sulz veranlassen würde.

Dies alles, so dachte der Herzog, waren Vorbereitungshandlungen. Denn jetzt musste es sein, er musste es Franziska sagen, er musste bei ihr die Beichte ablegen. Im bloßen Hemd, das er über der Brust weit geöffnet hatte, ging er zu ihr in den unteren Stock, scheuchte auf der Treppe zwei Diener weg, die nach seinen Wünschen fragen wollten. Die Hohenheimer Meierei war, im Gegensatz zu den endlosen Fluchten der Solitude, klein und übersichtlich; nur wenige Schritte, und er klopfte an die Tür zu Franziskas Kabinett. Um diese Zeit war auch sie gewöhnlich allein, und da keine Zofe öffnete, drückte er die Klinke nieder und betrat mit gemischten Gefühlen ihr – wie hatte er es doch im Scherz genannt? – Territorium. Wie jedes Mal nahm er als Erstes die Wandbespannung aus leichter Seide wahr; auf gelbem Grund waren bunte asiatische Vögel und exotische Blumen eingestickt. Das verwirrte das Auge. Franziskas Begeisterung für Chinoiserien teilte er immer noch nicht, und auch ihre Vorliebe für Gelbes – für alles Sonnige, wie sie sagte – entsprach nicht seinem Geschmack, der eher dem Schweren, dem Karminroten zuneigte. Man durfte ihr aber die Befremdung nicht zu sehr zeigen, sonst glitt über ihr Gesicht diese Verletztheit, die ihn verstören konnte wie kaum etwas anderes. Das Zweite, was er sah, war der Salontisch, auf dem etliche Bücher lagen, fromme meist, natürlich eine aufgeschlagene Bibel; er sammelte ja seit einigen Jahren alte Bibeln. Ab und zu hatte er, der Katholik, ihr, der Protestantin, ein kostbares Exemplar geschenkt. Das war das unverfänglichste religiöse Gelände zwischen ihnen.

Er schaute sich um. Sie war im anschließenden Boudoir, er hatte es geahnt. Der Vorhang, gelb natürlich, senfgelb, war nur halb gezogen, nach einem kleinen Zögern überschritt er auch diese Grenze. Da saß sie am Toilettentisch vor einer Unmenge von Töpfchen und Dosen und lächelte ihn aus dem Spiegel an. Sie trug über dem Mieder ein crèmefarbenes, fließendes Gewand, das ihr, so wie er's mochte, ein römisches Aussehen gab, sie hatte es unterhalb der Brust nur durch ein paar Bänder gerafft. Frisiert war sie schon; ihre dunkelbraunen Locken wellten sich über Schläfen und Ohren bis zum Hals.

»Du machst dich schön für mich«, sagte der Herzog und legte ihr seine Hände, die ihm in solchen Momenten stets tapsig vorkamen, auf die Schulter. »Brav, sehr brav!«

Ihr Lächeln verstärkte sich, und sie legte, ohne sich umzudrehen, ihre zarten und wohlmanikürten

Hände auf seine, als bedeute sie ihm, er solle sie lange dort lassen. »Gewiss«, sagte sie, »wir wollen doch zusammen dinieren.«

Es war ein kostbarer Moment, der schönste des Tages; nie hätte er sich zu einer Zeit, da er vier, fünf Mätressen zugleich aushielt, träumen lassen, dass er sich eines Tages damit begnügen würde, durchs Negligé hindurch die Wärme eines Frauenkörpers zu spüren, ohne dem Begehren stracks nachgeben zu müssen. Dem Anblick aber, den sie zu zweit, als Paar, im Spiegel abgaben, konnte er nicht ausweichen. Und obwohl er wusste, dass es so war, und zudem das seitlich einfallende Abendlicht ihnen schmeichelte, erschrak er doch wieder darüber, wie sehr Wunschbild, Erinnerung und Wirklichkeit auseinanderklafften. Da stand er, Karl Eugen, Herzog von Württemberg. Ein behäbiges, rotwangiges Bauerngesicht. Schütteres Haar. Fleischige Lippen, Runzeln, Tränensäcke, ein Wanst, den das Hemd nur notdürftig tarnte. Ein verlebter Mann, alt schon, alles andere als ein Beau, nicht einmal würdevoll, sobald die Insignien des Amtes wegfielen. Und sie, sein Franzele, zwar zwei Jahrzehnte jünger als er, aber nun doch mit Spuren des Alters, die weder Schminke noch Puder ganz übertünchen konnten, Doppelkinn, schlaffe Haut an Wangen und Hals. Ach, wie hasste er den Lauf der Zeit, die solche Verwüstungen anrichtete! Franziska von Leutrum, gegen ihren Willen verheiratet mit einem grämlichen Kammerherrn, war eine junge Frau gewesen, als er sie in einem Schwarzwälder Kurort kennengelernt hatte. Eine ungewöhnliche Erscheinung, nichts Höfisch-Zeremonielles war an ihr, ohne jede Devotheit hatte sie sich mit dem gefürchteten Landesherrn, dem fürstlichen Lebemann, unterhalten. Was an ihr strahlte, waren ihre Augen, ihre Klugheit, und nicht die herausgeputzte Schönheit all der Sängerinnen, die eine nach der anderen in seinem Bett gelegen hatten. Er staunte über sich selbst, als er sich in diese Frau verliebte und beharrlich um sie warb. Drei Jahre dauerte es, bis sie, nach ihrer Scheidung, seine Mätresse wurde, dreizehn weitere, bis sie heiraten konnten. Zuvor hatte Karl Eugens offizielle Gemahlin das Zeitliche gesegnet, und zahllose kirchen- und landesrechtliche Schwierigkeiten waren zu überwinden gewesen. An die Trauung durch den Hofkaplan, die endlich Franziskas letzte Gewissensbisse beseitigt hatte, dachte der Herzog oft mit stiller Freude zurück; das gegenseitige Jawort war ihm vorgekommen wie ein Triumph über alle Kleingeister und Neider.

Er hätte gern verschleiert, was er im Spiegel sah, noch lieber hätte er an einen Jungbrunnen für sie beide geglaubt, und trotzdem war er gerührt davon, dass aus ihnen genau das Paar geworden war, das der Spiegel ihm zeigte. Eigentlich war es fast ein Wunder, dass die lange Zeit ihres gemeinsamen Lebens sie nicht auseinandergebracht hatte. Er wusste selbst, dass er unter Franziskas Einfluss ein anderer geworden war. Sie – deshalb wurde sie im Land geliebt – hatte sein cholerisches Temperament gemildert, sein Interesse an der Bildung geweckt, seine Versöhnung mit den aufsässigen Landständen befördert. Er fresse der Protestantin aus der Hand, sagten Franziskas Feinde, die immer noch hofften, der Herzog werde das Land Württemberg rekatholisieren. Das stimmte gar nicht, und deshalb war es ihm egal. Die glanzvolle Repräsentation, ohne die ein Fürst kein Fürst war, hatte sie ihm ohnehin nicht ganz austreiben können, und Herr über Recht und Ordnung war immer noch er, da hatte, wie sie wusste, seine Nachgiebigkeit klare Grenzen. Auch um ihr dies erneut zu sagen und notfalls zu begründen, war er hier.

Jetzt, nach einem Schweigen, das beide deuten mochten, wie sie wollten, drehte sie sich zu ihm um. »Du hast geschwitzt«, sagte sie mit mildem Vorwurf. Er nickte und schaute auf die feuchten Haare, die sich in seinem Hemdausschnitt kräuselten. Er wusste, dass sie starken Schweiß nicht mochte und überhaupt das »Animalische« an ihm sie manchmal zurückweichen ließ. Aber er hatte unter dem Druck des bevorstehenden Gesprächs vergessen, warmes Wasser und ein neues Hemd herbeizuordern.

»Ich hatte es eben eilig, zu dir zu kommen«, sagte er nach einem Räuspern. »Vor dem Diner nehme ich noch ein Bad, versprochen.«

Sie legte den Kopf auf ihre anmutige Weise ein wenig schief. »Das ist lieb von dir.«

Das Räuspern kam von selbst, er konnte es nicht unterdrücken. »Hör mir zu, mein Schatz, und sei mir nicht böse. Ich muss dir eine unangenehme Mitteilung machen.«

Sie straffte sich auf ihrem geblümten Stuhl; ihre hochgewölbten Augenbrauen zogen sich zusammen. »Nun?«

»Die Sache mit diesem Hannikel. Sie ist entschieden. Die vier schlimmsten Halunken werden hängen.« Es war heraus, aber viel derber und kürzer, als er beabsichtigt hatte.

Und schon wurden, wie er befürchtet hatte, ihre Augen feucht. »Du musst sie begnadigen, mein Lieber, das ist deine christliche Pflicht.«

Er wich ihrem Blick aus und sah sich im Spiegel den bäurischen Kopf schütteln. »Unmöglich, Franzele. Ich täte es gern, aber das Volk würde es nicht verstehen.« Er setzte an zu einem Vortrag über Recht und Ordnung und die Greuel, die vom Zigeunergesindel begangen worden waren und in den Au-

gen des einfachen Volkes durch die Todesstrafe gesühnt werden mussten.

Doch sie unterbrach ihn nach wenigen Sätzen,
dazu brauchte sie nur ein wenig ihre Stimme zu er-
heben. »Das Volk möchte doch einen gütigen Vater
über sich wissen. Willst du ein solcher Vater sein
oder nicht?«

»Ich bin es«, erwiderte er und reckte trotzig das
Kinn. »Aber auch der gütigste Vater muss zur rechten Zeit die richtige Strafe aussprechen.«

»Kein Vater tötet seine Kinder.« Sie stutzte, schaute
ihn forschend an. »Hast du schon unterschrieben?«

Er unterdrückte den Drang, sich am Nacken zu
kratzen, wo ihn am Vorabend eine Mücke gestochen
hatte; er wusste, dass sein Schweigen ihn verriet.

Sie wischte – allzu theatralisch, wie ihm nun doch
schien – mit dem Handrücken eine Träne aus dem
Augenwinkel. »Es ist schrecklich. Dann werden wieder Tausende herbeiströmen und sich daran weiden, wie vier Übeltäter sterben.«

In seine Verlegenheit mischte sich Ärger. Er
brauchte Luft, es trieb ihn zum Fenster, das er heftig aufriss. Er atmete in tiefen Zügen. »Wie und vor
welcher Kulisse die Hinrichtung sich abspielt, ist
Sache des Oberamts, da mische ich mich nicht ein.«

»Geistlicher Beistand wird ihnen doch gewiss gewährt.«

»Natürlich. Es ist bloß etwas kompliziert, weil Hannikel und die Seinen katholisch sind und alles Evangelische kategorisch ablehnen.«

»Auch über solche Dinge entscheidet dieser Schäffer, nicht wahr? Man lobt ihn zurzeit überall. Keinen besseren Räuberfänger gebe es im ganzen Reich. Ist er aber nicht etwas gar zu fanatisch?«

Der Wind strich über sein heißes Gesicht, das tat ihm gut. Schäffer zu erwähnen war ein weiterer kleiner Stich. Fanatisch war der Mann nicht unbedingt, aber er drängte sich zu sehr in den Vordergrund. Man konnte geradezu eifersüchtig auf den Ruhm sein, den seine Fahndungserfolge ihm einbrachten. Das durfte indessen nicht einmal Franziska merken.

»Der Mann ist tüchtig«, sagte er. »Ich habe ihn belobigt. Letztlich tut er einfach seine Pflicht.«

»Du willst ihn doch nicht etwa zum Geheimrat machen?«, sagte sie in seinem Rücken. Sie hatte jenen insistierenden Tonfall angenommen, aus dem bisweilen etwas Nörglerisches herausklang, das sie dann mit einem halbherzigen Scherz zu überspielen versuchte. »Ein solcher Mann würde, glaube ich, in seinem Eifer am liebsten halb Württemberg verhaften.«

Er fuhr herum. »Geheimrat? Keine Rede davon. Er bleibt, wo er ist. Dort nützt er mir am meisten.« Schon wieder redete Franziska, obwohl er sich's oft genug verbeten hatte, in seine Angelegenheiten hinein. Und wiese er sie zurecht, würde sie sagen, dass sie nichts anderes tue, als den Ehemann an das christliche Fundament seines Handelns zu erinnern. So ließ er die Zurechtweisung bleiben, und Franziska drang weiter auf ihn ein.

»Sag mir, mein Lieber, was geschieht mit den Frauen, den Kindern, die zu Hannikels Sippe gehören?«

»Sie kommen nach Ludwigsburg, ins Zucht- und Waisenhaus, wo, wie du weißt, streng auf eine christliche Erziehung geachtet wird.« Flüchtig erinnerte er sich an den Besuch im Waisenhaus vor einem knappen Jahr. Schlecht gerochen hatte es dort, aber die Zöglinge wurden gut gehalten. Keiner musste hungern, und hart zu arbeiten lernten sie auch.

Franziska war aufgestanden. Sie ging, nein, sie glitt auf ihre lautlose Weise zu ihm, feenhaft war dies, hatte er manchmal gedacht, und doch sehr irdisch. Sie schlang ihre Arme um ihn, legte den Kopf an seine Schulter. »Wir wollen hoffen und beten, dass diese Leute dort zu besseren Menschen werden. Besonders um die Kinder ist es mir zu tun.« In ihrer Umarmung schmolz sein aufkeimender Ärger. Von Anfang an hatte sie diese Wirkung auf ihn ausgeübt, er floh vor ihr und suchte sie wieder.

»Gewiss, von den Kindern«, sagte er Franziska

ins Ohr, »hängt die Zukunft des Landes ab. Von den Kindern aller Stände. Wie sollte ich mein Augenmerk nicht auf sie richten?«

Sie mochte es, wenn er sich in solchen Sentenzen ausdrückte, und ihm gefiel es, wenn ihre Augen bewundernd aufleuchteten. Aber das waren nicht nur Worte; an den dreihundert Zöglingen, die an seiner Akademie zu Württembergs Elite herangebildet wurden, vertrat er die Vaterstelle, und sie dankten es ihm mit Gehorsam und ausgezeichneten Leistungen. Dafür bewunderten ihn die Gebildeten Europas doch weit mehr als diesen Schäffer für seine Räuberfängerei. Eheliche Kinder – außer dem frühverstorbenen Töchterchen – waren ihm leider versagt geblieben. Er dachte an die außerehelichen Söhne, Früchte der vielen Liebschaften in der Zeit vor Franziska; über siebzig hatte er anerkannt. Einigen von ihnen hatte er eine Ausbildung ermöglicht, zu einer Stelle oder einer gutdotierten Ehe verholfen. Aber zu Bastarden darf der Herzog keine nahe Beziehung unterhalten; keinen seiner Söhne hatte er aufwachsen sehen. Und die Schar von unehelichen Sprossen – die Mädchen noch dazugerechnet – war naturgemäß ein Stein des Anstoßes zwischen ihm und Franziska. Auch heute wich er diesem Thema lieber aus. Stattdessen beschrieb er wortreich, wie umfassend er das Waisenhauswesen im Herzogtum ausbauen wolle; zugleich wusste er genau, dass er das Geld dafür nicht hatte.

Sie hörte ihm zu, er steigerte sich in einen Enthusiasmus hinein, mit dem er sie noch immer mitzureißen verstand. So lenkte er sie von Hannikel und den Seinen ab, und er selbst schob damit das Bild des eisernen Käfigs, in dem das Entsetzen lauerte, weit von sich weg.

Das Entsetzen kehrte in der Nacht wieder, als sie, nach einer ausgiebigen Mahlzeit in kleiner höfischer Gesellschaft, beieinanderlagen. Er hatte Franziskas Nähe gesucht, sie hatte ihn nicht abgewiesen. Wenn er viel Wein getrunken hatte, roch er aus dem Mund, deshalb traute er sich nicht, sie zu küssen, auch diese Rücksichtnahme hatte sie ihm abverlangt. Es war aber doch, bei zurückgeschlagener Decke, die Berührung von Haut mit Haut, und da spielte es weiß Gott keine Rolle, ob sie welk war oder jung und straff, auf Wärme und Nähe kam es an, so viel hatte ihm das Leben immerhin beigebracht. Ihre Fingerspitzen an seinem Rücken, seine Hände an ihren Hüften. So war es gut, so kam der Schlaf. Es war ihm manchmal ein Trost, dass er mit großer Wahrscheinlichkeit vor Franziska sterben würde; sie zu verlieren, würde er nicht ertragen. Zugleich erfüllte ihn diese Aussicht zuweilen – doch nie lange – mit Groll.

Er galt den Jahren, die sie noch vor sich hatte und er nicht.

Weit sank er hinunter, zuckte zusammen, sank weiter. Man brachte ihm feierlich ein verschnürtes Bündel aus Tierhäuten, es wurde ihm überreicht von den Vertretern der Landstände, die ihn höhnisch ansahen. Ungeschickt fingerte er an den Knoten herum. Jemand wollte ihm helfen, eine Dame mit hoch aufgetürmtem Haar, es war seine Mutter Maria Augusta, jünger, als er sie je gekannt hatte, und hinter ihr stand Monleon, der Hauslehrer, und lachte ihn aus. Kaum hatte die Mutter die Schnüre berührt, fiel das Bündel auseinander, zum Vorschein kam eine Leiche, bläulich geschrumpft, mit blicklos starrenden Augen. Er warf sich herum, er schlug um sich, und es dauerte ein paar Sekunden, bis er begriff, dass Franziska im Nachthemd an seiner Seite saß und ihn mit Trostworten und Berührungen zu beruhigen versuchte. Da war auch schon die Kammerfrau mit brennender Kerze und einem Krug Wasser hereingekommen; bei ähnlichen Gelegenheiten hatte er nach Wasser verlangt. Er trank gierig. Das Kerzenlicht ertrug er nicht, er kniff die Augen zu, er wollte nach der Kerze schlagen.

Franziska hielt seinen Arm fest. »Du hast so laut geschrien«, sagte sie, nachdem die Kammerfrau gegangen war. »Es hat mir richtig ins Herz geschnitten. Was ist das nur? Fast jede Nacht träumst du schlecht.«

Er griff sich an die schweißnasse Stirn. »Schon gut«, murmelte er. »Die Mutter. Es war die Mutter.«

»Sie liegt seit dreißig Jahren im Grab. Sie soll dich in Ruhe lassen.«

»Ich habe sie vom Hof verbannt. Das zahlt sie mir immer noch heim.«

»Sie war streitsüchtig. Sie hat dich gedemütigt. Du musstest handeln.«

Der Herzog betastete seine Brust, unter der das Herz immer noch viel zu schnell schlug. »Aus meinen Träumen kann ich sie nicht verbannen.« Er merkte zu seiner Beschämung, dass über seine Wangen Tränen flossen.

Sie wischte sie ihm mit dem Kissenzipfel weg. »Papele, mein armer Papele.« Schon lange hatte sie ihm diesen Kosenamen nicht mehr gegönnt; nun, da sie ihn so zärtlich aussprach, wurde seine Rührung noch größer. Sollte er ihr den ganzen Traum erzählen? Es ging nicht.

»Schlaf jetzt wieder.« Wenig fehlte, und Franziska hätte ein Schlaflied gesummt. Ihre Hände waren kühler als seine Stirn. Im schwachen Mondlicht, das durchs Fenster kam, sah sie aus wie ein guter Geist.

Ja, schlafen. Er war gar nicht mehr der Herzog, er war ein Kind, das in seiner Wiege dahintrieb auf sanft schaukelnden Wellen, es gab nichts, was das Kind entscheiden musste.

16

Sulz am Neckar, 14. Juli 1787

Dieses Mal war der Oberamtmann nicht dabei. Er hatte die Verhöre geführt, die Anklage verfasst; aber das Urteil, das am Vorabend eingetroffen war, mussten vorschriftsgemäß die Stadtbehörden und Mitglieder des Malefizgerichts verkünden. So bewegte sich am frühen Morgen des 14. Juli 1787 eine respektgebietende Gruppe vom Sulzer Rathaus langsam zum oberen Turm. Sie bestand aus dem Bürgermeister Nestle, dem Stadtschreiber Zennek, der eine Schriftrolle in der Hand hielt, zwei Ratsherren und dem Diakon Grundler. Alle trugen ihre Amtstracht samt Hut; ihre Gesichter waren ernst. Ein paar Schritte hinter ihnen ging der Schreiber Grau, den Schäffer als Zeugen mitgeschickt hatte. Musste Schäffer der Urteilseröffnung schon fernbleiben, so wollte er zumindest einen minutiösen Bericht über die Reaktionen der vier Todgeweihten. Es sei nicht Neugier, die er zu befriedigen wünsche, hatte er zu Grau gesagt, vielmehr das Verlangen, aus erster Hand zu erfahren, ob die schwerstmögliche Strafe bei den Übeltätern Reue und innere Umkehr zu bewirken vermöge.

Hammerschläge klangen durch die Gasse, man hörte Frauenlachen vom Brunnen her. Der Tag versprach wieder schön und heiß zu werden. Noch war es kühl. Zennek, der schwergewichtige Stadtschreiber, der die Gruppe bei der letzten steilen Stelle anführte, schwitzte dennoch schon beträchtlich. Er hatte die Anwesenheit Graus, der in der komplizierten Beamtenhierarchie unter ihm stand, zuerst nicht dulden wollen, sich dann aber der Anweisung des Bürgermeisters Nestle, der mit Schäffer befreundet war, fügen müssen.

Schlag sieben Uhr waren sie beim oberen Tor, über dem sich der gedrungene Turm erhob. Hier, im ersten Geschoss, war Hannikel untergebracht. Zwei Wachsoldaten mit geschulterten Musketen empfingen die Delegation, einer führte die Männer die enge Treppe hinauf zur Zelle, die geräumiger war, als man von außen erwartete. Aber es roch nach Moder, die Fenster, eher Schießluken, ließen nur wenig Licht herein.

Hannikel lag in der hinteren Ecke auf einem Haufen Stroh. Er stand, von seinen Ketten behindert, sogleich auf, als die Männer eintraten, und schaute ihnen bestürzt entgegen. »Die Herren«, brachte er hervor, »was wollen die Herren?« Sein Bart war noch länger und struppiger geworden; es war ihm offenbar seit Monaten nicht mehr gestattet, ihn zu stutzen.

»Ihr seid«, sagte der Stadtschreiber Zennek feierlich, »Jakob Reinhardt, genannt Hannikel?«

Der Angeredete kratzte sich, zum Klirren der Ketten, an der Nase, dann an der Brust. »Wer sonst?«

Zennek stellte sich, eine Armlänge vor den übrigen Amtsträgern, in Positur, entrollte die Urteilsschrift, indem er sie am obern und untern Rand festhielt, brachte sie dicht vor sein Gesicht und las mit gravitätischer Betonung vor, dass gegen den Delinquenten Jakob Reinhardt vulgo Hannikel aufgrund seiner schweren und gotteslästerlichen Verbrechen das Todesurteil ergangen sei und am nächsten Dienstag durch den Strang vollzogen werde. Dieses Urteil sei endgültig, es gebe keine Berufung. Hannikel habe nun drei Tage Zeit, sich auf den Tod vorzubereiten und seine Reue zu bekunden.

Solange Zennek las, rührte sich Hannikel nicht. Aber aus seinem Gesicht war das Blut gewichen; die dunkle Hautfarbe war gelblich geworden, der schwarze Bart, durch den sich Silberfäden zogen, bildete einen starken Kontrast dazu.

Kaum hatte Zennek geendet, ergriff der Diakon Grundler das Wort. Der Verurteilte, sagte er im Ton des geübten Predigers, solle sich dem Herrn ergeben, er solle beten, seine Übeltaten beweinen und als guter Christ, im Glauben ans Evangelium, sterben, so komme er, falls ihm vergeben werde, doch ins Himmelreich. Der Diakon hätte wohl noch lange weitergesprochen, hätte nicht auf einmal Hannikel beide Arme, an denen die losen Ketten hingen, weit ausgebreitet. So stand er da und schien mit rasselnden Atemzügen um Luft zu ringen. Das irritierte den Diakon derart, dass er den Faden verlor und verstummte. Die Stille, die nun in der Zelle herrschte, wollte niemand durchbrechen; nur von draußen drang das Gelächter mehrerer Frauen herein. Da sank Hannikel, als hätte man ihm den Boden unter den Füßen weggezogen, lautlos in sich zusammen. Plötzlich stieß er einen Schrei aus, der beinahe zu einem Geheul wurde, ihm folgten einzelne Wörter: »Warum? Warum?«, verstand Grau, und dann: »Was habe ich getan? Was denn? Was?«

Das brachte die Besucher aus der Fassung. »Er soll schweigen!«, rief der Bürgermeister Nestle. Ein stämmiger Wachsoldat, der im Gang gewartet hatte, drängte sich an den Herren vorbei, er warf sich über Hannikel, verschloss ihm mit der Hand Mund und Nase und stellte ihn grob auf die Beine. So hielt er ihn fest; ein paar Augenblicke glaubte man eine zum Standbild gewordene Umarmung zweier

Männer vor sich zu sehen. Doch beide zitterten vor Anstrengung, und als Hannikel sichtlich keine Luft mehr bekam, befahl der Bürgermeister dem Wächter, ihn loszulassen. Grau hätte sich am liebsten weggestohlen, aber er schuldete Schäffer einen vollständigen Bericht. Hannikel sog gierig die Luft ein. Dann redete er weiter, und jetzt unterbrach ihn niemand mehr: Es sei nicht gerecht, was man ihm antue, man müsse ihn begnadigen, er sei ein Beschützer Württembergs gewesen, er habe den Juden das Geld weggenommen, das sie anderwärts gestohlen hätten, er habe gemeint, dies sei erwünscht. Er fuhr fort zu lamentieren, aber auf einmal hielt er inne, als ob ein neuer Schreck ihn getroffen habe, er öffnete und schloss den Mund wie ein Fisch auf dem Trockenen, dann fragte er, leise jetzt, ob seinem Bruder Wenzel das gleiche Schicksal bevorstehe wie ihm, und als der Stadtschreiber Zennek bejahte und hinzufügte, dass auch Nottele und Duli zusammen mit ihm sterben würden, flossen, ohne dass er ein weiteres Wort sagte, Tränen aus seinen Augen. Sie blieben am Bart hängen und tropften auf den Boden.

Die Wände rückten für Graus Empfinden enger zusammen. Es war, als entstünde unter ihrem Druck aus all den Menschen, die hier drin waren, ein einziges unglückliches Wesen. Zennek zupfte mehrmals seine Perücke zurecht und sagte zu Hannikel, er werde noch heute ins Rathaus überführt, wo er die letzten Tage seines Lebens unter schärfster Bewachung, aber in Bequemlichkeit verbringen werde, dies gönne man in Württemberg den Todgeweihten.

Hannikel gebot nun wieder über seine Sprache und reihte hastig aneinander, was er sich wünsche und was ihm doch jetzt zustehe. Von seinen Lieben wolle er sich gebührend verabschieden, dafür möge man ihm Zeit gewähren. Den Pfarrer Reininger aus Espasingen, der ihn letzthin besucht habe, möge man als seinen geistlichen Beistand herbestellen, der solle ihn nach katholischem Ritus mit seiner lieben Käther vermählen, das sei ihm am wichtigsten.

»Genug!«, rief der Diakon Grundler dazwischen, der sich in seinem evangelischen Glauben angegriffen fühlte. »Das ist ganz unmöglich. Gehen wir, überlassen wir den Sünder seiner Gewissensqual!«

Der Bürgermeister nickte, die Männer hatten es eilig hinauszugelangen, drängelten sich, um nicht Letzter zu sein. Der Letzte war dann wieder Grau. Die ganze Zeit hatte Hannikel weitergeredet, kauernd nun. Man möge ihm eine letzte Nacht mit seiner lieben Käther gewähren, sagte er mehrmals, und dass Dennele kein Leid getan werde, wünsche er sich, ebenso, dass Dieterle als Kind behandelt und begnadigt werde, und dann wieder, als Grau schon die Treppe hinunterging: Käther und ihn solle man, gesegnet sei Maria die Hilfreiche, im Schoß der katholischen Kirche zusammengeben. Unversehens, noch bevor Grau unten war, brach der Wortstrom ganz ab; vielleicht war Hannikel erneut der Mund verschlossen worden.

Im Sonnenlicht, das inzwischen die Gasse erreicht hatte, folgte Grau den anderen zum Stadtgefängnis. Mit schnellen Schritten verkürzte er den Abstand zu ihnen; ihre Eile war wieder der feierlichen Gemächlichkeit gewichen. Drei weitere Konfrontationen standen ihnen bevor. Man brauchte Kraft dazu, man durfte sich vom Elend der Verurteilten nicht erweichen lassen, man handelte in höherem Auftrag. Die Gruppe wurde von allen, denen sie begegnete, mit Hütelüften und Verbeugungen gegrüßt. Man flüsterte einander zu, weshalb die Amtsträger zu dieser frühen Stunde unterwegs waren. Überall in weitem Umkreis, wo man die Nachricht von Boten hörte oder auf Amtszetteln las, bereitete man sich darauf vor, am Dienstag nach Sulz zu kommen, um zuzuschauen, wie die Gerechtigkeit ihren Lauf nahm. Bald würde auch Dieterle erfahren, dass sein Vater sterben musste. Eben schloss Grau wieder zu den Amtsträgern auf; er war im wahrsten Sinn des Worts ein Mitläufer. Hätte er denn, mit den geringen Möglichkeiten seiner Geburt, etwas anderes werden können? Ein Gesetzesbrecher etwa, ein Rebell? Über die rätselhafte Anziehung, die in diesem Gedanken lag, ging man am besten hinweg, man stand ohnehin schon vor dem Gefängnistor.

Gegen Mittag saß Grau in Schäffers Amtszimmer und erstattete Bericht. Der Oberamtmann war um fünf Uhr früh, verschiedener Geschäfte wegen, in der Kutsche nach Horb gefahren und hatte den dortigen Kollegen über den Ausgang der Hannikel-Affäre unterrichtet. Er war erhitzt von der Rückfahrt unter der stechenden Sonne und rot im Gesicht; dennoch hatte er den Rock nicht ausgezogen. Aufgeheizt hatte ihn wohl auch das Lob der Stadtoberen von Horb, die Schäffers Verdienste um die Sicherheit im Herzogtum ausgiebig gerühmt und gewürdigt hatten. Dies jedenfalls ließ Schäffer gleich am Anfang in die Unterredung einfließen. Abgesehen davon wartete er ja seit Wochen auf ein Zeichen vom Hof, das über eine nüchterne Verdankung hinausging. Es war bisher nicht gekommen.

Dass Schäffer in Horb gewesen war, versetzte Grau einen Stich. Er hätte ihm ein Geschenk für Sophie mitgeben können. Aber das gehörte sich nicht. Schäffer hatte sich noch nie nach dem Privatleben des Schreibers erkundigt, und Grau hatte seinerseits nie erwähnt, dass er eine Tochter hatte.

Schäffer musterte ihn kritisch, ähnlich wie Grau sich bisweilen seine geflügelte Beute unter der Lupe besah. »Ist Ihnen nicht gut?« Als Grau verneinte, fuhr er fort: »Dann heraus jetzt mit der Sprache! Wie haben die vier es aufgenommen?«

Grau rapportierte: Wenzel habe ein lautes Klagelied angestimmt. Nottele habe sich ganz unerschüttert gezeigt und einzig ein »In Gottes Namen« gestammelt. Der kurzbeinige Duli sei gleich auf die Knie gefallen, dies zur Freude des Diakons, doch dann habe er sich, zu dessen Missfallen, der Heiligen Mutter Gottes und dem Heiligen Antonius anempfohlen. Am längsten verweilte Grau natürlich bei Hannikel und seinen Wünschen für die letzten drei Tage seines Lebens.

Schäffer hörte mit skeptischer Miene zu, ließ Grau aber ausreden. »Er will viel zu viel, der Kerl«, sagte er. »Hannikel bleibt Hannikel. Er ist noch frech, wenn es mit ihm zu Ende geht. Wir können ihm nicht alles gewähren.« Den katholischen Geistlichen seiner Wahl werde man herbeiholen. Pfarrer Reininger, fügte er mit spürbarer Ironie hinzu, sei zum Glück immer zur Stelle, wenn es darum gehe, eine sündige Seele zu erretten. Die Eheschließung allerdings müsste von höherer Stelle, wohl vom Herzog selbst, bewilligt werden; er, Schäffer, habe bisher gezögert, das Gesuch abzuschicken, das Grau im

Namen der Katharina Frank entworfen habe. Er bezweifle nämlich, dass der Herzog, obwohl selbst Katholik, dazu bereit sei, um eines Verbrechers willen die protestantische Mehrheit im Land gegen sich aufzubringen.

Man könnte ja, wagte Grau einzuwenden, die Trauung im Geheimen vollziehen lassen; es fordere doch immerhin Respekt ab, dass Hannikel sein über Jahre dauerndes illegitimes Verhältnis mit der Katharina Frank vor seinem Tod noch legalisieren wolle.

»Warum will er das unbedingt?«, fragte Schäffer und zupfte an der außer Form geratenen Manschette herum, die unter seinem Rockärmel hervorschaute. »Was verspricht er sich davon?«

Grau besann sich kurz. »Er will wohl vor sich und den Seinen bezeugen, dass es ihm mit diesem Verhältnis ernst war und immer noch ist, gerade unmittelbar vor dem Tod.«

Schäffer stopfte die Manschette unter den Ärmel zurück. »Er hatte ja mehrere Beischläferinnen. Die sind ihm davongelaufen. Oder er hat ihnen den Laufpass gegeben. Von Heirat war da nie die Rede, trotz der Kinder.«

Graus Hände lagen übereinander auf dem Pult, er betrachtete seinen Handrücken so aufmerksam, als lese er aus dem Geflecht der Adern die richtige Antwort. »Mit keiner ist er so lange zusammen gewesen wie mit Käther«, sagte er. »Ich schließe nicht aus, dass zwischen ihnen mit den Jahren eine echte Zuneigung gewachsen ist.«

»Sie schließen es nicht aus?« Nun klang aus Schäffers Worten ein kleiner Spott. »Wir wissen es genau, mein lieber Grau. Sie sind einander herzlich zugetan und zeigen es auch. Das stört uns kleinmütige Bürger doch. Wir halten uns zurück. Wir sind eben keine Zigeuner. Oder möchten Sie ein Zigeuner sein?« Das Lachen, das Schäffer versuchte, misslang und wurde zu einem merkwürdigen Laut zwischen Grunzen und Kichern.

Ratlos, beinahe erschrocken schaute Grau ihn an. »Nein, gewiss nicht. Man muss als Zigeuner geboren sein, um als Zigeuner zu leben. Ich denke, die Vorsehung stellt uns an den Platz, der uns zusteht, und unsere Aufgabe ist es, ihn nach bestem Wissen und Gewissen auszufüllen.«

»Sehr fatalistisch, lieber Grau. Aber überaus vernünftig. Er wäre ein guter Prediger geworden. Dann hat die Vorsehung ja auch die Zigeuner an ihren Platz gestellt, nicht wahr? Und wie sollen sie ihren Platz ausfüllen, die Zigeuner? Mit Fleiß und Pflichtbewusstsein wie wir beide? Aber wohin führt denn zigeunerischer Fleiß, mein lieber Grau? Zum Wildern? Zum Stehlen?« Nun war Schäffers Lachen kräftiger. Hatte er etwa getrunken? Konnte es sein, dass die Horber ihm zu viel Wein eingeschenkt hatten und in seinem Kopf nun einiges durcheinanderging? Grau zog es vor zu schweigen, und Schäffer stützte hinter seinem schweren Schreibtisch eine Weile den Kopf auf beide Hände und schwieg ebenfalls. Seine Lippen waren geschürzt, die Augen geschlossen, als schlafe er gleich ein. Grau fiel auf, wie geschwollen und entzündet die Lider aussahen; das ließ eher auf Übermüdung als auf Trunkenheit schließen.

Dann aber riss Schäffer sich zusammen, er richtete sich auf, wischte mit der Handkante über die Schultern, wie wenn sie staubig geworden wären. In seiner üblichen Art, aus der alles Verworrene getilgt war, wies er den Schreiber an, das Gesuch der Katharina Frank mit einer Empfehlung Schäffers zu ergänzen. Darin stand unter anderem, die katholische Trauung zwischen dem Delinquenten Jakob Reinhardt und seiner langjährigen Beischläferin müsste aus bekannten Gründen vor Dienstag erfolgen. Der Brief wurde mit Eilpost nach Stuttgart gesandt, ein weiterer ging nach Espasingen zum Pfarrer Reininger mit der Aufforderung, unverzüglich aufzubrechen, um Hannikel beizustehen und ihm das letzte Geleit zu geben.

Noch andere Erlasse, Aufträge, Einladungen wurden verschickt. Besprechungen fanden statt, es herrschte ein Kommen und Gehen, das Grau nur noch mit Mühe überblickte. Eine Hinrichtung ordentlich in die Wege zu leiten erforderte genaueste Planung. Soldaten, Pferde und Wagen, der Scharfrichter aus Tübingen mussten bestellt werden, ein Zimmermann musste den Galgen überprüfen, ein tüchtiger Seiler die Stricke, man musste die Wiese auf dem Galgenbuckel mähen. Dem Amtsdiener Roth befahl Schäffer, drüben im Rathaus einige leere Mansardenzimmer mit Betten und Stühlen auszustatten; bereits am Abend sollten die Todeskandidaten dorthin gebracht werden.

Das sei zu früh, murrte Roth, er könne die Möbel nicht einfach herbeizaubern.

»Ach was«, fuhr Schäffer ihn an. »Bemühen Sie sich gefälligst darum. Und besorgen Sie sich für Dienstag einen besseren Rock, der Kragen ist so speckig, dass es einen graust.« Es war das erste Mal, dass er den Amtsdiener vor Zeugen maßregelte, und Grau hatte den Eindruck, dass Roth, der erst wie versteinert dagestanden hatte, ins Schwanken geriet. Gleich aber milderte Schäffer seine Attacke, indem er hinzufügte: »Nun ja, holen Sie sich bei meiner Frau einen ausgedienten Rock aus meiner Garderobe. Der wird sauberer sein als Ihrer.«

»Mit Verlaub«, brachte Roth hervor, »ich habe schon einige Male um neue Amtskleidung gebeten.«

Schäffer zuckte mit den Achseln. »Dafür fehlt uns das Geld. Gehen Sie jetzt!«

Er hatte sich einen großen Krug Wasser bringen lassen, trank daraus in langen Zügen. Für Grau gab es kein Wasser; nur einmal, als Schäffer zwischendurch seine Dispositionen mit dem Bürgermeister und dem Leutnant Bräunlein besprach, ging Grau hinaus auf den Marktplatz, tauchte rasch den Kopf in den Brunnen und trank, im Schatten der jungen Kastanienbäume, so hastig aus dem Rohr, dass sein Magen sich vom kalten Wasser zusammenkrampfte.

Als sie mit dem Wichtigsten durch waren, fragte Grau, ob der Herr Oberamtmann nicht eine letzte Zusammenführung von Hannikels Familie erlauben wolle. Auf würdige Weise Abschied zu nehmen, könne man den Angehörigen bestimmt nicht verweigern, besonders Dieterle nicht, dem kleinen Sohn, der doch, wie sich gezeigt habe, außerordentlich am Vater hänge.

Einen Moment lang sah es aus, als falle Schäffer in den merkwürdigen Zustand zurück, der ihn am Mittag derart verändert hatte; er verzog den Mund, schlug wieder nervös mit der Handkante auf den von Akten übersäten Schreibtisch. »Sie haben sich schon mehrmals für den Jungen eingesetzt, Schreiber Grau, ich erinnere mich. Nun gut, ich werde schauen, was sich machen lässt. Ich bin kein Unmensch, wie Sie wissen sollten.« Das Klopfen, mit dem er seine Worte begleitet hatte, beschleunigte sich. »Schluss für heute, ich gehe nach Hause. Man wartet auf mich.«

Grau nickte bedrückt. Dieterle hatte er am Morgen nicht gesehen, der Junge hatte sich wohl irgendwo versteckt, als man seinem Onkel und den zwei anderen ihre Hinrichtung ankündigte. Obwohl er Schäffers Verstimmtheit spürte, hakte er nach: »Was geschieht denn jetzt mit dem Jungen? Im Schreiben der Fakultät sind nur die Zuchthausurteile gegen die Erwachsenen aufgeführt.«

Schäffer erhob sich und knöpfte ungeduldig seinen Rock zu; eine Schweißschwade erreichte Grau. »Er kommt ins Waisenhaus nach Ludwigsburg, habe ich das nicht schon gesagt? Diese Entscheidung liegt in meinem Ermessen.«

Grau räusperte sich. »Er ist ja aber keine Vollwaise.«

»Wohin soll er sonst? Die Mutter wird nebenan im Zuchthaus untergebracht. Mag sein, dass ihm zwischendurch gestattet wird, sie zu besuchen. Er soll lernen, was ihn bisher keiner gelehrt hat, Disziplin und Arbeitsamkeit. Aber bleiben wir realistisch. Die Verstocktheit werden wir diesem Räuberfrüchtchen nicht austreiben. Wäre er jünger, würde ich anders urteilen. Wir versuchen trotzdem unser Bestes mit ihm, der Staat ist dazu verpflichtet.« Er wandte sich zur Tür, die in der Julihitze aufgequollen war und heftig knarrte. Doch bevor er über die Schwelle trat, fragte Grau nach den Kindern des Herrn Oberamtmanns, ob sie gesund seien und wohl gediehen. Das hatte er noch nie getan; es war ein Bruch mit all ihren Amtsgewohnheiten, und er wusste wohl, dass in seiner Frage ein Stachel saß. Schäffer versteifte sich kurz und sagte: »Danke der Nachfrage, ich habe nichts zu beklagen.«

Verwirrt blieb Grau zurück. Warum war er so plötzlich in Schäffers Privatgelände eingedrungen? War es deswegen, weil er gehört hatte, dass Schäffers Ältester krank gewesen sei? Er kannte nicht einmal den Namen des Kindes, er konnte sich kaum an dessen Aussehen erinnern. Es war Monate her, dass Schäffers Frau oder die Dienstmagd sich mit ihm in den Amtsräumen gezeigt hatte. Einen Augenblick lang streifte ihn der Gedanke, er könnte den Oberamtmann darum bitten, den Jungen in seine eigene Familie aufzunehmen. Was für eine abwegige Idee! Da könnte geradeso gut er selbst, der Schreiber Grau, die Witwe Schlosser heiraten, Sophie wieder zu sich nehmen und Dieterle noch obendrein und beiden ein Vater zu sein versuchen, der er bisher nicht gewesen war. Hirngespinste! Und dümmliche dazu! Wie glorios würde so etwas scheitern! Grau machte eine fahrige Bewegung mit den Händen und hörte sich lachen. Über wen lachte er? Am ehesten über sich selbst, über diesen Ritter von der traurigen Gestalt, der meinte, einen Räuberspross geradebiegen zu können. Eigentlich war er todmüde, es war so viel Schlaf in ihm, dass sein Kopf vornübersank, ja, er legte ihn aufs Pult, auf beschriebenes Papier, es war wohltuend, den Kopf ruhen zu lassen, ein wenig dahinzutreiben, obwohl man sich gar nicht bewegte.

Flussabwärts, mit sachten Ruderschlägen. Die Hochzeitsfahrt mit Christine, ihm gegenüber sitzt sie, lässt die Hand durchs Wasser gleiten. Wie grün die Welt sein kann. Man ist sich noch fremd, denn die Eltern haben die Heirat eingefädelt, Salzsiedersohn und Schustertochter, das passt. Man hat sich gefügt, man hofft, dass man sich mögen wird, und dann, nach der Trauung, dieser Ausflug in drei Booten. In ihnen haben die wenigen Eingeladenen Platz, nach Fischingen geht es, zu einer Wirtschaft mit billigen Speisen. Er rudert und hat vor sich Christines zartes Gesicht mit den farblosen Brauen. Ein großes Staunen ist in ihm, dass sie beide hier sind, Mann und Frau jetzt; an dichtem Weidenlaub treiben sie vorbei wie durch eine Schlucht von Grün und wissen nicht, was ihnen bevorsteht, es ist eine Zeit, in der er weder auf Bienen noch Ameisen achtet.

Die Tür knarrte wieder, Grau schreckte auf, es war dunkel geworden. Der Amtsdiener Roth, den Leuchter in der einen, den Schlüsselbund in der anderen Hand, fragte unwillig, ob Grau nicht endlich Schluss mache; sein gesunder Schlaf am Schreibtisch deute darauf hin, dass es nichts mehr zu tun gebe.

»Ja«, sagte Grau. »Ich will nach Hause. Ich bin müde.«

»Nach Hause, nach Hause«, murmelte Roth, als imitiere er ein Echo. »Unsereiner hat ja auch seine Bedürfnisse. Man hätte zum Beispiel gerne neue Kleider.« Neben dem grämlichen Spott lag eine Traurigkeit in diesem Satz, die Grau nur zu gut verstand. In letzter Zeit hatte er bisweilen über Roth nachgedacht. Aber er wusste beinahe nichts über ihn; herumerzählt wurde einzig, dass er sich nach manchem gescheiterten Heiratsversuch mit seinem Junggesellendasein abgefunden hatte.

Als er unsicher aufstand, hatte Grau ein paar Atemzüge lang keine Ahnung mehr, wohin er seine Schritte lenken sollte, und das erschreckte ihn so, als sei er wirklich heimatlos geworden, ein Fahrender, ein Zigeuner wie Hannikel, der nun bald hängen würde. *Wir taumeln, wir baumeln. Saumselige sind wir, Weißmehlige.* Auch diesen Reim schrieb er auf, kopfschüttelnd und doch mit leiser Belustigung.

17

Sulz am Neckar, 15. und 16. Juli 1787

Reininger traf früh am nächsten Morgen in Sulz
ein, er hatte sich in Tuttlingen aufgehalten und war
schon lange vor Sonnenaufgang aufgebrochen, um
sich, wie er sagte, möglichst ungesäumt und mit aller Kraft der armen Seele zuzuwenden, die seines
Beistandes bedurfte; es gebe für einen Geistlichen
keine heiligere Pflicht, als einen todgeweihten Sünder zu bekehren. Er war ein kleiner, rundlicher Mann
in unordentlicher Priesterkleidung. Er redete schnell,
beinahe überstürzt, machte aber immer wieder überraschende Pausen, als staune er über die eigene Be-
redsamkeit. Er griff sich oft an den Kopf und merkte
nicht, dass dabei die Perücke verrutschte und sein
kahler Schädel zum Vorschein kam. Im Rathaus,
wo ihn der Stadtschreiber Zennek mit Zurückhal-
tung empfing, schlug er den angebotenen Kaffee aus
und wollte gleich zum Beichtkind, wie er sich ausdrückte.

Hannikel, immer noch in Ketten, hatte ein Zimmer und ein Bett für sich allein, während nebenan die drei anderen Verurteilten zusammengelegt waren. Reininger bestand darauf, mit Hannikel allein zu sein. Was dann geschah, ließ sich Schäffer im Beisein Graus von Zennek rapportieren, dem das meiste wiederum die Wache und eine Magd, die zum Putzen gekommen war, erzählt hatten. Zunächst habe man hinter der verschlossenen Tür ausschließlich die gedämpfte Stimme des Pfarrers gehört; es habe geklungen wie eine nicht enden wollende Predigt mit lauten und leiseren Passagen, einem Amen bisweilen. Mit der Zeit habe sich die gutturale Stimme Hannikels hineingemischt, zornig erst, dann bittend und jammernd. Auch ihn hätten die Lauscher kaum verstanden, die dicke Eichentür verschlucke eben das meiste. Zwischendurch habe Reininger nach Wasser gerufen. Gegen Mittag sei er zum ersten Mal herausgekommen, er habe geschwankt vor Erschöpfung, aber beteuert – da war nun auch Zennek dabei –, Hannikel erweiche sich allmählich, er, Reininger, sei sicher, es brauche nicht mehr viel, bis der verlorene Sohn bereit sei zur Umkehr und seine Strafe als gerecht anerkenne. Wir hätten alle, habe sich Reininger mit glänzenden Augen an Zennek gewandt, nur einen Weg zu Gott, und der heiße: Tut Buße! Am Nachmittag habe der Priester Hannikel weiter bearbeitet, man habe Reininger selbst schluchzen gehört und danach Hannikel (oder wenigstens habe die Magd die Töne aus der Kammer so gedeutet). Beide Stimmen seien zusammen vernehmbar gewesen, im Gebet wohl, und abends, nach zehnstündigem Ringen, habe Reininger beinahe euphorisch zu Zennek gesagt, die Reue sei im Sünder aufgeblüht wie eine Rose. Hannikel habe seine Ketten geküsst, sie mit Tränen benetzt und gesegnet, denn sie trügen doch zu seiner Besserung bei.

Grau zweifelte, ob sich alles so abgespielt hatte, er traute Reininger etliche Übertreibungen und Schönfärbereien zu. Aber Schäffer zog es vor, an Hannikels aufrichtige Reue zu glauben, und wohl deshalb ordnete er an, dass am nächsten Tag die Angehörigen zu Hannikel gelassen würden.

Am Morgen des 16. Juli traf aus Stuttgart die Antwort auf Hannikels Heiratsgesuch ein. Der Herzog hatte entschieden, dass die Trauung nur von einem lutherischen Prediger vollzogen werden dürfe; sie im Rathaus, an offizieller Stelle, einem katholischen Priester zu überlassen, verstoße gegen die Landesverfassung. Aufgrund der gleichen Sachlage müsse überdies ein evangelischer Pfarrer Hannikel und die Seinen zur Richtstätte begleiten. Dagegen wehrte sich Hannikel mit großer Heftigkeit und wütenden Ausfällen gegen die evangelische Religion. Als er einsah, dass die Beschlüsse feststanden und keinesfalls umgestoßen werden konnten, verlegte er sich unter neuerlichen Tränen darauf, eine letzte Nacht mit seiner Käther zu erbitten. In der Nacht vor seinem Tod wolle er die Frau, die er doch von ganzem Herzen liebe, noch einmal bei sich haben, das könne man ihnen nicht verwehren, vor Gott hätten sie lange genug in ehelicher und treuer Gemeinschaft gelebt. Schäffer, der ihn für eine Viertelstunde aufgesucht hatte, wich einer klaren Antwort aus, das Ansinnen schien ihn aus dem Konzept zu bringen. Er werde am Abend entscheiden, sagte er, man müsse zunächst sehen, ob die Zusammenführung mit den Angehörigen, die er bewilligt habe, in Anstand und Würde ablaufe. Das werde sie, rief Hannikel und fügte weitere entschiedene Worte in der Zigeunersprache hinzu, die indessen alles Mögliche bedeuten konnten.

Am meisten zu schaffen machte Grau, dass Dieterle und sogar die jüngsten Kinder gezwungen werden sollten, der Hinrichtung zuzuschauen. Das hatte er erst aus einer Bemerkung Schäffers gegenüber Zennek abgeleitet; ihm selbst, dem Schreiber, hatte man nicht gestattet, das Urteil, das diesen Passus enthielt, in ganzer Länge zu lesen. Er hatte nachgefragt, Schäffer hatte schroff bestätigt, dass es so und nicht anders geplant sei. Seither herrschte in Grau ein Aufruhr, der ihm die Arbeit schwermachte.

Am frühen Nachmittag, kurz bevor die Zusammenführung stattfinden sollte, gab es eine ruhige Minute im Amtszimmer, er und Schäffer waren zu zweit. Mit belegter Stimme fragte Grau, ob die Maßnahme, dass ein Sohn den Vater hängen sehen solle, nicht allzu grausam sei und ob man nicht überhaupt den Kindern dieses Schauspiel ersparen könne.

Es war schwül im Raum, und Graus Frage schien die Schwüle schlagartig ins Unerträgliche zu steigern. Schäffer starrte den Schreiber an, als habe er ihm eine Handvoll Unrat ins Gesicht geschleudert. »Was glaubt Er denn?«, entgegnete er mit einer Stimme, die er nur mit Mühe im Zaum hielt. »Glaubt Er im Ernst, ich könne mich einem Ukas aus Stuttgart widersetzen? Wie naiv ist Er eigentlich, Schreiber Grau?«

Grau geriet ins Stottern; er hatte sich seinen Auftritt, den er den ganzen Morgen innerlich geprobt hatte, überzeugender vorgestellt. »Es ist doch eine nutzlose Grausamkeit, Herr Oberamtmann… Sie wird im Jungen, der seinen Vater liebt, nur Rachegefühle hervorrufen… ihn erst recht auf die schlechte Bahn werfen… Das wird Seine Durchlaucht, wenn Sie es ihr ordentlich darlegen, gewiss verstehen…«

»Halt Er endlich den Mund!« Schäffer sprang auf die Füße und fegte mit einer weit ausholenden

Gebärde die Papiere, die ihm am nächsten lagen, vom Tisch. Ein Zettel hielt sich einen Moment schaukelnd in der Luft, und Grau schaute gebannt zu, wie er niedersank. »Gar nichts werde ich tun!«, schrie Schäffer. »Dieser Junge hat sich an einem Mord beteiligt! Er soll sehen, zu was für einem schrecklichen Ende eine solche Laufbahn führen kann.« Schäffers Stimmgewalt, die den Raum erfüllt hatte, nahm nun doch ab, es war, als traue er den eigenen Sätzen nicht. »Gerade wenn er künftig an die Hinrichtung denkt, wird er sich die größte Mühe geben, ein besserer Mensch zu werden als sein Vater. Das wollen doch wir beide.«

Grau fuhr mit Mühe fort: »Aber vertreten Sie denn nicht die Meinung, dass der Junge schon zu verdorben sei und sich gar nicht mehr bessern werde? Demzufolge hätte diese Zusatzstrafe doch gar keinen Sinn.«

Schäffer stützte sich mit einer Hand auf dem Schreibtisch ab. »Gut. Dann nützt sie beim Jungen allenfalls nichts, aber das Publikum wird mit der Härte, die wir zeigen, einverstanden sein.« Noch leiser fuhr er fort: »Den zwei kleinen Kindern kann man die Augen zuhalten, dagegen bin ich nicht, und der Säugling weiß noch nicht, was da geschieht.«

Grau hob die Papiere vom Boden auf, glättete die zerknitterten und legte sie zurück, wohin sie gehörten, während Schäffer tief in Gedanken auf und ab ging. Jedes Mal, wenn er das Fenster passierte, fiel sein Schatten auf den knienden Grau. Dann verließ er plötzlich den Raum, hundert Pflichten riefen, und der Schreiber war allein. Er öffnete einen Fensterflügel, frische Luft strich ihm über die Stirn, sie roch nach Pferdedung. Das Geschwätz der Frauen am Brunnen drang zu ihm. Grau schaute hinüber zum bewaldeten Hügel jenseits des Flusses, dahinter lag der Galgenbuckel, er war noch nie dort oben gewesen.

Vier Wachsoldaten brachten Käther, Dennele und Dieterle, in Begleitung Schäffers, zur festgelegten Stunde zu Hannikel, ins Dachgeschoss des Rathauses. Trotz der Ketten, die man ihm noch nicht abnahm, waren die Umarmungen, die Küsse, die Kosewörter so innig, die Klagen so traurig, dass sie die Zeugen, wie sie hinterher berichteten, gegen ihren Willen zu Tränen rührten. Hannikel habe die Seinen, vor allem Dieterle, ermahnt, tapfer zu sein, dem Unausweichlichen mit Gefasstheit zu begegnen und für seine Seele zu beten. Man habe den Buben mit Gewalt von ihm trennen müssen, der Kleine habe gebettelt, man möge ihn beim Vater lassen, er habe gewinselt wie ein Hund, dann um sich geschlagen, sich an Hannikels Ärmel festgehalten und ihn zerrissen. Morgen würde Hannikel ohnehin ein Büßerhemd bekommen. Käther hingegen sei stumm und starr geworden, man habe sie wegschleifen müssen und die einfältige Dennele, die sich heulend an sie gehängt habe, dazu.

Schäffer hatte Grau angekündigt, es stehe noch ein längeres Diktat bevor, er wolle die Rede, die er morgen vor der Hinrichtung in der Gerichtsstube halten werde, ordentlich zu Papier bringen. So hatte der Schreiber nur gerade Zeit, im benachbarten Gasthof ein Schinkenbrot zu verzehren; der Witwe Schlosser ließ er ausrichten, sie solle das Essen nicht warm halten, es werde spät.

Als er sich wieder im Amtszimmer einfand, sagte Schäffer fast beiläufig zu ihm, er habe veranlasst, dass Käther noch einmal zu Hannikel gebracht werde, sie könne die Nacht über bei ihm bleiben, man werde die beiden nicht stören. Das sei ja auch, fügte er hinzu, im Sinne Graus; der solle aber diese… nun ja, diese Gunsterweisung diskret behandeln. Er schien darauf zu warten, dass der Schreiber seine Billigung oder Dankbarkeit ausdrücke. Doch Grau nickte nur, dann fragte er: »Hat sie sich gefreut?«

»Die Frankenhannesen Käther? Sie hat keine Regung gezeigt, aber sie hat sich doch von ihrer Schwäche erholt, sie ist aus eigener Kraft gegangen, und dann hat sie sich einfach neben Hannikel gelegt.«

»Und er? Trägt er noch die Ketten?«

»Das muss so sein. Morgen früh erst werden sie ihm abgenommen. Beichten und die Sakramente empfangen wird er ohne sie.« Schäffer sprach wieder mit gewohntem Fluss; dass er vermutlich seine Kompetenzen überschritten hatte, schien sein Selbstbewusstsein zu stärken. »An die Arbeit jetzt!«, befahl er, und der Schreiber brauchte unüblich lange, bis er die Utensilien fürs Diktat bereitgestellt hatte.

Schäffer indessen nahm vom größeren Pult eine gewichtige Bibel, in die er an verschiedenen Stellen Zettel gesteckt hatte, er schlug sie beim ersten auf, dachte eine Weile nach. »Ich beginne so«, sagte er und erhob die Stimme, als wäre Grau bereits sein Publikum. »*Wenn Monarchen und Fürsten dieser Welt zweifeln: ob sie dem Menschen das ihm gegebene Leben nehmen können oder nicht, so erhebt dieser Zweifel ihre angeborene unbegrenzte Liebe zu dem Menschengeschlecht... Aber wenn der allmächtige Richter aus den Gewittern mit den Menschen spricht: ›Wer jemand mit einem Eisen oder Holz schlägt, dass er stirbt: der ist ein Totschläger und soll des Todes sterben...‹*« Schäffer stockte, beugte sich tiefer über die Bibel, so dass seine Nase beinahe die Seiten berührte, »*... geschrieben im vierten Buch Mose, Kapitel 35, Vers 17...*« Er blätterte vorwärts und zurück, schien den Faden zu verlieren, wiederholte: »...*soll des Todes sterben*«, und diktierte mit zunehmendem Pathos: »*So ist es gewiss eine von Gott geforderte und den Staat sichernde höchste Gerechtigkeit der auf Erden von ihm gesetzten Obrigkeit, dass diese an menschenwürgenden Ungeheuern die Urteile Gottes vollziehe.*« Er brach ab, suchte Graus Blick: »Ist das nicht überzeugend?«

Grau sagte mit gesenktem Blick, er maße sich in diesem Punkt kein Urteil an.

Schäffer ging darüber hinweg und legte den Zeigefinger an die Nase: »*Karl, unserm durchlauchtigsten großen Landesvater, war es von der göttlichen Vorsehung vorbehalten, die hier vorgeführten Mörder und Räuber Hannikel, Wenzel, Duli und Nottele, und zwar die zwei Ersteren aus der Mitte des entferntesten Auslands und von den fernen Grenzen des Schwäbischen Kreises, durch ein großes Kommando abholen zu lassen, um deren Staaten von ihrem abscheulichen Blutdurst und von ihrer äußerst schädlich gewesenen Raubsucht zu befreien.*« Schäffer holte Atem, sah zu, wie Graus Feder eilig übers Papier glitt. »Absatz«, sagte er in beinahe militärischem Ton. »Und dann: *Noch schreiet das Blut des von diesen Wüterichen bei Reutlingen erschlagenen herzoglichen Grenadiers à cheval Christoph Pfister um Rache zum Allmächtigen im Himmel. Tollkühn wie die Tyrannen tobten diese abscheulichen Un-*

menschen in den Eingeweiden ihres erschlagenen Bruders und meinten, der Rache des allgegenwärtigen Gottes entfliehen zu können.«

Schäffer hatte sich in Rage geredet, suchte aber zugleich nach Bestätigung beim Schreiber. Grau gönnte sie ihm nicht; er war Ausführungsorgan, nichts anderes, verwandelte gewissermaßen automatisch das Gehörte in Schrift. Und doch konnte er sich nicht völlig abschotten, so dass einzelne Wörter ihn geradezu ansprangen.

»Absatz«, befahl Schäffer und ging zur direkten Anrede über. *»Schwarz wie die Hölle, ihr hier vorgeführten Mörder und Räuber, werden eure unmenschlichen Handlungen ewig auf dem Lande bleiben, das ihr geschändet habt; eine unbeschreibliche Empfindung durchdringt mein Herz, bei meinem wirklichen Amtsberuf eure Schand- und Greueltaten dem Publikum, soviel die Kürze der Zeit gestattet, wenigstens summarisch bekanntzumachen.«* Auf Schäffers Stirn glänzte der Schweiß, er fächelte sich mit der Hand Luft zu. *»Ich komme zuerst auf die Lasterbahn des berüchtigten Jakob Reinhardt oder Hannikel, als Anführer und Hauptmann der Bande.«* Und nun schilderte Schäffer drastisch die Jugend des Haupttäters, seinen Müßiggang und seine Zeit in der verderblichsten Zigeuner- und Räuberrotte. Von einer vorbereiteten Liste las er ab, welche Vergehen – vom Überfall in Mittelbronn bis zu Tonis Ermordung – Hannikel zur Last gelegt würden und durch Zeugenaussagen zur Genüge belegt seien. Die Liste war lang, die Formulierungen des Abscheus kehrten vielfach wieder. Auch die Verbrechen Wenzels, Dulis und Notteles mussten einzeln angeführt werden, obwohl dies zu ermüdenden Wiederholungen führte. Es wurde dunkel, der Amtsdiener kam beinahe lautlos herein und zündete eine Stehlampe an, die beide Männer in einen einzigen Lichtkreis fasste. Grau legte, zu Schäffers Unwillen, immer häufiger die Feder weg und schüttelte die Schreibhand, um den drohenden Krampf zu verhindern. Erst gegen Mitternacht kam Schäffer, erschöpft auch er, zum letzten Absatz, in dem er sich wieder direkt an die Verurteilten wandte: »*Ihr habt jetzt einen sauren Gang vor euch. Aber das Ende dieses traurigen Gangs zur Richtstatt kann auch selig sein, und eure Seelen können noch vom ewigen Tod errettet werden, wenn ihr mit ernstlichem Gebet und Flehen Jesum, euren Erlöser, bittet, dass er in seinem Reich in Gnaden an euch gedenke, alle eure abscheulichen Sünden vor dem heiligen Angesichte seines Vaters bedecken wolle. Wie gut wird euch dieses zustattenkommen, wenn ihr nun in wenigen Augenblicken vor dem hellglänzenden Richterstuhl des heiligen und gerechten Gottes erscheinen und allda Rechen-*

schaft geben sollet von allem, was ihr Böses getan habt! Da kann niemand für euch bitten als Jesus, da kann auch niemand retten als Jesus, darum haltet euch im Gebet und Glauben allein an ihn.« Bei diesen letzten Sätzen drohte Schäffers Stimme zu brechen. Er ließ sich auf seinen Stuhl fallen, er lehnte sich zurück, spreizte die Beine, wischte sich über die Stirn. »Das ist ja im Ganzen gar nicht schlecht, Grau«, sagte er nach einer Pause. »Oder was meinen Sie?«

Der Schreiber hatte eben erst den letzten Punkt gesetzt und schwieg.

»Wie ich die Rede von der Verdammung zur möglichen Erlösung führe, ist doch äußerst wirkungsvoll. Man wird erschauern und am Schluss Tränen weinen.«

»Zweifellos«, murmelte Grau. Er blies über das letzte Blatt, um die Tinte zu trocknen, er kämpfte mit sich selbst, wie so oft in letzter Zeit, und entschied sich für eine deutlichere Reaktion. »Aber ist es, wenn Sie von abscheulichen Unmenschen reden, auch die Sprache Ihres Herzens?«

Schäffer zuckte zusammen. »Was soll das? Den Leuten, die mir morgen zuhören, ist es nicht nach Feinheiten zumute, sie wollen Klarheit. Die gebe ich ihnen. Wir müssen zeigen, dass die Gerechtigkeit auf unserer Seite ist.«

Grau schob die beschriebenen Blätter übereinander. Das Licht im Raum war schummrig geworden; man sah kaum noch Einzelheiten. Oder waren bloß seine Augen überreizt?

Schäffer stand auf und streckte die Hand aus. »Geben Sie her!« Halblaut las er den Anfang und blinzelte. »Sie hätten größer schreiben sollen, das habe ich Ihnen doch schon oft gesagt. Meine Augen sind nicht mehr die besten. Gehen Sie jetzt schlafen, wir müssen uns bis morgen früh erholen.«

»Brauchen Sie noch etwas, Herr Oberamtmann?«

Diese Beflissenheit: sie kehrte immer wieder zurück zu Grau wie ein Hündchen, das man wegschickt, aber gegen dessen Treue man machtlos ist. Schäffer schüttelte den Kopf, es war einer der Momente, in denen er plötzlich alt und krank aussah. Als Grau ging, kam ein vernehmliches »Gute Nacht« von Schäffer, und Grau war so verblüfft über die plötzliche Freundlichkeit, dass er gar nichts erwiderte.

Er saß am Neckar im feuchten Gras, unweit der Brücke. Wie lange war es her, dass er das letzte Mal von dieser Stelle aus ins Wasser geblickt hatte? Der Mond schien ihm entfernter denn je. Nah war die Spiegelung im Fluss; mit einem Steinchen konnte er sie zerstören und zuschauen, wie das aufgeregte

Glitzern sich wieder beruhigte. Er wollte noch nicht zurück in seine Kammer, in der ihn Hunderte von toten Insekten umgaben. Hier waren sie lebendig, die Grillen zirpten so laut, dass ihm beinahe die Ohren weh taten. Noch anderes tat ihm weh, die Brust, es war eng da drin, die Freude hatte darin keinen Platz mehr.

Ohne dass er es wollte, trat ihm ein Bild vor Augen, das immer deutlicher wurde, gerade so, als schwebten die beiden Gestalten aus nebelartiger Verschwommenheit auf ihn zu: Hannikel und Käther, die beieinanderlagen, nackt und nicht mehr jung. Hannikel trug keine Ketten mehr. Grau schämte sich über seine Phantasie, und andrerseits war diese Nacktheit so selbstverständlich wie die Umarmung der beiden. So nahm man Abschied voneinander, nackt und besitzlos; die Umarmung war alles, was sie noch hatten und einander geben konnten.

Mit Mühe erinnerte er sich an Christines warmen Körper, an ihre Haut, die an vielen Stellen geschmeidig und weich gewesen war, an anderen rauh. Das Fleckfieber hatte sie verunstaltet, ihr Gesicht aufgedunsen, überall die roten Flecken, das Haar fiel ihr aus, sie redete wirr. Drei schreckliche Wochen lang fraß das Fieber an ihr. Als sie schon dem Tode nahe war, erkannte er sie gar nicht mehr. Dazu noch das Leiden der beiden Söhne, denen auch nicht zu helfen war. Weshalb Sophie und er das Fieber überstanden, konnte ihm niemand erklären. Die erste Zeit nach dem Verlust wäre es ihm manchmal lieber gewesen, auch er läge unter dem Boden. Die Arbeit gab ihm Halt, er hielt sich, so absurd es andere anmuten mochte, gleichsam an seinen toten Insekten fest, an ihren zarten Flügeln, an ihren dünnen Beinen. Sie verkörperten eine Ordnung, die zerbrochen war. Die Tage des Fiebers verschloss er tief in sich, versiegelte sie dutzendfach, sicherer als jedes geheime Dokument. Und doch sickerte der Schrecken bisweilen durch Risse, die an Tagen wie dem heutigen entstanden.

Wer hätte jetzt schlafen können? Doch draußen konnte er nicht bleiben, es wurde kühler, die Schnaken trieben ihr Unwesen mit ihm, und der Nachtwächter, der seinen Rundgang machte, hätte ihn gefragt, was er um diese Zeit am Fluss zu suchen habe. Sophies Vers kam ihm in den Sinn: *Ein Huhn und ein Hahn, die Predigt geht an.* Und jemand in ihm, der Störenfried, reimte weiter: *Macht ihm den Garaus, dann ist die Predigt aus.*

Es gelang ihm nicht, ungehört in sein Zimmer zu schleichen. Die Witwe Schlosser hatte, obwohl es schon beinahe zwei Uhr war, auf ihn gewartet. Als er, so leise wie möglich, die Haustür öffnete, stand sie im Flur. Sie trug ein Licht in der Hand, dessen Schein aus ihrem Nachthemd und dem Schal darüber ein faltenreiches Gebirge machte. Noch stattlicher schien sie Grau als tagsüber, es gab kein Vorbeikommen.

»Was ist denn das für eine Art, Herr Schreiber?«, tadelte sie ihn, aber ohne Bosheit, eher mitleidig, sogar zärtlich. »Spannt man Euch jetzt auch noch für Nachtarbeit ein?«

»Ich bin müde«, murmelte Grau.

Sie hob die Kerze und leuchtete ihm ins Gesicht. »Traurig seht Ihr aus, himmeltraurig. Was hat man Euch angetan?«

»Nichts.« Grau blinzelte und machte eine abwehrende Bewegung, so dass die Kerze zu flackern begann. »Morgen ist die Hinrichtung, da muss vorher noch vieles erledigt sein.«

»Heute ist sie«, verbesserte ihn die Zimmerwirtin. »Heute. Und Ihr müsst euch jetzt kräftigen. Ich habe Euch das Essen warm gehalten.«

»Ich habe ausrichten lassen, das sei nicht nötig. Ich will jetzt einfach schlafen.« Er sagte es, obwohl er wusste, dass der Schlaf nicht kommen würde.

Sie lachte leise. »Ach was, ein Mann muss essen.« Sie versperrte ihm weiterhin den Weg und wies gebieterisch zur Küche. Es blieb ihm nichts anderes übrig, als sich an ihr vorbeizudrängen, und er musste sich eingestehen, dass ihn das Faltengebirge mit dem Nachthaubenkopf nicht bloß abschreckte, sondern auch anlockte. Es kam zur Berührung von Oberarm mit Schulter, dann, nach einer leichten Drehung, von Brust mit Brust, er spürte Weichheit und Nachgeben, eine Wärme umgab ihn, die ganz anders war als die Sommerhitze, er roch Muskat, Äpfel, Lavendel. Hatte sie sich gar parfümiert für ihn? Sie blies die Kerze aus, ließ sie einfach fallen, dann fielen auch Schal und Nachthemd zu Boden. Er glitt in eine Umarmung hinein wie in einen halb erwünschten und halb verworfenen Traum.

»Komm«, sagte sie ihm ins Ohr.

Zog sie ihn im Dunkeln mit sich ins Schlafzimmer? Oder ging er von selbst über die Schwelle, die er bloß mit den Schuhen ertastete? Noch nie hatte er ihr Zimmer betreten. Im schwachen Mondschimmer, der durch die Ritzen der Fensterläden drang, erahnte er die Konturen von Schrank und Bett. Sie half ihm beim Aufknöpfen des Rocks, des Hemds, es schien sie zu amüsieren, sie lachte ein wenig, dann lagen sie da, seine Hände wussten zu seinem Erstaunen noch, was sie zu tun hatten, und ihre wussten es auch.

Danach – sie blieben eng aneinandergeschmiegt – nahm die Schläfrigkeit überhand, ein Lied ging ihm durch den Kopf, das er lange nicht mehr gehört hatte: *Komm, Trost der Nacht / O Nachtigall / Lass deine Stimm mit Freudenschall / Aufs lieblichste erklingen.*

18

Sulz am Neckar, 17. Juli 1787

Sie werden den Dad töten. Bald wird er vor dem höchsten Richter stehen, und der wird ihn in Gnade empfangen, denn der Dad hat bereut und gebeichtet. Man darf gegen die, die den Dad aufhängen lassen, keine Rache schwören, sagt die Daj zu Dieterle. Aber Dieterle kann nicht anders, er stellt sich vor, wie er eines Tages Rache nehmen wird. Nachts flüstern er und Bastardi miteinander und versprechen sich, dass sie am Tag der Rache einander beistehen werden. Zum Glück hört es die Mutter nicht, die in einer anderen Kammer liegt, sonst wäre sie betrübt und würde wieder nichts essen, sie ist schon viel zu mager geworden, man sehe beinahe durch sie hindurch, hat Wenzel gesagt. Auch er wird sterben, Duli wird sterben, Nottele wird sterben. Sie haben es Dieterle nicht sagen wollen, aber er hat alles erraten, als die Männer von der Stadt da waren, und nun sind sie alle vier, der Dad, Wenzel, Duli und Nottele, zuoberst im Rathaus und warten auf den Gang zum Richtplatz.

Gestern waren sie beim Dad, der noch in einem richtigen Bett schlafen darf, bevor sie ihn töten. Er hat sie alle gesegnet und geküsst, er hat gesagt, sie würden sich wiedersehen. Doch Bastardi glaubt nicht daran, er hat gesagt, wer tot ist, ist tot, sie werden die Leichen verscharren, und wir können nur hoffen, dass nicht Füchse sie ausgraben und Krähen an ihnen herumhacken. Dieterle denkt jetzt daran, was der Dad zuletzt noch in ihrer Sprache gesagt hat: dass die Söhne fliehen sollten, wenn sie könnten, weg und über alle Berge. Die Sinti müssten sich zusammenschließen, um stark zu sein, und deswegen müssten sie in den Wäldern die anderen Reinhardts finden, Dutzende gebe es, dort könnten sie ein neues Leben beginnen, immer auf der Hut vor den Landjägern und Soldaten. Dieterle hat es dem Dad versprochen, und er hat sich vorgenommen, dem Schäffer eines Tages mit ein paar Getreuen aufzulauern und ihn gefangen zu nehmen. Sie würden ihn fesseln, sie würden ihn verhöhnen und ihm ins Gesicht spucken. Und dann würden sie ihn vielleicht aufhängen, wie sie es heute mit dem Dad tun wollen. Wenn man den Knoten richtig knüpft, bricht es einem beim ersten Ruck den Hals, und man muss nicht unnötig leiden.

»Sie zwingen uns zuzuschauen, wie der Dad und die anderen sterben«, hat Bastardi gesagt und drei

Mal ausgespuckt, »auch das verdanken wir dem Schäffer.« Das ist die ärgste Strafe, schlimmer als alles, was nachher kommt. Nachher werden sie die Männer auf die Festung bringen, die Frauen mit den Kleinen und Dieterle nach Ludwigsburg ins Zuchthaus. Gewiss wird man von dort fliehen können, es kommt bloß darauf an, wie hoch die Mauern sind.

Die Wache hat sie früh geweckt an diesem Morgen, noch vor Sonnenaufgang. Lange müssen sie, Frauen und Männer getrennt, draußen vor dem Gefängnis in der Morgenkühle warten. Es ist aber schon ein großer Lärm in der Stadt, von allen Seiten und zu Hunderten sind nachts die Leute gekommen, die dabei sein wollen, wenn der große Räuber Hannikel sein Leben verliert. Viele warten bereits auf dem Marktplatz, sie warten, bis die Übeltäter ein letztes Mal vors Gericht treten und der Stab über sie gebrochen wird. Tausende werden es dann sein, die zum Galgenbuckel hinaufmarschieren und sich auf der gemähten Wiese zusammendrängen und um die besten Plätze streiten, noch nie hat Sulz etwas Vergleichbares gesehen. Das sagen die Wachsoldaten, Männer in blauer Uniform, mit Säbeln und Gewehren, und man weiß nicht, ob sie die Sinti verspotten oder doch ein wenig trösten wollen. Ein Stück Brot bekommen die Gefangenen, sogar einen Zipfel Wurst, dazu Wasser, mit etwas Milch vermischt. Bastardi gießt es sich über den Kopf und schüttelt sich wie ein nasser Hund. Den Dad wird Dieterle nicht mehr von nahem sehen, überhaupt wäre es ihm lieber, ihn gar nicht mehr zu sehen, schon gar nicht als Toten, der am Strick hängt. Daran zu denken, zerreißt Dieterle fast, ihm ist, als falle er selbst von der Leiter ins Leere und der Ruck gehe gewaltig durch ihn, er möchte laut hinausschreien, in die Stadt hinaus, zum Wald hinüber: Was tut ihr denn? Was tut ihr denn?

Die Daj steht drüben in der anderen Gruppe, zusammen mit Dennele, der Bremin, der Theres, der Urschel mit der Kleinen auf dem Arm, alle in langen Sintiröcken, die man ihnen für diesen Tag wieder gegeben hat. An Theres' Beine schmiegt sich der dreijährige Hannes; wie stark er gewachsen ist in diesem einen Jahr in Haft! Die Baba sitzt am Boden, ihren Rock um sich gebreitet, man lässt sie sitzen, weil sie schon so alt ist, ihre Augen sind halb blind geworden, dauernd murmelt sie vor sich hin. Dieterle möchte, dass die Daj zu ihm schaut. Doch die Daj, von der Bremin gehalten, sieht nirgends hin, ihr Gesicht, in das die schwarzen und grauen Strähnen fallen, ist leer und stumpf. Urschel weint, und darum weint ihre Kleine mit. Der merkwürdige Mann, der Schreiber, der ein wenig gebückt geht, hat sich bisher nicht gezeigt. Er hat Dieterle das weiße Leinenhemd geschenkt, das er auch jetzt trägt. Aber es ist nutzlos, sich von diesem Mann noch etwas zu erhoffen, am Lauf der Dinge kann er nichts ändern, er ist bloß ein Schreiber, da müsste Karl Herzog wie der Sturmwind heranreiten und den Dad begnadigen, aus Dankbarkeit, dass er den Juden geschadet hat und katholisch ist wie er selbst. Karl Herzog bleibt aber lieber in Stuttgart und isst jeden Tag gebratenes Huhn. Bei Hinrichtungen sei er nie zugegen, hat Bastardi gesagt, ihm werde schlecht davon und seiner Fürstin noch mehr.

Jetzt rumpeln zwei Pferdewagen, von Husaren begleitet, die Straße herauf, die Fuhrknechte lassen die Peitsche knallen, die Wächter lachen laut, und schneller fliegen die Wolken über die Häuser hinweg, viel zu schnell läuft jetzt alles ab. Die beiden Gruppen werden zu den Gefangenenwagen geführt, sie klettern hinauf, halten sich am Geländer fest. Die Baba muss hinaufgehoben werden wie eine Traglast. Ein Hochgestellter in schöner Kleidung – nein, nicht der Schreiber – ist unterdessen erschienen, redet mit den Wächtern, einer, der Gemütliche mit den Warzen auf der Nase, kommt zum Männerwagen, fordert Dieterle auf, wieder herunterzusteigen. »Du bist zu jung für diese Gesellschaft, du gehörst zu den Weibern, die können dich besser trösten, wenn es sein muss.« Dieterle sträubt sich erst. Drüben, auf dem anderen Wagen, wird ihm zu viel geweint und gejammert. »Ich bin alt genug«, sagt er und denkt: Warum schieben sie mich immer hin und her? Aber dann ist er doch halbwegs froh, dass Bastardi ihm sagt, er solle gehorchen, die Kugeln säßen den Husaren locker im Lauf. Und als er bei der Daj ist, die ihm abwesend über den Kopf streicht, und Dennele ihn abküsst, schämt er sich ein wenig, aber es lindert doch den inwendigen Schmerz. Anlehnen an die Daj möchte er sich, an ihrem Brusttuch schnuppern wie früher, denn da riecht es nach getrockneten Beeren und Moos. Vor die Baba kauert er sich hin, er grüßt sie, er sagt, wer er ist, er nimmt ihre kalten runzligen Hände in seine. Sie könnte ihm jetzt das Märchen erzählen, das er so oft hören wollte, das Märchen, in dem der verfolgte Junge sich unter eine Tanne stellt und sie um Hilfe bittet. Er konnte nicht oft genug hören, wie dann die Tanne ihre Äste über den Jungen senkt, so dass er dahinter verborgen bleibt wie in einem Dickicht. Sogar als die Schergen des Königs eine Armlänge vor ihm stehen, sehen sie ihn nicht, trotz des Hundegebells. Erzähl es mir noch mal, Baba, möchte er sagen und sagt es nicht, weil sie so verloren und uralt aussieht.

Die Wagen fahren hinunter zum Marktplatz, der voll ist von Leuten, Schulter an Schulter stehen sie, schwatzend und lachend. Der kleine Hannes lacht mit ihnen, hüpft auf und ab; Theres kneift ihm mit einem mahnenden Zuruf ins Ohr, da verbirgt er sein Gesicht am Rock der Mutter. Die Soldaten bahnen für die Wagen einen Weg durch die Menge und halten beim Podest an, das vor dem Rathaus errichtet worden ist. Dort oben sitzt, von Soldaten bewacht, auf einer langen Bank das Gericht, es stehen noch andere da, unter ihnen einer mit einem Stab und ein zweiter mit schwarzem Hut. Nun werden die vier, die man töten wird, herbeigeführt, sie tragen Büßerhemden, die Haare hat man ihnen geschoren, die Ketten abgenommen, nur die Hände sind noch zusammengebunden. Fast erkennt Dieterle den Dad in diesem Aufzug nicht. Zwanzig Schritte trennen ihn von ihm, doch er müsste fliegen können, um bei ihm zu sein, und als er bloß den Arm hebt, um dem Dad zu winken, bekommt er vom Soldaten neben ihm mit dem Säbel einen Schlag auf die Schulter. Schäffer – ihn erkennt man sogleich – betritt das Podest. Bei der Treppe, in Schäffers Nähe, steht der Schreiber und sucht wieder Dieterles Blick. Der tut so, als sehe er ihn nicht. Schäffer aber, einmal dem Gericht, dann wieder der verstummenden Menge zugewandt, hält eine Rede, die sich alle paar Sätze zum Schreien steigert. Dieterle versteht wenig davon, nur, dass Schäffer zornig von Unmenschen spricht, von Ungeheuern, er weiß, dass damit die vier

Sinti gemeint sind, die wie betäubt vor sich niederblicken. Je schlimmer aber die Wörter sind, die Schäffer in die Menge wirft, desto lauter brandet der Beifall auf. Ganz still wird es wieder, als Schäffer die Rede beendet hat. Auf seinen Wink hin tritt der Mann mit dem Stab vor die knienden Verurteilten und zerbricht den Stab über ihren Köpfen. Danach ruft Schäffer, dass sie jetzt dem Scharfrichter übergeben würden, Herrn Belthle, der eigens aus Tübingen angereist sei, und der Mann mit dem schwarzen Hut gibt das Zeichen für die Aufstellung des Exekutionszugs.

Wie eine heilige Prozession sehe das aus, sagt höhnisch die Bremin, als sich der lange Zug, mit den feierlich gekleideten Würdenträgern zuvorderst, endlich in Bewegung setzt, man bringe dem Gott der Ungerechtigkeit ein Menschenopfer. Ein Begleitsoldat weist sie zurecht, sie lacht ihn bitter aus, sein Säbel kann sie zum Glück nicht erreichen. Die Urschel weint wieder, laut und lauter, sie rauft sich die Haare. Die Baba, die sich auf die Daj stützt, hat zu wimmern angefangen, und Hannes, der sich nun fürchtet, stimmt auf kindliche Weise mit ein. Keine der Frauen hat noch die Kraft, ihn zu trösten. Dieterle weiß nicht, wo er sich im schaukelnden Wagen festhalten soll. An die Daj möchte er sich lehnen, doch das geht nicht. Und umklammert er das

Wagengeländer, ist er zu nahe bei den nebenhermarschierenden Soldaten, die nur auf die Gelegenheit zum Dreinschlagen warten.

Wie lange die Fahrt zum Galgenbuckel dauert! Wie mühsam es für die Pferde ist, die Wagen den Hang hinaufzuziehen! Es wird wärmer, die Soldaten schwitzen und keuchen, sie fluchen, wenn die Kolonne ins Stocken gerät. Hinter dem Frauenwagen rumpelt der Männerwagen mit Bastardi und den anderen, und hinter ihnen gehen die vier im langen Büßerhemd, über das sie alle paar Schritte stolpern. Jeder wird von einem Geistlichen begleitet, aber nur von evangelischen, die doch der Dad gar nicht wollte. Der Pfarrer Reininger, der dem Dad die Beichte abgenommen hat, ist vorausgegangen, er wird ihn von weitem segnen.

Meist ist Dieterle die Sicht auf ihn verdeckt, und wenn er ihn in einer Kurve erblickt, denkt er, dass der Dad bald nicht mehr kann, denn er geht gebeugt und schleppend, er zieht ein Bein nach. Auch Wenzel, der Starke, ist so schwach, dass man ihn voranstoßen muss. Wenigstens Wasser könnte man ihnen geben, hat denn keiner Mitleid mit ihnen? Die Bremin, die trotz ihrer kleinen Füße so groß ist, dass sie über die Köpfe hinwegsieht, sagt zu Dieterle, Hannikel halte in der Hand ein Kruzifix, das er immer wieder küsse, ob er das gesehen habe? Es wimmelt jetzt von Leuten, die gar nicht zum Exekutionszug gehören, bloß mit hinauf zum Richtplatz wollen sie, die Verurteilten von nahem begaffen, sie verhöhnen oder zum Beten auffordern. Den Soldaten, es sind alles in allem weit über hundert, gelingt es nicht, sie zu vertreiben, und so zerfällt die strenge Ordnung, die Schäffer gewahrt haben wollte, ein Gedränge und Geschiebe von Menschen und Wagen wird daraus, das sich in die Länge zieht und wieder zusammenballt, man lacht, man schreit, Pferde wiehern, und Urschel stellt ihr Kind plötzlich auf den Boden, reißt sich mit lautem Klagen büschelweise Haare aus und wirft sie in die Luft. »Lass das sein!«, herrscht die Bremin sie an. »Du tust dir bloß selber weh.« Aber Urschel hört nicht auf, obwohl drei Frauen gleichzeitig sie beruhigen wollen. Man sieht, dass ihr Blut über die Stirn läuft, die Leute weichen vor ihr zurück. »Hexe!«, schreien einige. »Hexe!« Urschels Kind stößt schrille Schreie aus, versucht sich an ihr hochzuziehen und wird endlich von der Bremin auf den Arm genommen, während der zitternde Hannes sein Gesicht wieder an Theres' Rock drückt. Da feuert ein Soldat einen Schuss in die Luft, und es bleibt eine Zeitlang still, nur das Knarren der Wagenräder, das Schnaufen und Keuchen ringsum, das Beten weiter hinten kann Dieterle noch hören und in sich drin ein Pochen, das noch nie so heftig und so schnell war.

Die Sonne sticht, man ist dankbar für die größer werdenden Wolken, hinter denen sie sich zeitweise versteckt. Endlich kommen sie oben beim Hochgericht an. Eine solche Menge von Menschen hat Dieterle noch nie gesehen. Dicht gedrängt stehen sie auf der Wiese, bis dorthin, wo der Wald anfängt. Ein gewaltiges Raunen und Summen ist in der Luft, Marktschreier preisen Erfrischungen an, und Soldaten riegeln das Gerüst mit dem Galgen vor den Zudringlichen ab, die sich noch näher drängen. Die Sinti müssen von den Wagen hinuntersteigen, man weist ihnen Plätze zu, von denen aus man das Gerüst mit den Leitern und dem Querbalken, an dem vier Stricke hängen, gut sieht. Die Frauen auf der einen, die Männer auf der anderen Seite. Die Verurteilten werden zu ihren Leitern geführt, die Geistlichen stellen sich hinter ihnen auf. Dem Dad wird, als Einzigem, ein Stuhl zugewiesen. Er sei der Wichtigste, murmelt die Bremin, man wolle verhindern, dass er ohnmächtig werde.

Dieterle, neben Käther und der stumm gewordenen Dennele, möchte nichts mehr sehen, nichts mehr hören, auch die Baba nicht, die man als Einzige wieder sitzen lässt und die in hohen Tönen wimmert, ärger noch als Urschels Kleine. Und doch geht es nicht anders, als hinzustarren, wie wenn er damit etwas ändern könnte. Gar nichts kann er. Alle Räder des Mahlwerks greifen ineinander, hat Bastardi am Morgen gesagt, die Mühlsteine sollen uns zermalmen. Und während es in Dieterle kalt und eisig wird, nur die Wangen glühen, ist ihm, als würden sich seine Sinne erweitern wie bei einem witternden Tier, nun sieht er den Dad auf einmal genau, von ganz nahem, mit dem Kruzifix in den Händen, er sieht seine Falten, die eingesunkenen Augen unter den geschwollenen Lidern, er sieht, wie sich sein Brustkorb hebt und senkt, er hört ihn beten, er hört ihn die drei anderen ermahnen, dass sie Mut fassen sollen, der Herr Jesus werde ihnen verzeihen. Diese geschärfte Wahrnehmung ist aber nur von kurzer Dauer. Als der Scharfrichter mit Nottele die Leiter besteigt, als er ihm die Schlinge um den Hals legt und, wieder am Boden, die Leiter wegstößt, als beim Fall des Körpers Hunderte ringsum aufstöhnen, fängt vor Dieterles Augen alles an zu verschwimmen, Geräusche und Stimmen vermischen sich, er ahnt bloß, dass nun auch Duli und Wenzel an der Reihe sind, er glaubt, den Dad singen zu hören, und dann werden seine Ohren wieder riesengroß, denn der Dad ruft nach ihnen, nach seiner Familie, er hat die Sprache gewechselt, auf Romani grüßt er sie, über alle anderen Stimmen hinweg. Nicht unschuldig sterbe er, sagt der Dad, aber es würden in Württemberg größere Verbrechen begangen als seine, und ihre Urheber sollten bestraft werden wie er. Dann empfiehlt er sich auf Deutsch der Heiligen Mutter Gottes in Maria-Einsiedeln. Die Klagerufe der Sintifrauen werden lauter, übertönen das Schluchzen der Kinder. Nun klettert der Dad wohl die Leiter hoch, aber Dieterle sieht es nicht, es wird so dunkel um ihn, als wäre schon Nacht. Ein Soldat, der nach saurem Wein riecht, hält ihn von hinten fest, sagt ihm drohend ins Ohr: »Sperr die Augen auf, Bursche!« Doch als Dieterle sie wieder öffnet, hängt der Dad schon da, zu viert hängen sie an den Stricken, einer neben dem anderen, wie weiß man denn, dass sie wirklich tot sind? Schäffer, der stolze Schäffer hat den Hut gezogen vor den Toten, und der Schreiber steht da, ohne sich zu regen. Ein Pfarrer hält eine Predigt, die der Wind, der aufgekommen ist, mit seinem Sausen übertönt. Manche schauen besorgt zum Himmel auf, dort mehren sich die schwarzen Wolken. Dieterle darf sich neben die Baba ins Gras setzen und legt den Arm um sie. Sie kann den Enkel nicht beschützen, so beschützt er sie. Hannikel habe nicht lange gelitten, sagt die Bremin, und Urschel weint immer noch, aber untröstlich ist jetzt Dennele. Die Frauen rücken zusammen, nehmen Dennele in die Mitte, das verwehrt ihnen niemand, denn es ist vorbei, der Dad ist tot, man wird ihn auf freiem Feld verscharren, und nun müssen sie zurück auf den Wagen. Warum die Männer tot seien, fragt Hannes ein ums andere Mal, und ob man Tote nicht wieder lebendig machen könne? Nein, antwortet Dieterle und fasst Hannes bei der Hand, aber man könne an sie denken. Urschel singt jetzt leise ein Lied, sie hat es von Geuder gelernt: *Meine Mutter, weine nicht, / dass dein Sohn an fremdem Orte ruht, / bei Gott, dem Schöpfer der Erde, des Himmels, / die Erde ist nun seine Decke.*

Am nächsten Tag, das hat Bastardi schon am Morgen herausbekommen, wird man sie an ihre Bestimmungsorte bringen, auf den Hohentwiel und nach Ludwigsburg. In Ludwigsburg gibt es für die Sträflinge eine Tracht Prügel beim Eintritt und bei der Entlassung nach drei oder vier Jahren, Willkomm und Abschied wird das genannt. Davor fürchtet sich Dieterle, aber die Furcht muss er bezwingen, und jetzt wächst ein großer Zorn in ihm, es macht ihm nichts aus, dass es auf der Rückfahrt zu gewittern anfängt, er wünscht sich, dass ein Blitz in die Menge schlägt, und wenn es ihn selber träfe und die Käther und die Dennele dazu, wäre es ihm egal. Doch kein Blitz trifft ihn, nur bis auf die Knochen nass werden sie alle im Wagen. Den toten Dad haben sie inzwischen wohl schon vom Strick geschnitten, Erde werden sie über ihn tun, dazu große Steine, damit ihn kein Tier ausgräbt. Seine Seele ist verreist, aber wohin denn? Und muss man sich fürchten vor einem Mulo, einem Totengeist, wenn man dem Lebenden nichts zuleide getan hat? Alles so leer, weil es den Dad nicht mehr gibt, den Dad, der so fröhlich sein konnte, so wütend, so zärtlich, so böse.

In dieser letzten Nacht kommt Dieterle wieder zu den Männern. Was hat dieses Hin und Her für einen Sinn? Könnte man ihn nicht selbst entscheiden lassen, ob er noch ein Kind ist oder keins mehr? Aber er weiß, dass sie noch lange über ihn, den Zigeunerjungen, entscheiden werden, so lange, bis ihm die Flucht glückt und er sich in den Wäldern verstecken kann. Die Nacht will nicht vergehen, Bastardi seufzt in einem fort, Geuder hat sich in der Ecke übergeben, und es riecht noch übler als sonst. In den letzten Tagen scheint er geschrumpft zu sein; er sagt kaum noch ein Wort, bewegt sich nicht, es ist fast, als ob er sich unsichtbar machen wolle. Ohne seine Geige ist er schon lange nicht mehr der Musikant, der er war.

Sie werden aufgescheucht, bevor die Hähne krähen, sie werden hinausgetrieben, gefesselt, es gibt einen Wagen für Ludwigsburg, einen für die Festung. Noch ist alles nass vom Regen, Wasser tropft vom

Kastanienlaub, auf dem Wagenboden bilden sich Pfützen. Dieterle hat keine Zeit, von Bastardi und vom stummen Geuder Abschied zu nehmen. Plötzlich sind sie auf dem andern Wagen und Dieterle wieder bei den Frauen. In Ludwigsburg, so viel ist sicher, wird man ihn auch von der Daj trennen.

Der Schreiber steht dabei mit einer Namensliste, ein wenig gebeugt, nicht bucklig, aber fast. Er hat befohlen, wer wohin muss. »Ich werde dich in Ludwigsburg besuchen«, sagt er in einem geheimnisvollen Ton zu Dieterle und lächelt ihn an. Dieterle gibt keine Antwort. Was hilft es denn, wenn man im Waisenhaus Besuch bekommt? Man ist verloren ohne einen Dad, der einem den Weg weist. Sie haben ihn getötet. Aber vielleicht ist nun Tonis Geist endlich zufrieden, vielleicht erscheint er Dieterle nachts nicht mehr in seinen Träumen.

Sie fahren eine Weile am Neckar entlang, der aussieht, als fließe er weder vor- noch rückwärts, gar kein Fluss ist das, auch die Weidenzweige, die ins Wasser hängen, bewegen sich kaum.

»Fünf Stunden bis Ludwigsburg«, sagt der Aufseher neben dem Kutscher auf dem Bock. Der Mann, der ununterbrochen Tabak kaut, ist mitteilsam. »In Ludwigsburg werdet ihr ein Schloss sehen«, er schnalzt bewundernd mit den Fingern, »gerade so prachtvoll, wie das Schloss des französischen Königs ist.« Er lacht behäbig. »Zucht- und Waisenhaus stehen gleich gegenüber. Da seht ihr tagtäglich, wem ihr Gehorsam schuldet.«

Die Bremin spuckt aus. »Das Schloss braucht Ihr uns nicht zu beschreiben, von mir aus kann es gleich einstürzen.«

»Gotteslästerliche Reden sind das!«, empört sich der Aufseher, er nimmt dem Kutscher die Peitsche aus der Hand und will damit die Bremin treffen, schwingt sie aber so ungeschickt, dass das Ende der Schnur über Käther und Dieterle zuckt. Erschrocken ducken sich beide, dennoch wird Dieterles Wange leicht geritzt.

Wo mag der Dad jetzt sein?, denkt Dieterle und streicht sich Spucke über die brennende Stelle. Er will die Frage nicht, doch sie hat sich festgehakt, sie wiederholt sich wie die Töne eines Leierkastens. Wer sagt, er wisse, wo die Toten hinkommen, der lügt.

19

Sulz am Neckar, den 14. September 1787

Lieber Freund,

Ihr so erfreuliches Lebenszeichen, das mich unlängst erreichte, hätte gewiss eine baldigere Antwort verdient, umso mehr, als Sie ja die Insektenexemplare, die ich Ihnen von unserer Schweizer Expedition zusandte, mit großer Klarheit zu bestimmen wussten. In unserem Sulz haben sich aber die Ereignisse seit der Ankunft der Hannikelbande überstürzt. Eines reihte sich ans andere, ich protokollierte Tag für Tag die Verhöre und war davon so in Anspruch genommen, dass meine private Korrespondenz liegenblieb. Es war eine Last, die mich zuweilen beinahe erdrückte und freundliche Gedanken, die Ihnen und meiner Sammlung gegolten hätten, gar nicht mehr zuließ. Nun aber ist die Angelegenheit, die so weite Kreise zog, juristisch abgeschlossen, die Rädelsführer wurden vor wenigen Wochen gehängt, die anderen haben ihre Strafen im Zuchthaus angetreten. So kann ich wieder freier atmen, wobei ich gestehen muss, dass die Bedrückung noch nicht ganz gewichen ist. Es ist nicht schön, Zeuge einer Hinrichtung zu sein, selbst wenn der Jubel des mehrtausendköpfigen Pöbels eine andere Meinung ausdrückt; und es lässt einen empfindsamen Menschen nicht gleichgültig, wenn der Sohn Hannikels, ein verhuschtes Bürschchen, dabeistehen muss, um den Vater sterben zu sehen.

Am Tag nach der Hinrichtung ist der Bub auf einem schlechten Rumpelkarren, zusammen mit den anderen Zigeunern, abtransportiert worden, unter strenger Bewachung selbstredend. Mir war die administrative Abwicklung der Abfahrt aus Sulz auferlegt; es kam mir vor, als wolle mich unser erlauchter Herr Oberamtmann prüfen, ob ich das Restchen an rebellischem Geist, das eine Schreiberlaufbahn übriglässt, niederzukämpfen vermöge. Der Bub oben auf dem Wagen hielt sich am Holmen so verzweifelt fest, als sei dies sein allerletzter Halt. Ich hatte ihn im Lauf der Monate einige Male angesprochen, aber mehr als ein paar Worte konnte ich ihm nie entlocken. Er zählte mich offensichtlich zu den vielen, die nichts anderes im Sinn hatten, als ihn und die Seinen wegzusperren. Er ist knapp dreizehn, zu klein und zu mager für sein Alter, seine Gesichtszüge sind beinahe mädchenhaft fein, er gleicht weder dem grobschlächtigen Vater noch der Mutter; in ihm schlummert etwas Liebenswertes, das unter glücklicheren Umständen zum Vorschein käme. Dass er als Kind an der Ermordung des Grenadiers Toni Pfister beteiligt war, deutet nicht auf eine unabänderliche Räuberseele hin, sondern hat nach meiner Überzeugung mit den Verhältnissen zu tun, in die er hineingeboren wurde. Ich hätte ihm allzu gerne das Schicksal erspart, ins Waisenhaus geschickt zu werden. Auf dieser Bahn wird er unweigerlich weiter verkümmern und verrohen. Doch meine Hände sind ebenso gebunden wie seine, bloß auf andere Weise.

Immer wieder habe ich, lieber Freund, in letzter Zeit darüber nachgedacht, weshalb ausgerechnet der kleine Dieterle so sehr mein Mitleid erregen konnte. Seine Halbschwester Dennele ist in ihrer geistigen Beschränktheit eigentlich ein bedauernswerteres Geschöpf, und auf sie die volle Härte des Gesetzes anzuwenden, mag ebenfalls zweifelhaft sein. Dennoch stand mir Dieterle stets als Erster vor Augen. War ich einer wie er in meiner Kindheit? So verschüchtert und trotzig? So abweisend und liebesbedürftig? Ich glaube nicht. Mein Vater starb früh, das ist wahr, ich wurde herumgeschoben, kam aber doch zu Verwandten, die mich freundlich behandelten. Es ist offenbar so, dass man manchmal innerlich für jemanden Partei ergreift, ergreifen MUSS und dafür keine befriedigende Erklärung findet. Dieterle ist jetzt zumindest aus meinem äußeren Leben verschwunden, ich werde ihm wohl nie wieder begegnen.

Schäffer, unserem vielbewunderten Oberamtmann, scheint dies alles viel weniger anzuhaben. Er ist schon wieder voller Tatendrang, er plant auf Grundlage der Verhöre, bei denen viele – uns bis dahin unbekannte – Namen von Komplizen genannt wurden, eine neue Gauner- und Diebsliste. Den Hauptteil der Arbeit werden wieder ich und mein Gehilfe zu erledigen haben; im Glanz, Deutschlands erfolgreichster Räuberjäger zu sein, wird sich indessen nur einer sonnen: der Herr Oberamtmann. Dass Seine Durchlaucht, Herzog Karl Eugen, ihn bisher für seine Verdienste nicht gebührend belobigt und belohnt hat, macht Schäffer zu schaffen, ich spüre es wohl und kann es sogar verstehen, denn ein Geldgeschenk oder ein Orden wäre zu erwarten gewesen. Diese subtile Missachtung, die zum Teil durch ausländisches Lob wettgemacht wird, kann unseren Schäffer indessen nicht bremsen, er wird seine Anstrengungen verdoppeln und mit weiteren Taten die ausdrückliche Anerkennung des Landesherrn zu erringen versuchen.

Verzeihen Sie mir den spöttischen und bitteren Ton, der die letzten paar Sätze durchdringt. Einem

Vertrauten darf ich dies zumuten. Ich will dem Oberamtmann, den ich allerdings nur als Amtsperson kenne, nicht den Respekt verweigern, er ist ein braver und hart arbeitender Mann. Mir ist aber, seit dem Tag der Hinrichtung, anfallweise das ganze Menschengeschlecht widerwärtig. Vielleicht habe ich mich zu gründlich mit Insekten beschäftigt, jedenfalls bemerke ich in solchen dunklen Momenten bei unseresgleichen insektenhafte Züge, etwas Wimmelndes, Blindes, eifrig Füßelndes, das mir ganz und gar missfällt. Die riesige Menge, die hinauf zum Galgenbuckel schwärmte, sich dann auf dem Feld verteilte: glich sie nicht dahinkrabbelnden Ameisen, die nur einem einzigen Willen zu gehorchen schienen? Und gingen dort oben, beim gierigen Starren auf den Galgen, nicht alle Unterschiede zwischen den Individuen verloren? Diese Stimmung, die das eigene Selbst auszulöschen drohte, erfasste auch mich, ich war ein Teil dieser erregten Menge, die den Tod ihrer – nennen wir sie – Fressfeinde sehen wollte, es kostete mich größte Mühe, mich daraus hinauszuarbeiten und wieder ein Einzelner zu werden. Es wäre für viele wohl leichter, Ameise zu sein als Mensch. Und wenn Sie finden, dass ich die Dinge maßlos überspitze, dann treiben Sie mir, ich bitte Sie inständig, in einem nächsten Brief solche misanthropischen Flausen aus, ich leide unter ihnen.

Dabei habe ich doch auch Anlass, Ihnen eine erfreuliche Mitteilung zu machen. Meine Junggesellenzeit findet nächstens ein Ende, ich werde mich mit meiner langjährigen Zimmerwirtin vermählen, die verwitwet ist wie ich. Die Entscheidung fiel mir nicht leicht, hatte ich doch während sechs Jahren ein distanziertes Verhältnis zu ihr gewahrt. Vom pekuniären Standpunkt aus bringt uns die Zusammenlegung zweier Haushalte einige Vorteile: Ich habe mein Gehalt, sie bezieht eine schmale Rente, beides zusammen, so haben wir errechnet, hält uns gut über Wasser. Und wenn wir meine Tochter Sophie zu uns nehmen, verbessert sich unsere Lage noch einmal, weil dann das Kostgeld wegfällt. Dies gilt es allerdings gründlich abzuwägen, denn Sophie hat sich an das Leben bei der Tante gewöhnt. Kinder sollte man ohne Not nicht entwurzeln, das weiß ich aus eigener Erfahrung.

Aber ich will nicht nur die Macht des Geldes heraufbeschwören. Wirklich zusammengebracht hat meine künftige Frau und mich die Hannikelgeschichte, derentwegen ich oft geistesabwesend gewirkt haben muss. Als Caroline mich in der Nacht vor der Hinrichtung darauf ansprach, kam zutage, auf was für schwankendem Grund ich mich befand, und in solchen Augenblicken ist fraulicher Trost ein Segen. Kurz und gut, wir haben wider Erwarten zusammengefunden. Mein bisheriges Zimmer wird für mich reserviert bleiben, nachts ziehe ich hinüber ins eheliche Schlafzimmer mit Sicht auf den Mühlkanal.

Zu meinem Leidwesen ist es nun aber so, dass Caroline die meisten Insekten überhaupt nicht mag und nicht willens ist, zum Beispiel einer Wespe so etwas wie Schönheit zuzugestehen. Anlässlich eines unserer auf Einigung zielenden Gespräche hat sie mir nahegebracht, dass meine verglasten Sammlungskästen ihr Angst machten und sie auch deshalb mein Zimmer seltener geputzt habe, als nötig gewesen wäre. Man wisse doch nicht, ob all die stachelbewehrten geflügelten Wesen plötzlich wieder lebendig würden und sie dann, ließe sie beim Abstauben einen Kasten fallen, zu Hunderten umschwirren würden. Das mag uns beide lachhaft anmuten; aber ich kann ihr diese Angst nicht wegzaubern, und so habe ich ihr hoch und heilig versprochen, dass die Kästen in meinem Arbeitszimmer eingeschlossen bleiben. Zudem gelobte ich, mit meiner Sammlung keinesfalls in andere Bereiche der Wohnung zu expandieren.

Ich werde also meine Sammelleidenschaft etwas zügeln müssen, hoffe aber doch, lieber Freund, dass wir in Verbindung bleiben und eines Tages zusammentreffen. Ich kann mir nichts Schöneres vorstellen, als in Ihre Sammlung, die ja weit umfangreicher als meine ist, eingeführt zu werden. Bis dahin verspreche ich, dass ich Ihnen die Exemplare von Hautflüglern, die mir unbekannt sind, nach wie vor zuschicken werde.

Zum kleinen Hochzeitsfest, das wir in einem Monat feiern werden, sind Sie herzlich eingeladen. Ich verstehe aber gut, wenn Ihr Amt und anderes mehr Sie in Kiel zurückhält. Übrigens wird der Herr Oberamtmann Trauzeuge sein, er hat uns nach anfänglichem Zögern seine Zusage übermittelt. Für Caroline ist es eine Ehre, den Herrn Oberamtmann auf diese Weise dabeizuhaben.

> In beständiger Freundschaft
> Ihr Wilhelm Grau, Schreiber

Epilog

Das Papier häuft sich auf seinem Schreibpult. Sein Leben lang hat er geschrieben, unendlich viel Amtliches, das nun in Archiven verstaubt, dazu private Notizen, seltsame Reime manchmal, die er längst vergessen hat. Sein Augenlicht wird schlechter, die Schrift indessen immer kleiner, ameisenhaft geradezu, und er kann nichts dagegen tun, es ist, als ob seine zittrigen Finger geheimen Befehlen gehorchten. Wer soll all das, was er in letzter Zeit notiert hat, überhaupt lesen? Caroline, seine zweite Ehefrau, liegt unter der Erde, seine Tochter Sophie ist vor Jahren schon mit Mann und zwei Kindern nach Amerika ausgewandert. Es gibt keinen Grund mehr, sich der Anstrengung des Schreibens zu unterwerfen, und trotzdem macht er weiter mit den Aufzeichnungen über das Leben der Hautflügler. Als Caroline gestorben war, begann er wieder mit den Forschungen, die er nach dem großen Brand im Jahre 1794 aufgegeben hatte. Er verlegte sich jetzt aber weit mehr auf

Beobachtungen als aufs Sammeln. Bloß zwei Glaskästen hat er seit dem Brand mit genau klassifizierten Bienen- und Wespenarten gefüllt, der Rest ist Papier. Ganze Sonntagnachmittage verbrachte er mit dem Studium der Grabwespen. Wie viel gab es da zu bestaunen! Er entdeckte, dass bestimmte Grabwespen weit größere Feldheuschrecken mit ihrem Stachel lähmen, sie dann an den Fühlern zur kleinen Sandhöhle schleppen, die sie vorher ausgegraben haben, und in die Beute hinein ihr Ei legen. Die ausgeschlüpften Larven fressen sich durch diesen halb lebendigen Nahrungsspeicher, bevor sie sich, fett und träge geworden, verpuppen und nach etlichen Monaten in ganzer gelbflügeliger Schönheit ans Tageslicht kriechen. Grausam ist dies und zugleich in jeder Einzelheit überaus sinnvoll. Es lässt einen an der Güte Gottes zweifeln, und doch wird man ehrfürchtig vor solchen Zusammenhängen. Ist das Leben nichts anderes als ein Kampf von allen gegen alle? Und überlebt notwendigerweise der Stärkere, der Listigere?

Von der Seele schreiben muss er sich aber jetzt dringend, was er an diesem Morgen erlebt hat, als er über den Markt ging. In einer gebeugt daherschlurfenden Alten glaubte er die Frankenhannesen Käther zu erkennen. Ein Schreck durchfuhr ihn, wie er ihn nicht für möglich gehalten hätte. Sie trug einen weit gebauschten, über den Boden schleifenden schwarzen Rock, der sie unförmig, ja ungeschlacht aussehen ließ, vielleicht, dachte er sogleich, hatte die alte Sackgreiferin ihre Beute darunter versteckt. Doch mit dem gesenkten Kopf und dem tief in die Stirn gezogenen Kopftuch schien sie kaum wahrzunehmen, was ringsum geschah. Woher sie kam, wohin sie ging, hätte der Schreiber nicht sagen können, auch nicht, weshalb sie ihn an Käther erinnerte, die doch auf ihre Weise eine schöne Frau gewesen war. Inmitten des Markttreibens versuchte er in ihre Nähe zu gelangen, einen Augenblick lang war er nur noch zwei, drei Schritte von ihr entfernt; er sah den traurigen Zustand ihrer Kleidung, er sah, dass sie die Hand zum Betteln ausstreckte, und verglich ihre verhärmten Züge, den Schnitt ihrer Nase mit dem Gesicht, an das er sich erinnerte. Dann wurde er von ihr abgedrängt und konnte seine Vermutung nicht genauer überprüfen. Dennoch stand in aller Deutlichkeit wieder die kahlgeschorene Frau vor ihm, die er letztmals vor über zwanzig Jahren im Zucht- und Arbeitshaus Ludwigsburg angetroffen hatte.

Lange liegt dies alles zurück, und doch wird es nun wieder so lebendig in ihm, als wäre es gestern gewesen. Wie merkwürdig, wie schmerzhaft dieser Erinnerungszwang! Es ist doch seither Unglaubliches und Unausdenkbares geschehen. Das Städtchen Sulz, in dem er immer noch lebt, brannte ab und wurde wieder aufgebaut. Die Franzosen ermordeten ihren König, sie duldeten und bejubelten, dass ein Korse sich zu ihrem Kaiser machte, und von dessen Gnaden wurde aus dem Herzogtum Württemberg und dem Flickenteppich der Kleinstaaten ringsum ein Königreich. Wie viele der Menschen, die das Leben des Schreibers bestimmten, sind seit dem Richttag in Sulz gestorben: Herzog Karl Eugen, der das Land knechtete und auspresste, starb bald nach Hannikels Hinrichtung. Vor wenigen Monaten erst verschied der Oberamtmann Schäffer, und seinen Forscherfreund Fabricius, dessen zweiundvierzig Briefe sein größter Schatz sind, verlor der Schreiber am 3. März 1808. In all den Jahren, die sie sich schrieben, nahm er sich immer wieder vor, Fabricius wenigstens einmal zu treffen; doch nie ergab sich die Gelegenheit dazu.

Am schlimmsten fürs Königreich Württemberg ist aber gegenwärtig, dass von seinen 15 000 Soldaten, die sich dem unseligen Russlandfeldzug Napoleons anschließen mussten, nur ein paar hundert zurückgekehrt sind. Tod überall, unvermeidlicher Tod, gewollter und erzwungener, von Menschenhand erfrevelter Tod. Auch bei ihm, dem Schreiber Wilhelm Grau, wird es nicht mehr lange dauern, bis er seinen Frieden findet. Warum denn kann er nicht anders, als sich in die Zeit zurückzuversetzen, da sie Hannikel und seine Sippe fingen? Warum drängt sich dies alles aus dem Halbvergessenen hervor und zwingt ihn dazu, es ein ums andere Mal zu durchleben?

Die Wesen in seinem Rücken, die er getötet und gesammelt hat, sind stumm. Er weiß, wie grausam sie sein können und wie sie doch die Großartigkeit der Schöpfung widerspiegeln. Er könnte zum tausendsten Mal darüber nachdenken, ob es bei den Menschen ähnlich sei, und würde wieder keine Antwort finden. Doch er ist zu müde, die Augen fallen ihm zu, ein Traum trägt ihn fort, den Fluss hinunter, weiter, immer weiter. Der Junge, den er kennt, sitzt ihm mit verschrecktem Blick gegenüber im Kahn, seinen Namen hat er vergessen, gleich fällt er ihm wieder ein.

Nachbemerkung

Die Geschichte von Hannikels Räuberbande ist durch historische Quellen gut erschlossen; es gibt dazu eine reiche Literatur. Auch die Gauner- und Diebslisten des Oberamtmanns Schäffer liegen als Faksimile vor.

Ebenso wichtig wie die Lektüre und die Besuche in Archiven waren mir die Recherchen vor Ort und die Gespräche mit Lokalhistorikern, die sich seit langem mit den Themen des Buchs befassen. Ich danke allen, die sich in Sulz am Neckar, in Stuttgart, Ludwigsburg, Chur und im Rheintal für mich Zeit genommen haben, und denen, die auf meine schriftlichen Fragen eingingen.

Ein besonderer Dank gilt Erich Viehöfer, dem Leiter des Strafvollzugsmuseums in Ludwigsburg, der viele meiner Wissenslücken zu füllen verstand, und meiner Lektorin Margaux de Weck, deren Genauigkeit mich vor kleineren und größeren Fehlern bewahrte.

Ein Verzeichnis der wichtigsten Quellen und Materialien finden interessierte Leserinnen und Leser auf meiner Homepage www.lukashartmann.ch.

Spiegel b. Bern, im Dezember 2011
Lukas Hartmann

Lukas Hartmann
Bis ans Ende der Meere

Die Reise des Malers John Webber
mit Captain Cook
Roman

London 1781. Der Maler John Webber überbringt der
Witwe von James Cook im Auftrag der Admiralität ein
Porträt ihres Mannes. Doch die Witwe weist das Geschenk empört zurück: Sie erkenne ihren Mann darauf
nicht. Webber ist schockiert, doch kann er die Frau
verstehen. Schon bei der Rückkehr des Schiffes ›Reso-
lution‹ verhängte die Admiralität ein absolutes Rede-
verbot über die näheren Umstände des tragischen
Todes von Cook. Und auch das Porträt verfolgt nur
einen Zweck: Das Andenken des großen Kapitäns
muss ein heroisches bleiben, als nobler Entdecker für
England sollte er in die Geschichte eingehen. Doch
Webber kennt die Wahrheit dieser vierjährigen dritten
und letzten Weltumsegelung Cooks, und all die quä-
lenden Bilder, die er nicht zeichnen durfte, werden ihn
Zeit seines Lebens verfolgen.

»Die unheimliche Zwangsläufigkeit, mit der die Schick-
sale seiner Figuren vorgegeben scheinen, stellt Hartmann mit der unspektakulären Virtuosität des Könners
dar.« *Frankfurter Allgemeine Zeitung*

»Lukas Hartmann entfaltet eine große poetische Kraft,
voller Sensibilität und beredter Stille.«
Neue Zürcher Zeitung

Lukas Hartmann
im Diogenes Verlag

Lukas Hartmann, geboren 1944 in Bern, studierte Germanistik und Psychologie. Er war Lehrer, Jugendberater, Redakteur bei Radio DRS, Leiter von Schreibwerkstätten und Medienberater. Heute lebt er als freier Schriftsteller in Spiegel bei Bern und schreibt Romane für Erwachsene und für Kinder.

»Lukas Hartmann kann das: Geschichte so erzählen, dass sie uns die Gegenwart in anderem Licht sehen lässt.« *Augsburger Allgemeine*

»Lukas Hartmann entfaltet eine große poetische Kraft, voller Sensibilität und beredter Stille.«
Neue Zürcher Zeitung